飞花令

元曲

陶红亮◎编著

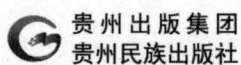

贵州出版集团
贵州民族出版社

图书在版编目（CIP）数据

飞花令.元曲/陶红亮编著. -- 贵阳：贵州民族
出版社，2019.1
　ISBN 978-7-5412-2442-3

　Ⅰ.①飞… Ⅱ.①陶… Ⅲ.①元曲—选集 Ⅳ.
①I222

中国版本图书馆CIP数据核字（2018）第301506号

飞花令·元曲

陶红亮　编著

出版发行：贵州民族出版社

地　　址：贵阳市观山湖区会展东路贵州出版集团大楼

邮　　编：550081

印　　刷：华睿林（天津）印刷有限公司

开　　本：710mm×1000mm　1／16

版　　次：2019年1月第1版

印　　次：2019年1月第1次印刷

印　　张：14.25

字　　数：210千字

书　　号：ISBN 978-7-5412-2442-3

定　　价：49.80元

唐诗、宋词、元曲为我国古代文学艺术不可逾越的高峰。而纳兰诗词不仅在清代词坛享有盛誉，在中国文学史上也有一定地位。文学是人们抒发情感的载体，我们应继承这种优秀文化遗产，并陶醉其中，习以修身。

实际上，爱上这些文化遗产是一件很容易的事情。拿起手中的书，随意地翻开一页，我们就会被它们深深吸引。没有人不会被李白的纵情恣意、清新豪放所打动，在读到"两岸猿声啼不住，轻舟已过万重山"时，我们似乎也回到了千年前，与这位踌躇满志的诗人一起乘船顺水而下，看两岸目不暇接的青山，听一刻不断绝的猿啼声。

就算你是个挑剔的阅读者，你依旧会被苏轼的才情折服。"相顾无言，唯有泪千行"，苏轼在梦中见到亡妻，想将自己这十年的遭遇都告诉她，想对她诉说自己的思念。可思念太满，遭遇太坎坷，他竟不知从何说起，又该说些什么。最后，他与妻子相顾无言，千言万语都化作了一行清泪。

若你觉得自己是个"俗人"，不如试着阅读一些"雅俗共赏"的元曲。"俏冤家，在天涯，偏那里绿杨堪系马"，刚刚念完这一句，一位娇俏爽辣的女主人公便出现在我们面前。元曲中的女主人公，在表达自己的爱慕之情时，似乎比唐诗、宋词中的女子更大胆，"爱他时似爱初生月，喜他时似喜梅梢月，想他时道几首西江月，盼他时似盼辰钩月"。读罢，即使是千年之后的我们，也感受到了女主人公的爱意。

天生是富贵公子，却不愿成为富贵花，这就是纳兰性德。他是几乎所有京城闺中女子的偶像，他的才华、风度、家世……无一不让世人羡慕。他含着金钥匙出生，一生极尽荣华。可是他并不快乐。"人到情多情转薄，而今真个悔多情""我是人间惆怅客，知君何事泪纵横""判叫狼藉醉清樽，为问世间醒眼是何人"……翻看纳兰词，我们可以感受到他的愁、怨、恨、不甘。可是，即使欣赏过他所有的作品，我们依旧无法说自己已读懂纳兰性德。

也许，对某些人来说，唐诗、宋词、元曲虽然精妙，却更像一位深居于高门大户中的小姐，美丽却遥远。直到他们发现了飞花令，发现原来这位大户人家小姐也可以走入平常百姓家中，与人们举杯共饮。

飞花令，是古代文人雅士在筵席中经常玩的一种文字游戏。同是行酒令，它可比"五魁首，六六六"要高雅得多。在古代，行酒令的形式各种各样，如先秦的射礼投壶令，即将箭矢投入细口壶中，中少者喝酒。不过，对文人雅士而言，飞花令能够探索汉字之玄妙，自然比射礼投壶令更有趣。

"飞花"二字源于唐代诗人韩翃《寒食》中的"春城无处不飞花"。虽然在唐朝有关"飞花"的诗句不少，如顾况的"飞花檐卜旆檀香"、薛稷的"飞花乱下珊瑚枝"等。但是因为韩翃是一位好酒者，所作诗文也多与饮酒有关，且他颇受当政者的喜爱，名气很大，所以当时的人们便以"春城无处不飞花"来命名这一独特的行酒令。

最初的飞花令，规定所对的诗句中必须有"花"字，且对"花"字出现的位置也有严格的要求。比如，第一个人对"花隐掖垣暮"，第一个字是"花"；第二个人可对"落花人独立"，因为第二个字是"花"；第三个人可对"感时花溅泪"；第四个人可对"白发悲花落"……依此类推。对飞花令的人，可吟诵前人的诗句，也可现场吟作。对于念错了诗句，或是答不上来的人，酒令官会命其喝酒。

到了后来，飞花令也不再是"花"字令的专属。"风"字令、"月"字令、"雪"字令……各种各样的飞花令出现在人们面前。《红楼梦》的第一百一十七回也描写过飞花令。邢大舅在贾家外书房喝酒，和众人"喝着唱着"劝酒，贾蔷提议行"'月'字流觞令"，"还要酒面酒底"。不过，他们才说了三句，便被只会喝酒赌钱的邢大舅打断了，直说"没趣"，还说贾蔷"假斯文"。

后来，飞花令又产生了变化，出现了很多新的行令方法。比如在行飞花令时，所对诗句中"花"在第几字，就由第几人喝酒。巴金的《家》中曾描写过这样的情景，"淑英说一句'落花时节又逢君'，又该下边的淑华吃酒。"

飞花令的形式多种多样，除了对关键字，人们还可对描写同一个地方的诗句。如都是写西安的，人们可对"长安雪后似春归，积素凝华连曙辉""何处可为别？长安青绮门""滞雨长安夜，残灯独客愁"等。

到了现代，"飞花令"不再严格规定关键字的顺序，只要所对诗词中有此字即可。或许，对文人雅士来说，飞花令的内容和形式并不重要，重要的是行飞花令时的心情。魏晋时期，文人们坐在曲水边，将盛满酒的杯子放在上游，使其顺流而下。酒杯停下来，旁边的人就取而饮之，乘着酒意赋诗。其中意趣，"虽无丝竹管弦之盛，一觞一咏，亦足以畅叙幽情"（王羲之《兰亭集序》）。

本书，以风、花、雪、月、春、江、夜、雨、山、林、云、水、天、地、人、情、酒、香、剑、影二十个字展开行令。全书选取古文之精华，开篇对名句进行生动解析。文中有原文、注释、译文、赏析，在结尾还增加新栏目，为"飞花令"爱好者摘录不同飞花字令。本书引领广大读者近距离感受文人墨士情怀，启迪自我心智，陶冶情操，提升个人文学素养，一卷在手，含英咀华。

目 录

风花雪月

春江夜雨

山林云水

天地人情

酒香剑影

风花雪月

风

在元曲中，风很活泼。比如：在"纸糊披就里没牵挂，被狂风一任刮，线断在海角天涯"中，它是让风筝"流落天涯"的"罪魁祸首"；在"干荷叶，色无多，不耐风霜剉"中，它是让荷叶"衰老"的"元凶"。若你在行"风"字令时能说出这些句子，那么在其他人心中，你这个人也变得活泼机敏了。

风微浪息，扁舟一叶

此首曲子成于元成宗大德年间，乃是卢挚在被外放云南途中所作。在外放的途中，卢挚本就不快，不料在进入洞庭湖后，天公不作美，下起了雨，使得他心情越发沉郁。为了纾解自己的郁闷，卢挚作了这首曲子。

黄钟·节节高·题洞庭鹿角庙壁

卢 挚

雨晴云散，满江明月。风微浪息，扁舟一叶。
半夜心，三生梦①，万里别，闷倚篷窗②睡些。

【注释】

①三生梦：前生、今生、来生，属于佛教说法，三生可转生。唐传奇《甘泽谣·圆观》讲述了圆观转世与好友李源相认的故事，其中有这样一句诗："三生石上旧精魂，赏月吟风不要论。"

②篷窗：船窗。

【译文】

骤雨过后，天色初晴，乌云散尽，皎洁的月光洒满了江面。微风拂来，江浪渐息，一叶扁舟飘荡在浩瀚的江面上。夜半时分，心中充满了忧愁，我想到人生如梦，亲朋相距万里之远，胸中顿生一股烦闷的情绪，倚着篷窗，但愿自己可以稍微睡上一会儿。

【赏析】

在赴任的途中，卢挚曾作过多首抒发内心情感的散曲作品，如《蟾宫曲·长沙怀古》等。在之前的曲子中，卢挚曾以被贬逐到云南的屈原、贾谊等古人自比，可知他心中的惆怅与不甘。

作者一开始并没有描写阴雨绵绵的洞庭湖，反而写出了"雨晴云散，满江明月，风微浪息，扁舟一叶"的美好景色，描写了一个澄静而光明的湖上风光。然而这澄静的风景与氛围却并没有感染作者，他仍然因自己被外放而愁肠百结。

作者为何如此放不开？一句"半夜心，三生梦，万里别"点明了原因。"三生梦"道出了作者在担忧是否还能够和亲友重逢。如果说"三生梦"还不够明显的话，那么"万里别"让作者的愁思更深。与家人相距万里之遥，不知何时能相逢，悲愁之意自然由此而生。

即使面对着如此静谧美好的"满江明月"，作者也无法平复复杂的心情。对于一起涌上心头的愁绪，作者找不到排遣的方法，最后只能"闷倚篷窗"，希望可以小睡片刻。

在这首曲子中，静谧的景物与作者内心激烈动荡的心绪形成了鲜明的对比。全曲中融情于景，情景交融又互为表里，使人不自觉地跟着作者的思路，感受作者的愁思。

【飞花解语】

"雨晴云散，满江明月"可对"雨"字令、"云"字令、"江"字令、"月"字令。

画船一笑春风面

"画船一笑春风面"源自王恽的《越调·平湖乐》，用以倾诉作者浓郁的思乡之情。此句描绘了画船上采菱人满面春风的欢乐笑脸，典型的以他喜显己悲，对比越强烈，作者的思乡之情便越浓郁。

越调·平湖乐
王恽

采菱人语隔秋烟，波静如横练^①。

入手风光莫流转^②，共留连。画船一笑春风面^③。

江山信美，终非吾土^④，问何日是归年^⑤？

【注释】

①横练：横铺的白丝绸。《晚登三山还望京邑》中"余霞散成绮，澄江静如练"。

②流转：流动，转换。唐代作者杜甫的《曲江》中有"传语风光共流转，暂时相赏莫相违"的诗句。

③留连：留恋而徘徊不去。春风面：满面春风的笑脸，杜甫曾有"画图省识春风面，环佩空归月夜魂"的名句。

④江山信美，终非吾土：源自王粲《登楼赋》中"虽信美而非吾土兮，曾何足以少留"。

⑤归年：回去的日期，源于杜甫的《绝句》"今春看又过，何日是归年？"

【译文】

隔着秋日的烟雾传来了采菱女的欢声笑语，秋江澄澈，澄澈如横铺的白色丝绸。眼前的美景莫要流逝变换。且让我们一起尽情地观赏流连于此，画船上美人的笑意盈满了脸颊。这里的江山美景的确美丽多姿，可它终究不是我的故乡。我想问一问，哪一日才是我归家之日？

【赏析】

"采菱人语隔秋烟，波静如横练"描绘了江南水乡美丽悠然的景色，以及气氛绝佳的采菱场景。此句化用了李白"若耶溪旁采莲女，笑隔荷花共人语"的意境。宁静澄澈如白练的江水上，朦朦胧胧的秋江烟雾笼罩着，采菱少女欢乐嬉笑的声音从远处传来，透过薄纱般的烟雾，作者似乎可以看见窈窕多姿的采菱少女。这种朦胧美，让人有一种亲自去瞧一瞧的冲动。

"入手风光莫流转，共留连"，此两句写出作者对此处风光的赞美和迷恋。作者借用了大量前人的诗句与意境，如唐代诗人杜甫的"传语风光共流转，暂时相赏莫相违"。这两位作者都表达了对眼前美景的热爱与怜惜,他们希望眼前的风光不要消失得太快,以便让更多的人欣赏到这种美景。

"画船一笑春风面"一句承接上文中的"采菱人语隔秋烟",写的都是采菱少女,不过一个写的是声音,一个写的是容貌。从"语隔秋烟"到"春风面",可见作者与采菱少女的距离在拉近。这种巧妙的细节变化,让整幅美景活了起来。

此情此景,本可以让人忘却所有的愁思,然而作者却不能解愁。一句"江山信美,终非吾土"道出了作者内心的真实感受:美景虽然动人,但这里并不是我的故乡。想到家乡,作者不禁自问:"何日是归年?"

【飞花解语】

"采菱人语隔秋烟"可对"人"字令。

"入手风光莫流转"可对"风"字令。

"画船一笑春风面"可对"春"字令。

"江山信美"可对"江"字令和"山"字令。

被狂风一任刮

"被狂风一任刮"描绘了风筝被突如其来的一阵狂风刮跑的情形。此句源于《双调·水仙子·喻纸鹞》。这首散曲曲如其名,描写了一个纸糊的风筝。这首咏物曲内容新奇有趣,结构为传统的双层结构。

双调·水仙子·喻纸鹞①

无名氏

丝纶长线寄生涯,纵放由咱手内把。

纸糊披就里②没牵挂,被狂风一任刮。线断在海角天涯。

收又收不下,见又不见他。知他流落在谁家?

【注释】

①纸鹞:纸扎的风筝。

②就里：其中，内里。

【译文】

　　一根长长的丝线，记下了风筝一生中所有的活动，要收要放，全凭我一手操控掌握。纸糊的架子，无牵无挂，其中空空如也，被一阵狂风吹走。线断了，身体被风吹向了天涯海角。我收又收不回来，见又见不到它的踪影。不知道它流落到了哪户人家。

【赏析】

　　放风筝是我国人民比较喜爱的一种游戏活动。制作风筝的手艺最早出现在春秋时期，当时人们以木片制作，并将其称呼为"木鸢"。随着纸张的大规模使用，人们抛弃了沉重的木片，改用质量轻薄的纸张来制作，并改名为"纸鸢"，也称"纸鹞"。后来有人突发奇想，将纸鸢的首部系上竹笛，放飞之后，风入其中，发出筝鸣声，故称之为"风筝"。风筝的形状多为鸢鸟、燕子、蝴蝶、蜈蚣等动物形象，放风筝的窍门便是文中所说的"手内把"。

　　此首散曲的前两句，是一位放风筝能人的自吹自擂，他说自己可以凭借手中的丝线，将风筝永远掌控在手中，让它往哪里飞就往哪里飞。夸大的言辞、自豪愉悦的语气，成功地塑造了一个骄傲自大的人。

　　"纸糊披就里没牵挂，被狂风一任刮，线断在海角天涯"，主人公话音未落，一阵狂风突然袭来，刮走了天空中的风筝，吹断了放风筝人手中的丝线。如此突兀的转变让剧情变得跌宕起伏。主人公不再夸耀自己的技术，反而去找回风筝，结果风筝放得过高过远，最后"收又收不下，见又见不见他"，主人公只能在今后的日子里思念风筝，问一句"知他流落在谁家？"

　　曲中的纸鸢与放风筝的人比喻了一对相恋的爱人，而风筝的线便是月老手中的红线，即曲中的"丝纶长线"。我国自古便有月老掌管姻缘线的说法，传说当月下老人确定了男女之间的姻缘后，便会将姻缘红线系在男女的脚踝上，线断则缘灭。民间甚至还有"罢亲鞋"的民俗，据说如果女方意欲与男方断亲，就可以做一双"罢亲鞋"送给对方，如果鞋底被磨断，便意味着双方缘尽。

　　在本曲之中，首句里有"寄"、次句中有"放"、第三句中有"牵挂"、第五句中有"断"，这些词语皆暗指"姻缘线"。在曲子开始时，线的一头系在纸鸢的骨架上，一头掌握在放风筝之人的手中，就像姻缘线连接着男女两方一样。随着剧情的推进，放风筝的人不再小心谨慎。不料大风袭来，线断了，从此他再不见纸鸢的踪影，只能一人伤心悔恨。这过程就像是恋爱，一方放手，则姻缘了断，从此再难相见。

【飞花解语】

"线断在海角天涯"可对"天"字令。

不耐风霜锉

"不耐风霜锉"一句，所写的是"干荷叶"的脆弱。它脆弱到已经耐不住风霜的侵袭和摧残。此句源于刘秉忠所写的组曲《南吕·干荷叶》，主要以干荷叶来比喻即将灭亡的王朝，以及繁华如梦的人生。

南吕·干荷叶

刘秉忠

干荷叶，色无多①，不奈风霜锉②。

贴秋波③，倒枝柯④。

宫娃⑤齐唱采莲歌⑥，梦里繁华过。

【注释】

①色无多：黯淡无色。

②锉：通"挫"，摧残，折磨。

③贴秋波：枯叶在水波中沉浮。

④枝柯：枝条，指荷叶柄。

⑤宫娃：宫女，娃指美女。如吴王夫差为西施所修筑的宫殿，就叫"馆娃宫"。

⑥采莲歌：乐府旧曲，梁武帝萧衍作《江南弄》七曲，其中的一首便是《采莲曲》，后泛指女子采莲时唱的歌曲。

【译文】

干枯失去了水分的荷叶，翠绿的颜色所剩不多，它已经经受不起寒风的吹打和严霜的折磨。荷叶紧贴在秋日的水面上，随着水波漂浮，荷叶的直柄已经折断倒下。美丽的宫女齐声唱着采莲歌，可盛世繁华的景象却已经像梦一样消逝了。

这首散曲是刘秉忠所写的组曲《干荷叶》之中的第四曲,描绘了干荷叶终于经受不住风霜的侵袭而倒在秋波之中,最后枯死在秋江之上的悲惨而短暂的一生。

组曲中第一首这样描写干荷叶:"干荷叶,色苍苍,老柄风摇荡",可见干荷叶虽然已经在风霜的摧残之下变得干枯发黄,但是老柄尚未折断,甚至叶面之中还带有苍绿之色。而这一曲中的干荷叶不仅再也经受不住风霜的摧残,而且枯黄之色越来越多,只剩下几丝绿色。它的老柄也已经被折断,最后变成了曲中的"贴秋波,倒枝柯"。荷叶随着秋江之上的水波漂浮游荡,居无定所,枝柄折断在秋天的水中,再无苍翠之感。至此,干荷叶的命运算是终结了,其悲惨的情状被作者描绘得淋漓尽致,让人读后为之伤感。

接下来,作者笔锋一转,他不再描绘干荷叶的惨状,反而追溯起了昔日的繁华景象。"宫娃齐唱采莲歌,梦里繁华过"的手法与李商隐的名句"商女不知亡国恨,隔江犹唱后庭花"的手法相同、意境相似,使用的都是对比与衬托,其目的都是为了让当前的场景变得更加凄凉。

荷叶的命运如此悲惨,结果美丽的宫女们却齐声唱起了采莲曲,让作者不禁由此回想起当日江南水上响起的采莲女所唱的《采莲歌》。古时诗人曾经写过"江南可采莲,莲叶何田田""秋江岸边莲子多,采莲女儿凭船歌""吴姬越艳楚王妃,争弄莲舟水湿衣"等。通过这些诗句,读者便可想象得到在江南水上,采莲女乘船采莲的盛况。然而荷叶生命短暂,往日的盛况早已远去,就如梦境般不可再现。

结尾的这几句,是整篇曲子的转折之处,用以点明主旨。作者以荷叶的命运比喻南宋王朝的命运,以采莲的盛况比喻南宋王朝的盛况,以荷叶的衰败和如今秋江之上的凄凉比喻南宋王朝衰败之后的景象,深刻形象,动人心魄。

【飞花解语】

曲中除了"不耐风霜锉"一句外,再无可以对飞花令的句子。

战西风几点宾鸿至

"战西风几点宾鸿至"源自张可久所写的一首伤物怀古的抒情散曲,名为《正宫·塞鸿秋·代人作》。此句写的乃是飞往南方的宾鸿,描写了秋景。秋日萧瑟,易引起文人雅士的伤怀之意,对亡了家国的作者来说更是如此。

正宫·塞鸿秋·代人作

贯云石

战西风几点宾鸿^①至，感起我南朝千古伤心事。

展花笺^②欲写几句知心事，空教我停霜毫^③半晌无才思。

往常得兴时，一扫无瑕疵^④。今日个病恹恹^⑤刚写下两个相思字。

【注释】

①宾鸿：即鸿雁，大雁。由于大雁秋则南来，春则北往，过往如宾，故曰"宾鸿"。

②花笺：精致华美的纸，多供题咏书札之用。

③霜毫：白兔毛做的，色白如霜的毛笔。

④瑕疵：玉上的斑点，引申为缺点或毛病。

⑤病恹恹：有病而软弱无力，精神不振的样子。

【译文】

迎着呼啸的西风，飞来了几只北归的鸿雁，鸣叫之声让我想起了南朝兴亡的千古伤心事。铺上华美的纸张，想要写几句可以表达心事的知心语，可我白白停笔半天也没有才思。往日兴致高昂的时候，一挥而就，便能够写出毫无瑕疵的诗句。今日却精神萎靡，只写下了"相思"两个字。

【赏析】

这首散曲起句便勾勒了一幅萧瑟悲凉的秋景图。区区几笔便将奋战于西风之中的南归之雁描画了出来：瑟瑟的西风之中，孤零零的几只大雁飞翔于风中，不时发出几声哀鸣，似在寻找远方的伙伴。如此萧瑟悲凉的场景，怎能不教人心生寒意。"战西风几点宾鸿至"一句中，"西风"与"宾鸿"皆点明了季节为瑟瑟的秋季。"战"一字通"颤"，所写的是鸿雁飞翔时颤颤巍巍的凄苦形象，其中的"几点"将这种萧瑟与凄苦体现得更加到位。

面对这等让人伤怀的景色，作者不禁想起了已经败亡的南朝。这飞走的大雁，就像故国。在新生的春季之时到来，渡过鼎盛的炎夏，秋季来临之际远走他乡。而这西风就像是灭了南朝的元朝一样，肆虐、蛮横、毫无道理。

这样的兴亡感慨，让作者想要针对千古的"兴亡事"，写一写自己心中的感慨。出于慎重，所以作者"展花笺欲写几句知心事"，不仅使用了精美昂贵的纸张，还拿起了往日很少用的白毫笔，然而头脑一片空白，"空教我停霜毫半晌无才思"。

想写却写不出，想要借此宣泄情感，结果却因心中憋闷而只字不出，更加伤怀了。此处作者没有正面描写自己的伤悲之情，也没有道出往日之中南朝的美好与壮阔，反而写自己因为此事而"半晌无才思"。不叙悲情，反而更悲，教人心碎。

作者往日便是胸无点墨之人吗？平时写文便毫无才思吗？并不是的，"往常得兴时，一扫无瑕疵"两句道出了作者平日挥墨的状况，说佳句天成也不为过。这两句打消了读者的最后一丝疑惑，愁上加愁，令人闻之窒息。

"今日个病恹恹刚写下两个相思字"所写的是现今的情状，和前一句相对比，更加凸显出作者今日的反常。而作者为何如此反常？自是为了那已经败亡的南朝。其中的"相思"两字，犹如豹子甩尾，响亮而有力。作者从想写而写不成，到勉强写完的过程，步步深化了自己的惆怅，给读者留下了无穷的回味。

【飞花解语】

"展花笺欲写几句知心事"可对"花"字令。

西风一叶乌江渡

"西风一叶乌江渡"所描绘的是楚霸王项羽兵败汉军，最后自刎乌江渡口，英雄末路的悲惨故事。文中借用此典的主要目的是为了强调英雄末路的悲哀与雄壮，此句出自《正宫·叨叨令》，意境悲壮且豁达。

正宫·叨叨令
无名氏

黄尘万古长安路①，折碑三尺邙山墓②。

西风一叶乌江渡③，夕阳十里邯郸树④。

老了人也么哥，老了人也么哥⑤，英雄尽是伤心处。

【注释】

①长安路：去往长安的路，指进京求官。此句说，古来多少人争相奔走的长安路，如今只留下黄尘一片。

②邙山：即北邙山，在今河南洛阳东北，是古代王公贵族的墓地。

③一叶：指小船。此句暗写项羽自刎乌江。

④邯郸树：此句暗用卢生在邯郸店中遇道士吕翁，梦里享尽荣华富贵，醒来黄粱未熟的故事比喻富贵无常。

⑤也么哥：句末感叹词，乃是元人的口语。

【译文】

自古以来，去长安的路上，黄尘滚滚，求取功名之人的车马不绝，北邙山上那些王侯公卿的坟墓上却残碑断碣，皆是萋萋的荒草。楚汉相争之时，楚霸王项羽是何等的威武霸气，不可一世，结果到头来却落得自刎于乌江渡口的下场。邯郸客栈之中的卢生，在睡梦中享尽了富贵荣华，醒来后黄粱却还没有蒸熟，只见残阳照苍木，一片凄凉之景。人老了，人老了，英雄身上让人伤心的地方何其多。

【赏析】

对于世事无常的感叹，是古人常有的。这首《叨叨令》便是对于古往今来的英豪结局的感慨，这里面包括了作者对于世事无常的无力之感，也涵盖了作者对于时光无情，匆匆流逝的惆怅失落之情。

"黄尘万古长安路，折碑三尺邙山墓"两句中，喧嚣的"黄尘"与荒芜的"折碑"相对；悠长的"万古"与狭窄的"三尺"相对；颇具历史代表性的"长安路"与颇具悲凉史诗的"邙山墓"相对，对仗工整，意韵深长悠远，令人侧目。两句之中的意味相对比，既突出了现今莘莘学子追求仕途的不顾一切，又加重了英雄终归尘土的悲壮凄凉之感，令人不禁唏嘘。

"西风一叶乌江渡，夕阳十里邯郸树"两句，皆借用了典故之中的意韵。第一句所借用的是楚霸王自刎乌江渡口的苍凉悲壮之感；次句借用的是热衷于功名利禄的卢生在邯郸旅店之中做了黄粱一梦之后所感到的失落与怅然之感。

"老了人也么哥，老了人也么哥，英雄尽是伤心处"这三句是作者自己的感叹。人老更易怀旧，更容易伤春悲秋。而作者老去的可能不只是年龄，还有可能是看尽世间沧桑的心灵。望着历史长河之中那些有着悲惨过往的英雄才子，作者的心中不禁发出怅然的感慨。岁月夺取了作者的风华，也将史上的王侯将相、贤才英豪化作了一捧平常的黄土。

【飞花解语】

"西风一叶乌江渡"可对"江"字令。

"老了人也么哥"可对"人"字令。

花

在古人眼中，花朵是美丽的、充满生机的。比如：在读到"看荞麦开花，绿豆生芽"时，读者很容易就能感受到句子中的生机，甚至还能看到那副质朴无华却自然生动的农家生活画面。如此看来，花朵既可以是娴雅的"大家闺秀"，也可以是淳朴的"农家小妹"，无怪古人如此喜爱行"花"字令。

花村外，草店西

"花村外，草店西"出自《双调·寿阳曲·山市晴岚》，此曲乃马致远《潇湘八景图》之中的一首，曲子描写了"山市晴岚"。选取的句子是曲子的第一句，点明景色的地点。

双调·寿阳曲·山市①晴岚
马致远

花村外，草店西，晚霞明雨收天霁②。
四围山一竿残照里③，锦屏风④又添铺翠。

【注释】

①山市：山区小市镇。
②天霁：雨过天晴。
③一竿残照：太阳西下，离山只有一竿子高。

④屏风：指像屏风一样的山峦。

【译文】

山花烂漫的山村外，山野酒店的西方，雨过天晴之后，明丽的晚霞映照着这片天地。即将落山的太阳将四周的山岭都笼罩在霞光之中，为锦绣如屏风般的山峦又增添了一抹翠色，让人着迷。

【赏析】

"花村外"三个字暗指作者所描绘的景物的地点，暗扣全文的主题。"花村"一词点明了描绘的对象，此对象唯美浪漫，乃是开满山花的小村庄；而"外"字强调了此曲的着眼点，点明此曲为山村外景。

"草店西"中的"西"字与上一句中的"外"字相呼应，都是进一步表明此曲描写的地点所在。山村和草店都非作者落笔之地，但却给作者所描绘的景色增添了一股生机。这种手法恰如古人在画山水画时所用的"点俏"手法，这种手法可以为宁静恬淡的山水画平添一丝人气，为山水画打造一种"结庐在人境，而无车马喧"的意境。让小曲既具有人间的烟火气息，又带有超凡脱俗的意味。

第三句暗扣文章主题之中的"晴"字，"晚霞明雨收天霁"中，"晚霞明"三字给山市增添了清新通明、绚烂多姿的色彩。"雨收天霁"中的"霁"本指雨，但在文中却要引申成为天晴。在这一句中，最为巧妙的字便是"明"字。这个字恰到好处地表现了雨过天晴之后带给人的视觉感受和心理感受，一语双关。此字可以称之为本曲的"曲眼"。

第四句"四围山一竿残照里"中的"一竿残照"与上文中的"晚霞"相对应，巧妙的衔接令曲意婉转流畅。通过这四句，作者将视线一步步地移到了山上。该句与《西厢记》中的"四围山色中，一鞭残照里"有着异曲同工之妙。

通过最后一句，读者可以想象出淡淡的烟雾笼罩着青翠的山脉，在夕阳的辉映下，如同一座美丽的屏风。妙在其中，意在其内，超脱至极。夕阳照射着雨后的青山，水蒸气缓缓上升，天地连成一片水雾，锦绣的青山好似蒙上了一层翠色的薄纱，又好似与青山融为一体，成了一展翠色的屏风，美不胜收。

该首散曲写得清俊，写得清新，吟唱后便能够感受到一股清爽的山野气息迎面拂来。颇像苏轼在评价陶渊明时所说："外枯而中膏，似淡而实美"。虽然只有寥寥几笔的勾画，但却蕴含着无穷的意境。

"晚霞明雨收天霁"可对"天"字令。

"四围山一竿残照里"可对"山"字令。

"锦屏风又添铺翠"可对"风"字令。

儹家私，宠花枝

"儹家私，宠花枝"一句出自乔吉的《中吕·山坡羊·冬日写怀》。这句话说的是"痴人"在世间所做的愚蠢之事。是后两句"黄金壮起荒淫志。千百锭买张招状纸"的铺垫之语。乔吉一生坎坷飘零，对身世沉浮的感叹尤为多，此首曲子便是其中之一。

中吕·山坡羊·冬日写怀

乔 吉

朝三暮四①，昨非今是，痴儿不解荣枯②事。

儹家私③，宠花枝④，黄金壮起荒淫志⑤，

千百锭买张招状纸⑥。身，已至此；心，犹未死。

【注释】

①朝三暮四：本指名改而实不改，后引申为反复无常。

②荣枯：此处指世事的兴盛和衰败。

③儹家私：积存家私。

④宠花枝：指好女色，宠爱女子。

⑤黄金壮起荒淫志：有了金钱便生出荒淫的心思。

⑥招状纸：指犯人招供认罪的状纸文书。这里指买官罪状最终暴露。

【译文】

朝三暮四，贪花好色；反复无常，昨日否今日是；贪恋财色的痴人不懂得世事的兴衰和变化。拼着命积攒家财，游荡在欢乐场所宠爱妓女，有了金钱便生出荒淫的心思。聚敛钱财买了个官，结果买的却是一张招供认罪的状纸。已经落到了身败名裂，身处牢狱的下场，可心中的贪念却还没有断绝。

【赏析】

此乃乔吉《中吕·山坡羊》冬日写怀三首曲子之中的第二首。这首曲子源于乔吉离开家乡一个月后，闲居在客栈之时所作。当时作者历经世事坎坷，处境凄凉，这首曲子中包含着对世事变迁和福祸无常的感慨，蕴藏着作者愤世嫉俗的复杂心绪。

曲子开篇开口便骂，骂的乃是世态人情。"朝三暮四，昨非今是"八个字慷慨有力，斩钉截铁，打破了世事虚伪的面具，犹如当头棒喝，响彻人心。简洁有力的语言，一针见血的讽刺，让贪恋名利之人羞于面世。

然而，勘破世事之人并不多，更多的是沉迷于名利场，安乐于红尘漩涡之中的痴人。一句"痴儿不解荣枯事"道出了世间追逐名利的小人的愚蠢与糊涂。这种人可鄙可悲，他们被钱财、美色和名利迷花了眼，蒙住了心，丝毫不懂世事，不明盛衰。

接下来，作者用"傤家私，宠花枝，黄金壮起荒淫志，千百锭买张招状纸"四句话，为这些沉迷于财色权势的痴儿画了一张画像。"傤家私"乃是指"痴儿"贪婪聚敛，好财无度；"宠花枝"乃是指"痴儿"贪花好色，沉湎女色；"荒淫志"乃是指"痴儿"荒淫无度，一边敛聚民脂民膏，一边挥金如土。如此作为，必当引来祸事。为了解决祸事，"痴儿"决定"千百锭买"，但结果非但没有"无罪释放"，反而买来了一纸认罪书。这四句话，将一个"痴儿"的一生沉浮，生动形象地展现在了读者的面前，让人读后不禁深思。

最后一句"身，已至此；心，犹未死"说出了"痴儿"尽管身败名裂，为人不齿，甚至因为贪恋财色而遭受牢狱之灾，但他们仍然不改自己的本色，至死不悟。他们仍旧幻想着东山再起，重温贪欢逐乐的旧梦。如此愚不可及，不可救药，却是世间大多数人的本性。

【飞花解语】

曲子中除了"傤家私，宠花枝"可以用于对"花"字令外，并没有符合其他字令的诗句，所以欣赏时要欣赏全篇，背诵时，只背诵一句即可。

看荞麦开花

　　卢挚的这首曲子，运用了许多质朴生动的俗语，将农家生活的淳朴和自然，展现得淋漓尽致。字里行间内透露着无拘无束的快乐，令读者心向往之。"看荞麦开花"一句，为曲子增添了一股生生不息的生命力。

双调·蟾宫曲
卢　挚

沙三伴哥来嗏①！两腿青泥，只为捞虾。

太公庄上，杨柳阴中，磕破②西瓜。

小二哥昔涎剌塔③，碌轴④上淹着个琵琶。

看荞麦开花，绿豆生芽。

无是无非，快活煞庄稼。

【注释】

　　①沙三伴哥来嗏：沙三、伴哥以及下文提到的小二哥，皆是元曲中常用的村农名字。嗏为语气助词。

　　②磕破：撞破，砸开。本曲上三句与下三句倒装。应该是杨柳阴中砸开西瓜，沙三、伴哥听到叫唤，匆忙赶来。

　　③昔涎剌塔：形容垂涎的样子。此句是说小二哥因为吃不到西瓜，故而垂涎三尺。剌塔是肮脏的意思。

　　④碌轴：农家使用的用来滚碾用的农具。此句是说小二哥斜躺在碌轴上，样如琵琶。

【译文】

　　"沙三、伴哥来呀！"他们的两条腿上还残留着青泥，只因为刚刚从河里捞完虾。进了太公的庄子上，在杨柳树下砸开了一个西瓜。小二哥因为吃不到，躺在碌轴上口水直流，坐姿像个琵琶。看那荞麦开着花，绿豆正在生芽，没有尘世间的孰是孰非，庄稼院的生活当真是快活极了！

【赏析】

名利争斗与官场相连，身为官场之中的人物，卢挚在疲惫于官场沉浮之时，难免会憧憬纯粹朴实的农家生活。卢挚官至翰林，所作的有关田园的曲子数不胜数，这是其中最具特色的一首。

这首曲子，流露出作者对乡村生活的向往。曲子的前三句，作者描绘了一幅乡村生活图。作者用三句精练的语言，将三个农村少年相聚时刻的快乐情景刻画，这种细致入微的刻画，也表达了作者对乡村生活的眷恋。

随着一声"沙三伴哥来嗏"的喊叫，主角登场了，这里的主角是下河捞虾之后双腿沾满青泥两个少年，毫无风雅，也无气质，却充满了乡村朴素的泥土味。"两腿青泥，只为捞虾"，一句话，道出了乡村少年的单纯质朴，说出了乡村生活的简单纯粹。

"太公庄上，杨柳阴中，磕破西瓜"，这一句写的是二人相聚之后做的事情。两人相携来到了村里大户人家的农庄上，杨柳树荫下，二人没有用刀切，反而豪爽地将西瓜磕成了两半。

这几句运用了民俗用语，塑造了两个充满生活气息的乡村少年，庄稼人的本色被作者展现得淋漓尽致。下面一句"小二哥昔涎剌塔，碌轴上淹着个琵琶"，更是将乡村风景逼真地表现了出来。其中的"昔涎剌塔"是元代民间的口语，是说口水横流，身体邋遢的模样。这个词语在书面语言中十分少见，此处给人带来一种新鲜感。

将人物生动描绘了出来之后，作者视野一转，看到了远方的田野。开着花的荞麦，发着芽的绿豆，无时无刻地展现着自己鲜活的生命力。红白绿三色相间的精致，如一幅上佳的画作，平复了作者因官场沉浮而变得烦躁的内心。平凡的乡间景色，充满了质朴和祥和的气息，令作者产生了向往之情。

最后两句，包含着作者对官场的厌倦和对隐居生活的向往。这种感叹由心而发，让读者心生赞同。

【飞花解语】

曲子中，只有"看荞麦开花"一句可以对上花字令，所以在背诵的时候，可以只背这一句。曲子中可以用上的词句特别少，不易被重视，所以是出奇制胜的最佳法宝。

把卖花人扇过桥东

"把卖花人扇过桥东"出自王和卿的《仙吕·醉中天·咏大蝴蝶》。这首小曲读上去新奇有趣，富有极高的幽默色彩，刚一面世，便广为传颂，是王和卿的成名之作。这句"把卖花人搧过桥东"便使用了夸张的写作手法。

仙吕·醉中天·咏大蝴蝶

王和卿

弹破庄周梦①，两翅驾东风，

三百座名园、一采一个空②。

难道风流种③，唬杀④寻芳的蜜蜂。

轻轻地飞动⑤，把卖花人扇过桥东。

【注释】

①庄周梦：庄周做梦，梦见自己变成了蝴蝶。人和蝴蝶有巨大的分别，但是从万事万物归于"道"的本源来看，又可以互相转化。《庄子·齐物论》："昔者庄周梦为蝴蝶，栩栩然蝴蝶也。自喻适志也！不知周也。俄然觉，则蘧蘧然周也。不知周之梦为蝴蝶与？蝴蝶之梦为周与？周与蝴蝶则必有分矣。此之谓物化。"

②一采一个空：译作"一采个空"。

③风流种：译作"风流孽种"，风流才子，名士。

④唬杀：犹言"吓死"。唬，译作"諕（huò）"。諕：吓唬；杀：用在动词后，表程度深。

⑤轻轻地飞动：译作"轻轻扇动"。

【译文】

蝴蝶极大，挣破了庄周的梦境，来到了现实之中，极大的翅膀驾驭着东风飞行。三百座名园的花蜜全被其采空。难以说明白它是不是一个风流种，吓跑了寻芳而到的蜜蜂。轻轻地挥动翅膀，便能够将卖花的人都扇过桥的东头。

【赏析】

据陶宗仪《辍耕录》卷二十三记载，中统初年，大都城的闹市里飞来一只蝴蝶，大得不同寻常。王和卿的这首"咏大蝴蝶"便是由此而来。也有人说王和卿做此曲意在讽刺哪些寻芳猎艳的浪荡子弟。

此曲运用想象、夸张、比喻、拟人、象征等写作手法。"难道风流种，吓杀寻芳的蜜蜂"此句采取的是拟人的手法，此"风流种"有着超乎寻常的体形，非凡的神力以及强烈的寻花之心。语言诙谐风趣，生动幽默，令人读后不禁开怀大笑。

"弹破庄周梦"此句借用了庄周梦蝶的典故，说此蝶大有来头，乃是庄周梦中的蝴蝶所化，它为了来到现实，用蛮横的蛮力挣破了庄周的梦境。"两翅架东风"写出蝴蝶的体型之大，需要架着东风才能够飞行，可见其个头之大。"三百座名园、一采一个空"所表现的是蝴蝶采花速度之快，两个"一"字，将蝴蝶动作之迅捷、行动之干净利落表现得淋漓尽致。

"难道风流种，吓杀寻芳的蜜蜂"此句采取的是拟人的手法，道出了蝴蝶为了霸占花蜜，利用体型和力气"吓唬"竞争对手蜜蜂，令读者阅后忍俊不禁。吓走了对手，八百名园的花蜜采光之后，蝴蝶不满足，便去夺卖花人手中的花。为此它"轻轻地飞动，把卖花人扇过桥东"。此句再次运用夸张和拟人的手法，以形容蝴蝶的力气之大，贪心之重。

此曲异想味道颇浓，让人忍俊不禁。全曲从头到尾都带着一股浮夸的味道，无论是蝴蝶的来历、蝴蝶的体型，还是蝴蝶的力气和贪心，都极尽夸张之能。全曲语言活泼通俗，诙谐幽默，对蝴蝶的描写生动形象，近于日常生活，读起来朗朗上口，莞尔一笑后又可引人深思，诱人发问。

【飞花解语】

"两翅架东风"可对"风"字令。

"难道风流种"可对"风"字令。

"把卖花人扇过桥东"可对"人"字令。

山僧试问，知为谁开

此首曲子充满着怀古幽思，没有辛弃疾"天下英雄谁敌手，曹刘！生子当如孙仲谋"的豪爽霸气，只有面对衰败的甘露寺的感伤悲戚。"木兰花在，山僧试问，知为谁开？"一句中的木兰花本是自开自谢，却被作者填上了愁思，染上了人情。

黄钟·人月圆·甘露怀古①

徐再思

江皋②楼观前朝寺，秋色入秦淮③。

败垣④芳草，空廊落叶，深砌苍苔⑤。

远人南去，夕阳西下，江水东来。

木兰花在，山僧试问⑥，知为谁开？

【注释】

①甘露：指甘露寺，在今江苏镇江北固山第一峰，相传为三国孙吴时所建。

②江皋：江岸。屈原《九歌·湘夫人》有"朝驰余马兮江皋，夕济兮西澨。"

③秦淮：即秦淮河，经南京流入长江。这里借指江南地区。

④败垣：残破的墙壁，形容败落的景象。

⑤深砌苍苔：高高的台阶下长满青苔。

⑥山僧试问：意即"试问山僧"。

【译文】

登上江边的高楼眺望前朝的甘露寺，秦淮河上一片秋色。甘露寺内外残垣断壁，芳草萋萋无人理，殿廊空寂，落叶飘零无人扫，青苔蔓生，将台阶掩住却无人管。游人早已远走南方，夕阳西下，江水从东奔流而至。木兰花开花，显露出了一丝生机，山僧试着询问，可否知道你为谁而开？

【赏析】

曲子中的甘露即甘露寺，坐落于今江苏省镇江市北固山后峰之上，寺庙于三国孙吴甘露年间所造，因孙吴联姻的故事而扬名。无数的后代文人在此留下笔墨，赞其宏伟秀丽。但是本曲所写的却是怀古伤今之情和人世沧桑之感。

曲子的前半部写景。开头两句写作者登高望远，紧扣题目中的地名，勾勒出山高水阔的壮观景色。秋天，总会让人联想到衰败和低落。作者利用这一点，引出下文中甘露寺的衰败，所以首句其实还有着提挈下文的作用。"江皋楼观前朝寺，秋色入秦淮"一句中，"入"字用得最为巧妙，写出了秋色的霸道、强势与凌厉。

甘露寺乃是当年三国英豪聚首之处，多么雄伟壮阔，就如那滚滚的秦淮江水。可现在"秋意"好似感染了这里，甘露寺早已消失，留下的是被"秋意"摧残了的残垣断壁。叶黄零落无人扫，空寂的长廊让人心生寂寥，猖狂的绿苔掩埋了青色的台阶……萧瑟清冷无人的景象，似在悲泣着自己的遭遇。

"远人南去，夕阳西下，江水东来"三句，写游人已经离去，惨淡的夕阳之下，只有作者望着自东而来的滚滚江水黯然神伤。滚滚的秦淮江水，自东而来，绵延不绝，见证了不知多少次的兴衰。万千感慨浮上作者的心头，作者不禁望江而叹。

最后三句"木兰花在，山僧试问，知为谁开"，作者没有直抒对兴衰的感叹，反而描写了一株自开自败的木兰花。木兰花在古人的诗词中，乃是高洁的象征，此刻开在无人理会的萧败古寺中，让人不禁好奇，已无观赏之人，它为何还要开放。山僧问木兰为谁开。答案不言而喻，木兰并不理会人世间的兴衰荣辱，也不问这世态的炎凉冷暖，只坚持故我的高洁之性，该开则开，该败则败，不拖泥带水，不犹豫彷徨。然而木兰的无人欣赏，却暗含着作者对胜败兴衰的感叹与伤怀。

此首曲子不直接抒发作者的情感，反而精于写景，将情寓于景物之中，引人细细品味。典雅的言辞是徐再思作品的特点。

【飞花解语】

"江皋楼观前朝寺"可对"江"字令。

"夕阳西下，江水东来"可对"江"字令，"水"字令。

"木兰花在，山僧试问"可对"山"字令。

落灯花棋未收

"落灯花棋未收"源自《双调·水仙子·夜雨》，描绘的是一幅孤灯乱棋无人理的凄凉景象，渲染的是身在异乡，惨遭冷遇的悲凉情怀。此句如果单独拿出来，还可以形容久等客人而人不到。

双调·水仙子·夜雨

徐再思

一声梧叶一声秋，一点芭蕉一点愁，三更归梦三更后。

落灯花棋未收①，叹新丰孤馆②人留。

枕上十年事，江南二老③忧，都到心头。

【注释】

①落灯花棋未收：灯花都落了，棋子还没有收拾起来。形容孤寂的场景，油灯点燃的时间长，灯芯燃成灰烬，其形如花。南宋人赵师秀《约客》："有约不来过夜半，闲敲棋子落灯花。"

②新丰孤馆：唐人马周未发迹时，旅居新丰驿馆，备受冷落。此处形容作者的状况。

③江南二老：身处于江南的父母双亲。

【译文】

夜雨一点一滴地打在梧桐的叶子上，如同秋日的声音一声声响起，惹得人愁思不断；半夜时分在梦中归还了故乡，醒来后只见灯花焚尽掉落，一盘残棋无人收拾，可叹我如今犹如当日的马周一样，滞留在新丰的旅馆之中备受冷落。枕在冰冷的枕头上，往昔的辛酸遭遇以及对远在江南的父母双亲的思念，都涌上了心头。

【赏析】

曲子前两句写的是深秋雨夜之景，后面写的是作者被秋雨引发的愁思。夜半梦回，令人倍感惆怅，再加上所遭受到的冷遇，令作者心中更是百感交集，这样的境遇与心绪也成就了这首诗。

"一声梧叶一声秋，一点芭蕉一点愁"让人不禁回想起宋人李清照所作的"梧桐更兼细雨，到黄昏，点点滴滴。这次第，怎一个愁字了得。"相似的场景，相似的意象的诗句还有温庭筠的"梧桐树，三更雨，不道离情正苦，一叶叶，一声声，空阶滴到明"。

除此之外，杜牧的"一夜不眠孤客耳，主人窗外有芭蕉"一句，不仅包含着前两句的意境，还涵盖着第三句"三更归梦三更后"的意境。风吹梧桐叶，雨打芭蕉声，声声惹人憔悴，令人忧愁。三更后如梦，谁知醒来依旧三更时，短梦让人痛。一声、一点、三更等数量词的使用，使意境缠绵不绝。然此种意境犹如困居于旅店客子的绵绵愁意，让人怅然心痛，愁中再添新愁。

梦中与亲友相聚，梦幻而欢乐，然而醒后只见一盏燃尽的青灯，以及一盘残乱无人收拾的棋子。巨大的反差让人不禁对此做出"叹新丰孤馆人留"的感叹。作者将自己比作落魄的唐人马周，一方面说出自己的现状与感受，一方面也说明作者还有积极向上的动力。

雨夜梦醒，又看到了如此凄凉的房屋与景致，难免会勾起心头的千愁万绪，往昔所遭遇的坎坷与不平，在家中期盼自己成才的父母双亲，全部都浮上作者的心头。曲中最后不写自己的思念之情，反而侧面描写家中父母对于自己的思念与期盼，更添愁绪。最后，作者以"都到心头"四个隐含着无限感慨的字来结束全文，真是语尽而意未尽。最后三句着墨不多，但却是作者心理活动的体现，道尽了作者身在异乡的寂寞，说尽了作者浪迹四方却郁郁不得志的愁苦。

【飞花解语】

"叹新丰孤馆人留"可对"人"字令。

"江南二老忧"可对"江"字令。

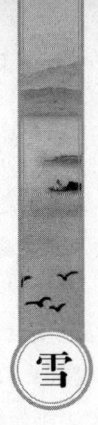

雪

"渺万里层云，千山暮雪，只影向谁去？"看到窗外漫天飞舞的大雪，想起未归的爱人，心中愁肠百结。如何缓解自己的愁绪？除了将心情写下来，就是行"雪"字令了。也许有人会故意念错句子，只为讨一杯罚酒喝。

凭阑①袖拂杨花雪

"凭阑袖拂杨花雪"一句，是"雪"字令中常用的诗句，此句道出了女主人公对恋人的不舍之情。她凭栏而立，远眺离去的情人，任凭杨花柳絮飘落在衣襟之上，直至衣襟落满柳絮，方才伸手拂去。

南吕·四块玉·别情
关汉卿

自送别，心难舍，一点相思几时绝。
凭阑袖拂杨花雪②。
溪又斜，山又遮，人去也。

【注释】

①凭阑：倚着栏杆。
②杨花雪：飘飞的杨絮好似洁白的雪花。

【译文】

　　自从那日送别后，我的心中总是盘旋着你的身影，难舍难分的情绪萦绕在心头不散，满腔的思念之情不知如何抒发。要什么时候，才能够与你再次相见，好叫我不再相思相念。依然记得，那日我斜倚着杨柳之下的栏杆，目送着你远行。片片洁白如雪的柳絮落满了衣襟，遮挡了视线，我才用衣袖将其拂去。却发现你的身影已经不见了，只能够看见向东而流的小溪，以及遮挡住道路的重山。原来心上的人，真的走远了。

【赏析】

　　"自送别，心难舍，一点相思几时绝。"自从送你离开后，我心中万分难舍，这一点相思之情，绵绵密密，几时才能了却？这句写出了女主人公对爱人的相思之意，道出了女子的心中的不舍与思念。开始时语气平淡自然，然而之后却又以"难舍"唱出了离别之时心中的惆怅。离别后再次想起往事，心中情绪难平。曲中的相思看似只有"一点"，但是却缠绵不绝，源源不断。作者以别情缠绵的一面，掩去了别情沉重的一面，既合理又优美。其中"一点相思几时绝"是整首曲子的中心，是整首曲子的点睛之笔，奠定了整篇词曲抒情的基调。

　　"凭阑袖拂杨花雪"此句，道出了离别的季节为杨花如雪的暮春。这个季节最容易引起人的离别之思，苏轼曾在《少年游》一诗中写道："去年相送，余杭门外，飞雪似杨花。今年春尽，杨花似雪，犹不见还家。"同时，这句道出了女主人公所在的地点为高楼栏杆处。伸手拂去杨花柳絮，表明了女主人公站在高楼上的时间已久，因为站得久，所以柳絮杨花飞满了衣襟，她时时"拂袖"，以防看不见已经远去的心上人。

　　末尾三句"溪又斜，山又遮，人去也"，描写女主人看见男主人公逐渐远去的景象。从顺序上看，这是女主人送别心上人之时看到的景象；如果作者在章法上做了倒序腾挪，那么就要将其当作逆挽诗，意为女主人公正在思念远在他方的心上人。两种解读手法，道出了不同的意义，这让这首词曲的意思精妙无穷，令人深思。

　　这首曲子，巧妙地展现了女主人公思念恋人的缠绵相思之情，入木三分的描写让词曲中的情感浮于纸上。整篇词曲写出了一位深情女子内心的思念与惆怅，给人以言有尽而意无穷的艺术感受。

【飞花解语】

　　"凭阑袖拂杨花雪"可以对"花"字令。

　　"溪又斜，山又遮，人去也"可以对"水"字令，可以对"山"字令。

雪纷纷，掩重门

　　"雪纷纷，掩重门"是"雪"字令中常见的词句。这一句出自关汉卿所著的《双调·大德歌·冬》，描写岭南一个在雪中凭栏眺望的香闺佳人。全首曲子读起来婉转动听，颇有一番滋味。

双调·大德歌·冬

关汉卿

雪纷纷，掩重门，不由人不断魂！
瘦损江梅①韵，那里是清江江上村！
香闺里冷落谁瞅问？
好一个憔悴的凭阑人！

【注释】

　　①江梅：我国传统花卉之一，品种较多，尤其在江南地区分布广泛。梅与松、竹被喻为"岁寒三友"，能傲寒开放。江梅还有另一种说法，其意为唐代"梅妃"，所以江梅韵也暗指梅妃的风韵。

【译文】

　　大雪纷纷扬扬地落下，掩住了村中的重重门扉，江梅如同少妇思念远方的丈夫般伤心断魂，她消瘦的身影已经失去了往日的风韵。那里可是清江江岸旁的村子！香闺清冷，又有谁来瞧一瞧，问一问呢？在漫天的风雪中，只有她倚栏远望，好一个让严冬都无力的满脸憔悴的香闺佳人！

【赏析】

　　这支曲子乃是关汉卿尝试以《双调·大德歌》中的男女趣事为题，分咏春、夏、秋、冬四季之中的"冬"歌。这首歌看似反映的是闺中少妇思念丈夫的愁怨之情，实际上表现的却是江梅的风韵。作者是将江梅比作思念丈夫的妇人，将赏梅之人看作妇人的丈夫，谱写的是江梅与赏梅人之间的情感纠葛。曲中江梅立在枝头迎接风雪，展现风姿，渴望赏梅人的光临，却无人来赏，最后无可奈何地发出感叹：赏梅人皆负心人。

开头两句"雪纷纷，掩重门"点明季节乃为寒冬腊月，此时大雪纷飞，而村中人为抵御寒冷的侵袭而关闭门扉。六个字，便将一幅雪中村庄的寒冷与孤寂，刻画得淋漓尽致。

在这样的寒冷与孤寂之中，人人都关起门，伤了渴望被人观赏风韵的"梅妃"的心，作者观后发出了"不由人不断魂"的语句。作者将被大雪压弯的梅花比作思虑过重而消瘦的妇人，这种消瘦折损了江梅本身的风韵。

第五句"清江江上村"，借用了辛弃疾词句的意境，进一步表现少妇的孤寂与悲痛之情，将少妇渴望被人欣赏的殷切之意表达得入木三分。

第六句"香闺里冷落谁瞅问"，是少妇发出的无可奈何的慨叹，哀思之情渐浓，愁绪渐深。

最后一句"好一个憔悴的凭阑人"是作者对江梅的赞叹，赞其连严冬都折损不了，展现出了少妇对爱情的执着。作者又叹其可悲，如此瑰丽雅致之景竟然无人欣赏。

【飞花解语】

"不由人不断魂"可以对"人"字令。

"好一个憔悴的凭阑人"可以对"人"字令。

残雪柳条，红日花梢

"残雪柳条，红日花梢"出自《双调·庆东原·次马致远先辈韵》，这一系列的诗篇共有九首，此乃最末尾的一首。这首小令用凝练的语言，描绘出了精致的景象，让人叹服。

双调·庆东原·次马致远先辈韵
张可久

山容瘦①，木叶②凋。
对西窗尽是诗材料。
苍烟树杪③，残雪柳条，红日花梢。

他得志笑闲人，他失脚闲人笑。

【注释】

①山容：山的姿容。

②木叶：特指秋天的落叶

③杪：树梢

【译文】

山林清瘦俊爽，树上的叶子已经凋零。隔着西窗向对面望去，全部都是写诗的素材。苍茫的云雾笼罩着树梢，柳树的枝条上还留着一些残雪，泛红的阳光照耀着花丛。小人在得志的时候无事便嘲笑他人，失意后被别人嘲笑。

【赏析】

小令开篇便写山的姿容，以一句"山容瘦，木叶凋"道出了秋日山林的整体形象。秋风萧瑟，落叶飘零，草木干枯，以至于山林看上去变得清瘦起来。自古以来，作者描写"山瘦"的名篇数不胜数。如北宋诗人张耒的《初见嵩山》"日暮北风吹雨去，数峰清瘦出云来"、杨万里的《题黄才叔看山亭》"春山叶润秋山瘦，雨山黯黯晴山秀"等。

作者用"瘦"字写出了山林的美，用"木叶"二字写出了山林中萧瑟的情态。言简意赅的六个字，将秋日山林的俊朗与清爽刻画得入木三分。

"对西窗尽是诗材料"先点出了作者的位置，乃是在书斋的西窗之下；然后点出了这些景色是透过窗户所见到的。这些景象让作者诗兴大发，觉得万物皆入画，也引出了下文中的"苍烟树杪，残雪柳条，红日花梢"。

这三句，一句一景一画。"苍烟树杪"，缥缈的雾岚游荡在山林之间，笼罩住了树梢，为山林披上了一缕轻纱，让大山增添了一丝缥缈之感；"残雪柳条"，春风刚至，杨柳便急切地在微暖的春风中抽出嫩芽。令人惊奇的是，嫩芽的不远处还覆盖着一层尚未融化的白雪；"红日花梢"，艳阳三月天，百花绽放，阳光笼罩其上，为本就妖娆的花朵增添了一股艳丽之感。如此绝妙之景，正是绝佳的诗歌的素材。

"他得志笑闲人，他失脚闲人笑"看似与上文无关，实则却是全文的主旨所在。如此的大好风光，不去观赏岂不是可惜了。可惜有一些人无心观景，总是将空闲时间用来嘲讽他人。然而这种人只有在得志的时候能够嘲讽讥笑他人，一旦失志，等待他们的就是"闲人"的讥讽。

【飞花解语】

"山容瘦，木叶凋"可对"山"字令。

"红日花梢"可对"花"字令。

"他得志笑闲人，他失脚闲人笑"两句皆可对"人"字令。

几枝红雪墙头杏

"几枝红雪墙头杏，数点青山屋上屏"出自胡祗遹所写的《中吕·阳春曲·春景》。该句以杏花比红雪，以青山之影映屋顶比作画屏，是写景的上佳之作。该句既可用于对"雪"字令，又可以用于对"山"字令。

中吕·阳春曲·春景
胡祗遹

几枝红雪墙头杏①，数点青山屋上屏②。一春能得几晴明？

三月景，宜醉不宜醒。

【注释】

①墙头杏：杏花长得繁茂，高过了墙头，伸出了墙外。

②屋上屏：青山如屏障，本来在屋后，看上去就像在屋顶上。

【译文】

绽放的杏花如红雪般堆积在墙头，屋后泛绿的青山点点映射在屋上成了一幅画。一个春季，能有几日如今日这般明媚晴朗的？这般令人沉醉的景色，也只适合泛着醉意的双眼，而不适合清醒着去观赏。

【赏析】

"几枝红雪墙头杏，数点青山屋上屏。一春能得几晴明？三月景，宜醉不宜醒"道出了晴日春天的景色。"几枝红雪墙头杏"以杏花表明此为晴天，通过描写"红雪"般堆砌在墙头的花朵写出了百花的繁茂。"数点青山屋上屏"，以比喻的手法写出了屋后青山的景色。"一春能得几晴明"一句，强调了此景的难得，道出了作者对此情此景的喜爱。"三月景，宜醉不宜醒"写出了作者对阳春三月之境的陶醉，凸显了作者怡然自得、悠闲自在的心态。

"数点青山屋上屏"可以对"山"字令。

"一春能得几晴明"可以对"春"字令。

一声"雪下呈祥瑞"

"一声'雪下呈祥瑞'"是小琼姬看到柳絮飘飞之时，略显天真的话语。从此句话可以看出，小琼姬的性格定然是活泼且单纯的。对于不识字的小琼姬来说，大雪纷飞等于好年头，会丰收，遇见此景，当然会忍不住惊喜地叫出声来。

中吕·山坡羊·闺思

张可久

云①松螺髻，香温鸳被②，掩春闺一觉伤春睡。

柳花飞，小琼姬③，一声④"雪下呈祥瑞"，团圆梦儿生唤起⑤。

"谁，不做美⑥？呸，却是你！"

【注释】

①云：形容头发蓬松如乌云。螺髻：螺旋形发髻。

②鸳被：绣有鸳鸯图案的被子。

③小琼姬：美丽的小丫头。

④一声：指琼姬在欢叫。祥瑞：吉祥的征兆，即所谓"瑞雪兆丰年"。

⑤生唤起：硬唤醒。

⑥不做美：不成就别人的好事。

【译文】

春暖花开的时节，伤春的少妇云鬓松散，窝在绣着鸳鸯的床被之上昏然入睡，做起了与相公团圆的美梦。屋外柳絮纷飞，如同片片白雪。懵懂无知的漂亮小丫头见了，以为春日飞雪，便惊呼："雪下成祥瑞"，惊醒了少妇的美梦。少妇被小丫头唤醒，不禁含娇带怒地责问道："谁，不做美？呸，却是你！"

【赏析】

这首散曲以一场富有戏剧性的小冲突，描写了一个闺中少妇对于夫君的思念之意。开篇的"云松螺髻，香温鸳被，掩春闺一觉伤春睡"中，写出了伤春伤别的少妇由于神思倦怠而无聊入睡的场景。其中的"云松螺髻"写出了少妇情思恹恹的状态。"香温鸳被"则点出了少妇寂寞的原因，说出了少妇的情思。最后这句"掩春闺一觉伤春睡"道出了少妇无所事事入睡的场景。古代女子以夫为天，整日围着丈夫生活，丈夫一旦离开，生活的重心便产生了变化，这种变化很容易让少妇无所适从。

"柳花飞"一句，既描写出了窗外的春景，又是故事的转折点，承接了下文中小丫头的失语。"雪下呈祥瑞"乃是小丫头之语，写出了小丫头的天真无邪与活泼幼稚。古时重农抑商，农事十分的重要。俗语讲"瑞雪兆丰年"，所以小琼姬在看到"雪花"的时候会兴奋不已。由此可见小琼姬可能是一位农家的女孩，刚刚入了大户人家做侍女。

"团圆梦儿生唤起"其中的"生"字写出了少妇的懊恼，其中的"团圆二字"点出了少妇的梦境，也道出了少妇伤春的原因，与开头互相呼应。末尾少妇的两句："谁，不做美？呸，却是你！"以口语的方式将少妇娇嗔薄恼的形态展现得淋漓尽致。

这首曲子的文辞前半文雅，后半通俗，以雅衬俗，构思巧妙，故事简短精彩。此首曲子的精彩部分在后半部分，点睛之笔为少妇口语化的娇嗔。其言辞的泼辣有趣，是散曲风格的代表。其语意之中所包含的懊恼，是整首曲子的中心思想。

【飞花解语】

"云松螺髻，香温鸳被，掩春闺一觉伤春睡"可对"春"字令。

"柳花飞，小琼姬"可对"花"字令。

月

"半溪明月，一枕清风。"文人雅士在月下徘徊，心如明月般皎洁，他没有忧愁需要倾诉，只想尽情欣赏明月，享受清风的吹拂。这时，友人带着一壶酒来拜访他。友人的笑脸温暖了月色，酒香让明月更加动人，不过品味美酒是有条件的，就是他必须对出有关"月"的句子。这可难不倒他，因为在月下徘徊了那么久，他已吟诵了无数首关于"月"的作品。

半溪明月，一枕清风

作者用"半溪明月，一枕清风"短短八个字，写出了隐士的清闲洒脱、逍遥自在的生活。这种生活是每一个元朝作者都格外向往的，"岁寒心不肯为梁栋"，是他们内心的真实写照。

双调·殿前欢·观音山眠松①

徐再思

老苍龙，避乖②高卧此山中。
岁寒心③不肯为梁栋，翠蜿蜒俯仰相从。
秦皇旧日封④，靖节⑤何年种？丁固⑥当时梦。
半溪明月，一枕清风。

【注释】

①眠松：睡卧状的松树。

②避乖：与世近离，避离世乱。乖，抵触。

③岁寒心：松、竹、梅被称为岁寒三友。此指松树抵御严寒的意志。

④秦皇旧日封：秦始皇曾登泰山，在松下避雨，封其树为五大夫。

⑤靖节：指陶渊明，私谥"靖节"。其《归去来兮辞》有句："三径就荒，松菊犹存。"

⑥丁固：三国吴人，任尚书时曾梦到松树生其腹上，后封大司徒。

【译文】

老松树为了躲避乱世而藏在这座深山之中。即使拥有着不屈的意志，它也不愿意做这世间的栋梁，宁可与蜿蜒缠绕的翠藤为伴。这棵老松树曾经被秦始皇册封过，曾被陶渊明照顾过，曾与丁固在梦中相逢。现在它只愿与山中的清风明月相伴。

【赏析】

该曲前四句，写的是"老苍龙"闭世不出的原因。作者将松树比作"老苍龙"，实则是在各个方面称赞如松树般的隐士。俗语讲："嘴上无毛，办事不牢"，一个"老"字，侧面说出了此隐士是有经验的"老人"，能力出众。"苍"字，所说的乃是隐士如廉颇一样老而弥坚。自古龙凤为首，用"龙"字形容一人，便说明这人各个方面都十分出众，暗喻隐士乃是人中龙凤。

如此栋梁之材，当为国效力，然其却"高卧此山中"，这又是为什么？"避乖"两字，道出了根本原因。原来是这棵苍松生性与世间之人不同，个性极为忤逆，不愿同世间其他的才子一样出仕挣名利，反而为了在乱世之中寻一清静之地，而来到深山。苍松的如此作态与东山高卧的谢安，隆中高卧的孔明等隐士又有何不同？

"岁寒心不肯为梁栋，翠蜿蜒俯仰相从"一句中，"岁寒心"为松树凌霜傲立的顽强意志，也为隐士不屈服于权势与名利的高尚情怀，而"不肯为梁栋"正是隐士这种情怀的具体表现。"翠蜿蜒俯仰相从"，此句看似写松树此时的姿态，实则在暗喻隐士与妻子在山中相携相守、淡泊名利、从容不迫的生活状态。

"秦皇旧日封，靖节何年种？丁固当时梦"一句，连用了三个典故，作者从侧面出发，以松树的经历来提升松树本身的价值，说明松树是在历经人情世故后归隐的。这说明隐士已经看透了历史兴亡与世事人情。

最后两句说的是隐士生活的悠闲与自在。清风为友，明月为邻，听溪水潺潺，看林中斜阳，观人生百态。如此超尘脱俗、潇洒自在的生活，让读者不禁神往。

"避乖高卧此山中"可以对"山"字令。

"半溪明月，一枕清风"可对"风"字令。

东篱本是风月主

"东篱本是风月主"一句，是散曲《双调·清江引·野兴》的第一句，从结构上来看，这是引领下文，总写本章的句子；从思想上来看，这是奠基全文思乡情调的总体概括；从人物上看，是作者悠然自得的心性表现。

双调·清江引·野兴

马致远

东篱本是风月主①，晚节园林趣。

一枕②葫芦架，几行垂杨树③，

是搭儿④快活闲住处。

【注释】

①风月主：即大自然的主宰者

②一枕：一排，一行之意。

③垂杨：指垂柳。

④搭儿：地方。

【译文】

我本来就是大自然的主人，晚年的爱好与志向，便是寄情于园林山水，并以此为趣。在院子里种上一排葫芦，在门前栽上几颗垂杨柳，打造一个优美的隐居之所。这真是一个让人悠然快活的世外仙境。

【赏析】

"东篱本是风月主"一句，是作者对自己喜好和乐趣的判断，也是作者对于自己人生追求的总结概括。其中的"东篱"是作者对自己的自号，来自陶渊明的诗句"采菊东篱下，悠然见南山"。由此可以判断，作者所向往的是五柳先生陶渊明隐居之后的悠然生活。"风月"指风花雪月，代指整个大自然。其中的"本"字，用的极佳，表明了作者之前的失意皆因为立错了志向，忽略了自己的本性。想要得志，必然就要恢复本性，重归山野之中。

"晚节园林趣"一句是作者对自己日后生活的判断和计划。其中的"晚节"二字，点明了时间，说出了作者看破了一切，所做的决定绝非一时冲动，而是大彻大悟之后的决断。"园林"所表明的地点，亦是作者的志向所在。园林之中必是山水为伴，而园林多指的是大自然，表达了作者隐居的愿望。"趣"字可以解释为志趣，也可以解释为乐趣，也就是说作者晚年的志向与乐趣，皆在山野园林之中，而非朝堂之上。

"一枕葫芦架，几行垂杨树"是作者对隐居之后的生活环境的策划。就如同陶渊明在屋前种柳，在院中栽菊一般。作者打算在院中种上可以盛酒的葫芦藤，在屋前种上可以乘凉的垂柳。通过这两处，读者可以想象出作者所居住的地方必定是远离尘世喧嚣，贴近自然的山野之地。春日来临之际，作者可以看见垂柳随风摇曳，葫芦初萌嫩芽；夏日炎炎之时，作者可以坐在柳树之下听蝉鸣鸟啼，看葫芦藤上点点花开；秋日光临寒舍，作者可摘取成熟的葫芦，对着落叶的柳树欢饮；雪花飘落枝头，银装素裹之时，作者便可烹茶饮酒，赞时光之美，寻梅花于山中。

"是搭儿快活闲住处"一句，道出了隐居之地的美妙。没有尘世的俗事烦忧，没有官场上的人情烦琐，作者尽可享受这平和而美好的日子，这样的日子应该是仙人所享，身处于此等仙境，自然会让作者的喜悦之情溢于言表。

这首散曲没有烦琐的辞藻，也无精细的雕琢，仿若天成，处处尽显作者心中对隐居生活的情意。让人读之不禁感同身受，向往其中的平淡美好。

【飞花解语】

"晚节园林趣"可对"林"字令。

笔底风月时时过

"笔底风月时时过"源于姚燧的散曲《中吕·阳春曲》。此曲是一位上了年纪的老翁回味平生之时的自述。此句所描绘的是老翁一生的所见所闻，有时光的流逝之感。这首散曲结构严谨，语调平和，韵味幽深，是一首典型的文人曲。

中吕·阳春曲
姚 燧

笔底风月①时时过，眼底儿曹②渐渐多。

有人问我事如何，人海③阔，无日不风波④。

【注释】

①笔底风月：笔头描绘的清风明月，指用文艺形式所描摹的美好景色。风月：清风明月，泛指美好的景色，也指情爱之事。

②儿曹：儿女们，这里指晚一辈的青年。

③人海：比喻人类社会。

④风波：这里用来比喻人事的纠纷和仕途的艰险。白居易《除夜寄微之》："家山泉石寻常忆，世路风波仔细谙。"

【译文】

一次次地描绘良辰美景，时光飞逝，眼底下的儿孙小辈渐渐增多。有人问我这人间的世事如何。世间万事，纷繁复杂，风波不断。

【赏析】

这首散曲是一位老翁的生平自述，有着其他曲目所没有的时光感。对于老翁来说，他这一生是在描绘良辰美景中度过的，这说明老翁是一位文人雅士，更可能是作者对自我的想象。

曲子从"笔底风月时时过"开始，其中"风月"所代表的是清风明月，泛指一切美好的时光和景色。然而辛酸苦辣亦在时光之中，老翁却没有提及，这说明这位老翁沉醉于写文赏景中，心胸较为开阔。对一生以著作为目标的文人来说，在写文写词中度过一生是一件美妙的事，所以他才会感慨道：清风明月为伴，笔尖点点，时光滴滴，不知不觉中便度过了这美好的时光，让双鬓染上了风霜。

随着时光的流逝，"眼底儿曹渐渐多"。子孙辈的增多让老人将生活重心渐渐转到了家庭中。两句话联系起来，便将老人看似平淡幸福的一生描绘了出来：一位青年沉醉于山水风月之中，日复一日地用笔尖描绘美景，偶尔与妻子相伴。妻子的肚子渐渐地变大，新生儿落地。青年变得越来越成熟，却依旧流连于书籍之中，直到两鬓生出华发，膝边围绕着儿子，他们吵吵闹闹，让老人无法专心地写文作画。无奈之下，老人只好放下手中的"老伙计"，抱起儿孙。

含饴弄孙的日子过于美好，随着儿孙的长大，他们开始关心起仕途，并去询问老人。面对儿孙的询问，老人回忆起自己当年身陷官场之中的浪涛，小心翼翼地去做每一件事，怕被卷进深渊之中不得翻身。喟然一叹，老人的视线逐渐清明起来，一句"人海阔，无日不风波"道出了老人的人生经验。对于老翁来说，人世间是无边无际的，社会更是广阔无垠的，所以只要眼界开阔，遭受点风波又算什么呢。

这个回答看似豁达开朗，实际上却蕴含着作者对现实社会的不满，对自己只能够沉浸于山水花鸟之中的不甘，以及对元代士大夫生活的苦闷。

【飞花解语】

"笔底风月时时过"可对"风"字令。

"有人问我事如何"可对"人"字令。

"人海阔，无日不风波"可对"人"字令与"风"字令。

溪桥淡淡烟，茅舍澄澄月

"溪桥淡淡烟，茅舍澄澄月"出自贯云石所作的《双调·清江引·咏梅》。作者将山间野梅引为知己，赞其高尚的品德与操行，称颂其安于山野的淡泊心态，表达其本身所拥有的微妙情怀。

双调·清江引·咏梅

贯云石

芳心①对人娇欲说，不忍轻轻折。

溪桥淡淡烟，茅舍澄澄月。包藏几多春意也。

【注释】

①芳心：即芳情，优美的情怀。

【译文】

枝上梅花妖娆地绽放着，好像要向人吐露自己优美的情怀与心语，让人不忍摘取它。远方的溪桥被淡淡的烟雾笼罩着，明月的清辉照在茅舍处，梅花绽放。此情此景，容纳着多少的春意啊！

【赏析】

这首曲子所咏的是月光下淡然开放的梅花，使用的是拟人的手法。作者将梅花拟人化，以梅花的姿态做引，一句"芳心对人娇欲说"，将梅花化为美人知己，既写出了梅花的欲语还羞的娇柔姿态，又赋予了梅花以性格和灵魂。而第二句的"不忍轻轻折"则道出了作者的回应和心声。面对如此娇柔的"佳人"，作者被其娇艳的姿态所慑服，想要去"折"；但又被其柔弱的姿态激起了怜香惜玉之心，变得"不忍"起来。

"溪桥淡淡烟，茅舍澄澄月"，此两句为月夜之景，亦是作者放弃摘梅花之后所看到的景色。其中"淡淡烟"和"澄澄月"一方面可以说是梅的陪衬之景，另一方面可以说是野梅本身芳姿的写照。正因作者醉心于梅花，所以梅花本身也变得朦胧素淡了起来。作者以"淡淡烟"和"澄澄月"之景衬托梅花，一方面道出了此刻乃是夜间，另一方面又将原本具象化的梅花写出了朦胧的美感，梅花也变得更具风韵。读者闭上双眼，仔细想象便可以拥有身临其境之感。

作者点出了"溪桥"与"茅舍"两个典型的环境，是为了创造出一种独特的视觉效果。远望而去，溪水与桥梁融为一景，淡淡的烟雾环绕其中，此为"淡淡烟"；茅舍反射月光，银色的月光洒在茅舍与梅花之上，此为"澄澄月"。"溪桥"和"茅舍"两处地点，远离朝堂，栖于山野，梅花开在其中，表达了其远离尘俗、安于淡泊的高雅品行。

最后，作者以"包藏几多春意也"结束全篇，呼应开头的"芳心对人娇欲说"。这句话说出了作者对梅花的期望，也道出了作者对梅花赞美之情。此首曲子为写景之作，实际上却是以景抒情。作者将梅比喻成佳人，又将佳人引为知己，将自己内心的微妙情怀寄托于梅花。情景交融、物我浑然的写作手法，引起读者的共鸣。

【飞花解语】

"芳心对人娇欲说，不忍轻轻折"可对"人"字令。

"溪桥淡淡烟，茅舍澄澄月。包藏几多春意也"可对"春"字令。

当时明月

"当时明月"四个字，写的是前朝之时的明月，与现今照耀在头顶的明月这两个时段的月亮。此句源于倪瓒所写的散曲《黄钟·人月圆》，曲中感叹了宋朝的灭亡，表达了作者怀念故国的惆怅之情。

黄钟·人月圆
倪 瓒

伤心莫问前朝事，重上越王台①。

鹧鸪啼处②，东风草绿，残照花开。

怅然孤啸，青山故国③，乔木苍苔。

当时明月，依依素影④，何处飞来？

【注释】

①越王台：春秋时期越王勾践所筑的台榭，规模宏伟，上有宫殿。后世多次被毁，又多次重建。

②鹧鸪啼处：李白《越中览古》："宫女如花满春殿，只今唯有鹧鸪飞。"这里用其意，而以"东风草绿，残照花开"，烘托其荒凉的景象。

③青山故国，乔木苍苔：故国已成青山，乔木已长苍苔，极力形容其荒凉寂寞的景象。

④素影：指素洁的月亮。

【译文】

不要再问前朝哪些伤心的往事了，重新登上越王台。鹧鸪鸟鸣叫的地方，东风吹绿了刚刚萌生嫩芽的小草，山花在残阳的照耀下盛开。惆怅惘然独自仰天长啸，崇山峻岭依旧在，然而故国却已经不在，放眼望去满目皆是古老的乔木与苍凉的苔藓。如今的明月，如前朝之时那般皎洁银白，可它又是从何处飞来的呢？

【赏析】

"伤心莫问前朝事，重上越王台"两句是倒装句，写作者在重登绍兴越王台之时，引发了伤感之情。诗中所指的前朝是当时已经灭亡的南宋，而作者是一位饱学的宋人。作者主要生活在元朝的中后期，这时南宋灭亡已久，然而作为一名饱学的宋人，倪瓒永远都无法忘记元兵南下的悲惨历史，所以他一生都没有为官，反而做了一位隐士。

越王台是春秋时期越王勾践所建造的楼台，而越地是南宋时期的政治经济中心，其中包含了越王勾践卧薪尝胆，兴复家国的典故。到了此地的作者，自然会被勾起兴复前朝的野心和对前朝灭亡的伤心之事。然而作者却知复国不可为，所以越加伤感，并且不忍闻往事。

"鹧鸪啼处，东风草绿，残照花开"描绘的是自然之景，表达的是作者登上越王台之后的惆怅之情。作者以鹧鸪凄切的鸣啼来寄托自己悲戚的情绪，以荒芜的小草和暮色之中的野花来表达自己心中的荒凉之意，所写所见皆为心中无形的情感所化的有形之物。

望见景色凄凉的故国山林，作者的悲情无处可诉，只能"怅然孤啸"，将情感融于这响亮且凄凉的长啸中，期望可以让其消散于山野之间。

随着时间的流逝，照耀着故国的明月升起。作者仿佛从明月一如既往的光辉之中感受到了明月对于故国的不舍。这让激动的作者慢慢平静了下来，然而本已情景合一的时候，作者突然发问：这江山早已易主，明月又从何处飞来的呢？这一问，再次将作者思念故国的情怀激发了出来。如此一波三折的情感起伏，让人心中的情感久久难以平静。而最后一句疑问，又给读者留下了广阔的想象空间，可谓是绝佳之笔。

【飞花解语】

"东风草绿，残照花开"可对"风"字令和"花"字令。

"青山故国"可对"山"字令。

月明千里

"月明千里"四个字，表面上是在说明月远在千里之外，实际上却暗喻心上的人也如明月般远在千里之外。此句源于邵亨贞的《仙吕·后庭花·拟古》。曲子名为"拟古"，是因为其在古人的诗词之中借鉴了主题与意境。

仙吕·后庭花·拟古
邵亨贞

铜壶更漏残①，红妆春梦阑。

江上花无语，天涯人未还。

倚楼闲，月明千里，隔江何处山？

【注释】

①铜壶：古代的计时器，以铜壶盛水，昼夜滴漏，以刻度为计，称为"漏"。

②阑：残，尽。

【译文】

铜壶更漏就快要滴尽了，红妆佳人从春梦中醒来。江上的花默默无语，心上人还远在天涯尚未归家。闲来无事时倚在楼上向远处望去，明月远在千里之外，隔着江水的那头是望不到尽头的远山。

【赏析】

此首曲子所写的是旧时的思妇，意境也从古人的诗词之中获得，但又有其自身的特色与神采。此曲刻画的是一位女子居住在江边楼头，每日倚着江楼思念未归人的情景。

"铜壶更漏残"中"铜壶更漏"是古代用来记录时间的工具，"残"之一字点明了时间是黑夜将尽的时刻。此时此刻人们应好梦正酣，然而屋中的佳人却醒了过来，这说明佳人梦浅，思绪较重。

"红妆春梦阑"一句点明季节。"春梦"有两层含义，一是春日的梦境，二是与思念之人相聚，情意绵绵的梦境。其中的"红妆"代指佳人，也就是曲中的主人公。作者并没有具体描画主人公的梦境，反而说"江上花无语"，并由此而引出主人公"天涯人未还"的愁思。其中的"天涯人未还"一句乃是全文的主旨，也是思妇思想上的总结和概括。

花朵本就是不会说话的，但作者说"花无语"，其实可以理解为妇人希望花朵可以说话，当一朵"解语花"，帮她解了这满腔的愁思。思妇的愁思是什么？一句"天涯人未还"道出答案。由此可见，思妇在梦境之中必定遭遇了什么，才会满腔愁思无处诉，找那不会说话的"江上花"倾吐心事。

然而美好的愿望终究只能是愿望，花儿无法开口解忧，思妇的愁思更加的深重。对于这种情景，思妇只能微微叹息，倚楼远眺。明知此刻郎君无法归来，然而少妇却依旧在茫茫的江水之中寻找郎君的身影。然而想要找到郎君是不可能的，她只看到了皎皎明月和重重远山。一句"月明千里，隔江何处山"，将思念夫君入骨的少妇形象鲜明地刻画了出来。这明月就如同远在天涯之外的郎君，只知他在这世间，却不知他身在何处，可悲可叹。

【飞花解语】

"红妆春梦阑"可对"春"字令。

"江上花无语"可对"江"字令和"花"字令。

"天涯人未还"可对"天"字令和"人"字令。

春江夜雨

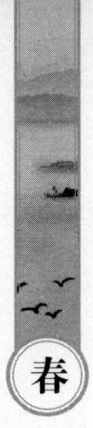

春

"莺莺燕燕春春，花花柳柳真真。"在提到春天时，人们不会忽视春风、春雨、春鸟，也不会忘记如春风般的少女。或许哪位少年郎之所以提出行"春"字令，就是为了在心爱的姑娘面前展现自己的才华。

春脉脉武陵花

"春脉脉武陵花"将春日的风光比喻成含情脉脉的佳人，将佳人顾盼婉转之间的风情比作武陵源之中的桃花。此句运用了《桃花源记》的典故，描绘出春光的美好。

商调·梧叶儿·春日郊行

张可久

长空雁，老树鸦，离思满烟沙①。
墨淡淡王维画，柳疏疏陶令②家，春脉脉武陵花③。
何处游人驻马？

【注释】

①烟沙：云雾弥漫在沙滩的上空。

②陶令：指晋代作者陶渊明，他曾担任过彭泽县令。

③武陵花：陶渊明《桃花源记》中有武陵桃花，此处引用此典，用来表示春色。

【译文】

长空中飞过北归的大雁，老树上栖息着归来的乌鸦，满怀的离愁思绪如同烟雾般弥漫在沙滩上空。淡雅的山水如同王维的画作，河岸边杨柳疏疏落落，岸上的人家如同五柳先生陶渊明的家，多情的春日风光让人联想起了武陵之中的桃花。这样美轮美奂的景色，能让牵着老马的游子驻足观赏。

【赏析】

这首诗开头三句便道出了作者的满腔愁思，并隐晦指出了这种愁思为思乡之情。"长空雁，老树鸦，离思满烟沙"三句中，首句中的"雁"指的是北归的大雁，鸿雁传书自古便有，作者望着归来的大雁，想到远方家乡的消息并不奇怪；次句中的"鸦"指的是归巢的乌鸦，鸟儿可以归巢返家，而作者却只能够游荡在远离家乡的山水之间，怪不得离愁满怀；最后一句"离思满烟沙"睹物兴悲，表达了作者无穷无尽、溢出胸腔的离愁。

"墨淡淡王维画"一句，描绘了作者身旁明丽的景色。王维的水墨山水画多以渲染为主要的手法，笔触简练奔放，画作自然清淡，境界含蓄、悠远、纯净。作者将此地的山水比作王维手下的水墨山水画，可见景色之美。

"柳疏疏陶令家"描绘了河水两岸杨柳依依的景象，作者说其风姿如同陶渊明家门前的柳树一般，其实是在说这柳树的风骨与陶渊明本人相似。

"春脉脉武陵花"一句，是对春光的总体描绘，表面上在说春景绚烂如同桃花源中的武陵桃花，其实是在说江边绚烂迷人的春光对人的吸引力，就像是桃花源对世人的吸引力一般，让人不禁神往。

然而面对如此美丽的风光，作者却发出了"何处游人驻马"的疑问。散曲到此戛然而止，让人心头一愣，随之便是悲伤满怀。无论春光多么的迷人，满是惆怅的作者也无心观赏。一句"游人"道出了作者漂泊在外的情景，说出了春光再好也非家乡之景的惆怅；一语"何处"道出了游人漂泊不定的处境，说出了游人天地再广、风景再美，也无自己容身之处的离愁。对游人来说，如此美好的春光，非但无法安慰他惆怅满怀的心绪，还会因为自己与这美景的格格不入而添新愁。

【飞花解语】

"春脉脉武陵花"可对"春"字令。

"何处游人驻马"可对"人"字令。

睡海棠，春交晚

"睡海棠，春交晚"出自马致远所写的《南吕·四块玉·马嵬坡》。"春交晚"点明时节为暮春，在这个时节中盛开的海棠花属于秋海棠。秋海棠因其花色艳丽，花形多姿，叶色娇嫩柔媚、苍翠欲滴，所以自古受人追捧，有"国艳"之誉，更有"百花之尊""花之贵妃"的美称。

南吕·四块玉·马嵬坡

马致远

睡海棠①，春交晚，恨不得明皇②掌中看。霓裳③便是中原患。
不因这玉环④，引起那禄山⑤，怎知蜀道难⑥！

【注释】

①睡海棠：比喻杨贵妃。
②明皇：指唐玄宗。
③霓裳：即《霓裳羽衣曲》，相传杨贵妃善舞此曲。
④玉环：杨贵妃，字玉环。
⑤禄山：即安禄山。
⑥蜀道难：指安禄山攻入潼关，唐玄宗仓皇逃往四川之事。

【译文】

杨贵妃如同暮春时节的睡海棠般娇媚多姿，让唐明皇恨不得将其时时捧在掌心中赏玩。杨贵妃所跳的《霓裳羽衣曲》为中原带来了灾难与祸患。若不是因为唐明皇有了这美艳多姿的杨玉环，那手握重兵的安禄山又怎么会起兵造反，唐明皇又怎么会前往四川逃难，明白蜀道之难，难于上青天！

【赏析】

马嵬坡又名马嵬驿，在今陕西省兴平市西北。相传"安史之乱"时，唐明皇逃难，杨贵妃在马嵬坡被赐死。唐代作者郑畋曾以"马嵬事变"作为背景，写有《马嵬坡》一诗："玄宗回马杨妃死，云雨难忘日月新。终是圣明天子事，景阳宫井又何人。"

"睡海棠，春交晚"全文开篇便描述杨贵妃的美貌，以秋海棠作为比喻源于宋释惠洪《冷斋夜话》的记载：唐明皇登香亭，召太真妃，于时卯醉未醒，命高力士使待儿扶掖而至。妃子醉颜残妆，鬟乱钗横，不能再拜。明皇笑曰："岂妃子醉，直海棠睡未足耳！"

"恨不得明皇掌中看"写的是唐玄宗对杨贵妃的态度，说唐玄宗恨不得时时与杨贵妃在一起。而下一句"霓裳便是中原患"，则是在暗指杨玉环使唐玄宗耽于国事，一心淫乐，最后让"安史之乱"爆发。在这句话中，"恨"之一字道出了中原战火重新掀起的原因，写出了作者对唐玄宗的讽刺之意。

"不因这玉环，引起那禄山，怎知蜀道难"最后三句是作者对历史的感叹，叹杨贵妃红颜祸水，叹唐玄宗荒淫误国。这首曲子前半部分叙事，后半部分感叹，借唐玄宗与杨贵妃之事发出朝代兴亡之叹，意在总结历史的经验和教训。

很多人觉得此诗责备杨玉环重于责备唐玄宗，有着"红颜祸水"的消极思想。其实此类说法是不严谨的，因为作者在该曲中只赞了杨贵妃的美艳，并没有批评杨贵妃的品行。反而对于唐玄宗的批评较多，说唐玄宗"恨不得"，道唐玄宗原本不知"蜀道难"。作者囿于忠君之道，不便直接揭穿唐玄宗的面貌，只好含蓄而为，道杨贵妃之美，说《霓裳》之魅，道"蜀道"之难。

【飞花解语】

"引起那禄山"可对"山"字令。

莺莺燕燕春春

"莺莺燕燕春春"一句，描写的不仅仅是春日中的莺啼与燕鸣，还用"莺燕"暗指下文中的美女。此句虽模仿了前人的写作手法，却营造出了独属于本曲的意境，绝非"东施效颦"之作。

越调·天净沙·即事

乔 吉

莺莺燕燕①春春，花花柳柳真真②，事事风风韵韵③。
娇娇嫩嫩，停停当当④人人。

①莺莺燕燕：春光中的景色，古人常用"莺燕"比喻天真活泼的少女。
②真真：典故中美丽女郎的名字。
③风风韵韵：本指一个人的风度和韵致，后多以形容妇女的风流神态。
④停停当当：即停当、恰当、妥当的意思，形容美人体态、动作的优美。

【译文】

天真活泼的少女如同大好春光之中的莺燕；美丽妖冶的女郎站在这花柳之中实在是迷人至极；无论是风度还是韵致，都是极佳的；既娇嫩可爱，又婉转多情；真是一位体态与动作皆卓越的美人。

【赏析】

这首散曲主要称赞大好春光与美丽少女，作者所用的叠字词语手法并非独创，而是有前例可循的。宋人李清照的《声声慢》，便是连用叠字词语来形容自己的悲凉："寻寻觅觅，冷冷清清，凄凄惨惨戚戚"。乔吉模仿了李清照这首诗词当中叠字词语的使用方法，便成就了这首著名的《越调·天净沙·即事》。

文章开头前两句，连用六个叠字词语，将春日的景致和风光并列，以莺燕代表春日中的活物，为曲子增添了生气与活力，暗喻少女天真美好；用花柳代表春光中的景致，为曲子增添了色彩，暗喻少女妖冶有风情；以"春春"点明季节，强调春日的美好风光；以"真真"这个带有典故的美女名字，来代指女郎，暗喻女子风姿迷人。

"真真"这个名字出自《太平广记·画工》。唐代有一进士名为赵颜，一日赵颜得到了一幅美女图，一位画工对他说，这画上的美女名为真真，如若日夜诚心呼唤她，她便会在百天之后从画中走出。赵颜爱这画中女子的风姿，便照做。百日后，果然如画工所言，女子从画中走出。赵颜大喜，于是与真真成亲，一年后，两人生下了一个儿子。赵颜之友说真真乃是妖精所化，赵颜听后要杀真真。真真泣诉说自己本为南岳地仙，语罢便抱着儿子重新回到了画中。

最后作者用"事事风风韵韵。娇娇嫩嫩，停停当当人人"来赞誉这位立于春色中的绝色美女。其中风风韵韵、娇娇嫩嫩与停停当当三个复音词，皆是称赞女子风韵迷人、姿态优雅、容貌娇媚、仪态端庄的词语。

此曲的特点就在于叠字的应用。14个叠字词的应用，让整篇文章拥有了一种奇异的艺术效果。该曲语言简练，意味丰厚，多次使用一语双关的手法来描写美人与春光的美丽，手法与笔触可谓是妙语天成，别具一格。

【飞花解语】

"花花柳柳真真"可对"花"字令。

"事事风风韵韵"可对"风"字令。

"停停当当人人"可对"人"字令。

道是春归人未归

"道是春归人未归"取自《双调·大德歌·春》，是关汉卿所作《双调·大德歌》中四篇曲子之中的第一首，主要描绘了少妇在春景中等待郎君的情景及少妇心情。

双调·大德歌·春
关汉卿

子规①啼，不如归，道是春归人未归。

几日添憔悴，虚飘飘柳絮飞。

一春鱼雁②无消息，则见双燕斗衔泥③。

【注释】

①子规：即杜鹃鸟。据说它的叫声有些像"不如归去"，哀苦至极。晁补之《满江红·寄内》："归去来，莫教子规啼，芳菲歇。"

②鱼雁：书信的合称。《汉书·苏武传》："教使者谓单于，言天子射上林中，得雁，足有系帛书。"秦观《鹧鸪天》："一春鱼鸟无消息，千里关山劳梦魂。"

③斗衔泥：争着衔泥营造巢穴。化用白居易《钱塘湖春行》"谁家新燕啄春泥"诗意，喻相思相爱。

【译文】

杜鹃鸟在枝头哀苦地鸣叫着："不如归"，郎君明明在走之前说过春天便回来，而今春天已经来到了，但郎君却还没有归来。等待的日子让闺中思念郎君的少妇越发憔悴，虚幻缥缈的柳絮漫天飞舞。等了整整一个春天都没有得到郎君寄回来的书信，只能看到成双成对的燕子争着抢着衔泥，营造它们共同的巢穴。

【解析】

　　这首曲子以"归"为诗眼，叙述了闺中女子思念郎君的情景与心态。第一句中的"子规啼"暗含着"归"字，接下来的"不如归，道是春归人未归"中更是妙用了三个"归"字，不仅紧扣主题，还能够将思妇盼望郎君归来的心绪明确地表达出来。

　　第二句"子规啼，不如归"，既写出了少妇在春天来临之际所看到的景色，又将少妇此时此刻的心态描绘了出来。杜鹃声声如哀鸣般的"不如归去"，提醒少妇春天已到，郎君当归来，深深地触动了少妇敏感的内心。一句"道是春归人未归"将少妇既担忧又哀怨的心态刻画得入木三分，让人闻之动容，感同身受。

　　归期已至，但郎君却失约，这让少妇日渐憔悴起来。无心做事的少妇只好坐在窗口看窗外漂浮不定的柳絮，"几日添憔悴，虚飘飘柳絮飞"便被引了出来。前一句描绘少妇等人不归后的愁苦状态，后一句描绘少妇看到的景色，点明春天已过大半，以虚飘飘的柳絮来形容少妇的心理状态。郎君在外是福是祸，是吉是凶根本无法判定，这让少妇的内心担忧不已，无法安定。

　　"一春鱼雁无消息"说明少妇已经降低了自己的期望值，从盼望郎君归来，到盼望郎君寄来书信报平安。但是少妇等了整整一个春天，都没有收到郎君的消息，这让少妇痛苦至极，哀怨至极。这时少妇的哀怨痛苦达到了极致，是整篇曲子的最高潮。

　　"则见双燕斗衔泥"一句是全文最为巧妙的一句。这句话与上句"一春鱼雁无消息"形成强烈的对比状态，看似在描写双燕筑巢的情景，实则是少妇正在抒发自己的哀思，感叹自己的愁苦。少妇的状态如此孤凉凄楚，还不如那对恩爱的燕子。如此鲜明的对比，让人不禁多添了几分苦涩。

　　此曲以比兴手法开头，为少妇的离别之苦塑形，由表及里，层层深入的情感让人不禁为之哀叹。作者最后用强烈的对比作为点睛之笔，唤起人内心深处的同情心。全首曲子紧紧围绕一个"春"字，曲中多次以春天的景物来侧面描绘少妇的愁苦，突出少妇的思归之心，使主题深入人心。

【飞花解语】

　　"道是春归人未归"可对"人"字令。

　　"一春鱼雁无消息"可对"春"字令。

萋萋芳草春云乱

"萋萋芳草春云乱"来自张可久的《黄钟·人月圆·春晚次韵》，作者描绘了凌乱的芳草和云朵，运用了以情写景、情景交融的描写手法，意在为后一句铺垫氛围。

黄钟·人月圆·春晚次韵

张可久

萋萋芳草春云乱，愁在夕阳中。

短亭别酒①，平湖画舫，垂柳骄骢②。

一声啼鸟，一番夜雨，一阵东风。

桃花吹尽，佳人何在，门掩残红。

【注释】

①短亭：离城五里的亭子。旧时城外大道旁，五里设短亭，十里设长亭，供行人休憩或饯别。

②骄骢：泛指骏马。骢：青白杂毛的马。

【译文】

芳草萋萋，春云在空中飞舞，夕阳西下的景象让人愁绪满怀。来到昔日与君送别的短亭中喝酒，平湖中有精致的画船，垂柳下系着你的骏马，当时情景历历在目。耳边传来一声鸟儿的鸣叫声，夜里下了一场大雨，刮了一阵东风。盛开的桃花被摧残得所剩无几，你现在又在何处，关上门扉掩住了那零落满地的残红。

【赏析】

"萋萋芳草春云乱，愁在夕阳中"描绘了晚春景象，点出了"春"这个季节与"晚"这个时间。花草凌乱无人打理、云朵乱飞毫无章法，作者自己孤独地站着，愁从心生。这种将"芳草"与忧愁相联系的写法自古便有，《楚辞·招隐士》中有"王孙游兮不归，春草生兮萋萋"，《饮马长城窟行》中有"青青河畔草，绵绵思远道"，《赋得古原草送别》中有"又送王孙去，萋萋满别情"，等等。诗中虽然没有写离愁别绪，但这种情感却早就隐藏其中了。

"短亭别酒，平湖画舫，垂柳骄骢"描写了作者与离人的离别场景。作者并没有说出离去之人的身份，也没有说出离去之人与作者的关系，但根据诗句来判断，离去之人与作者很有可能是志同道合的好友。这三句中描画了"平湖""画舫""垂柳""骄骢"四个与离别相关的景象，如此细致的描绘，可见作者对离别之日的印象之深。

"一声啼鸟，一番夜雨，一阵东风"描写了作者回忆过往后醒过来的场景。写的是春日晚间的实景，但也指代了友人离开之后作者所经历的风云之事。这三句连用了三个"一"字，对偶巧妙，雕琢精致不失本意，反复咏唱的音律让曲子颇有荡气回肠之感。

"桃花吹尽，佳人何在，门掩残红"三句，化用了唐代诗人崔护《题都护南庄》中"去年今日此门中，人面桃花相映红。人面不知何处去，桃花依旧笑春风"的诗句，表达了作者在友人离去后惆怅空茫的心绪和对友人的怀念之情。

【飞花解语】

"萋萋芳草春云乱"可对"云"字令。

"短亭别酒"可对"酒"字令。

"一番夜雨，一阵东风"可对"夜"字令、"雨"字令和"风"字令。

"桃花吹尽，佳人何在"可对"花"字令和"人"字令。

便芒鞋竹杖行春

"便芒鞋竹杖行春"一句，出自《正宫·鹦鹉曲·野渡新晴》。该首散曲的题目很美，易引发读者的联想。这首散曲描写的是山村的自然美景和人文氛围，这两个方面，都是当时文人所向往的。

正宫·鹦鹉曲·野渡新晴
冯子振

孤村三两人家住，终日对野叟田父。

说今朝绿水平桥，昨日溪南新雨。

〔幺〕碧天边岩穴归云，白鹭一行飞去。

便芒鞋竹杖行春①，问底是青帘舞处②。

【注释】

①行春：古时地方官员春季时巡行乡间劝督耕作，称之为行春。此处则为行游之意。

②青帘舞处：酒旗招展的地方。

【译文】

孤零零的村落中只有三两户人家，隐居者终日面对的都是山村中淳朴的老叟和农夫。他们说今天小溪涨到了小桥的高度，因为昨天溪南边下了一场大雨。碧色的天空旁，云朵飘回了远处的岩洞中，一行白鹭从天空中飞过。隐居人随性而为穿上了草鞋，拿上了竹手杖，开始行游，就是不知道，在哪里才能够找到酒旗招展的地方？

【赏析】

对元代的文人来说，如画的美景、淳朴的乡村生活、清新的山村景色、隐居的安稳之地等，都很吸引他们。这首曲子中描绘的小山村，完全符合当代文人的向往，特别是那些饱经忧患的隐士。

这首曲子描绘了隐士的生活，开篇中"孤村三两人家住"，交代的是隐居之地。这里只有三两户人家，地处偏远，与红尘喧嚣和俗世是非相距甚远，所以作者用"孤"字来形容这个小山村。

在这样的村庄中，隐士面对的都是一些"野叟田父"，谈论的事情不过是春潮这种不大的事，关心的不过是淳朴农事，忧患的也不过是天气变化。这里没有朝堂的钩心斗角，没有官场上的相互倾轧，没有仕途上的利益纠纷，有的只是淳朴的村民、自然的景色与真诚的心意。

眺目远望，隐士看见是澄澈的碧色天空，以及天尽头漂浮的归巢之云。近处一行白鹭飞过了隐士的头顶，上了蓝天。如此美好的景致，引起了隐士游春的兴致，换上"芒鞋竹杖"，走出村庄游春。而让他唯一苦恼的，便是不知道小酒馆在哪。

【飞花解语】

"孤村三两人家住"可对"人"字令。

"说今朝绿水平桥"可对"水"字令。

"昨日溪南新雨"可对"雨"字令。

"碧天边岩穴归云"可对"天"字令和"云"字令。

江

　　"美人自刎乌江岸，战火曾烧赤壁山，将军空老玉门关。"看上去，江水奔流不息，似乎要让所有的事物都流进大海中，然而对很多人来说，大江却承载了过往。大江曾见证过霸王虞姬的爱情，也曾印证过屈原的忠心，还曾记下了那些行舟于江上，因赞叹大江而行"江"字令的人们所吟诵的句子。

点秋江白鹭沙鸥

　　"点秋江白鹭沙鸥"出自《双调·沉醉东风·渔夫》。白朴所作的这首曲子，情感明快，意境广阔高远。词中的两组对比："虽无""却有"和"万户侯""不识字烟波钓叟"，让人印象深刻。

双调·沉醉东风·渔夫①

白朴

黄芦岸白蘋渡口，绿杨堤红蓼滩头②。

虽无刎颈交③，却有忘机友④：点秋江白鹭沙鸥。

傲杀人间万户侯⑤，不识字烟波钓叟。

【注释】

①渔夫：元曲中多见以渔夫、樵夫为题者，大多都暗喻归隐之志，此为其中之一。

②红蓼：开着红花的水蓼。蓼：生长在水边的叫水蓼，秋日开花，呈淡红色。

③刎颈交：生死与共的朋友。取自《史记·廉颇蔺相如列传》中的："卒相与欢，为刎颈之交"。

④忘机友：忘记荣辱得失、没有争斗的朋友。《庄子·天下》："有机事者必有机心。"机心：巧诈功利之心。

⑤万户侯：古代贵族封邑以户口计算，汉时分封诸侯，大者食邑万户，后以万户侯代指高官显贵。

【译文】

黄芦在江岸上摇曳，白蘋在渡口的水面上漂浮，长堤上生长着绿色的杨柳，红色的水蓼开满了江滩，这就是我日常看到的景色。我虽然没有可以生死与共的挚友，但是我却有可以与我共享荣辱的伴侣，它们是在江中星星点点散落着的沙鸥与白鹭。人间的公侯贵族，在我的眼中却不值一提，我就是万顷碧波上一字不识的老渔夫。

【赏析】

"渔夫词"是一种专门描写渔夫生活的诗词。唐代时，作者大多用此表达对自然的向往。而元曲中的"渔夫词"则大多表达了对社会和人生的抗争。本首"渔夫词"有一种愤世嫉俗的意味。

"黄芦岸白蘋渡口，绿杨堤红蓼滩头"一句中，有黄芦、白蘋、绿杨和红蓼四种江南水乡常见的景物，其中用黄、白、绿、红四色所渲染的岸、渡、堤、滩是渔夫的生活场所。作者将二者合为一体，渲染出了一幅渔夫在江南水乡之中自在逍遥的画面。

"虽无刎颈交，却有忘机友：点秋江白鹭沙鸥"一句道出了渔夫藐视权贵、蔑视荣利、甘心隐匿的情怀。其中"虽无刎颈交"的目的就是引出下句中的"忘机友"。古代倡导"君子之交淡于水"，认为"刎颈交"虽然可以与友人同生共死，但是其中难免有利益纷争。相比之下，"忘机友"更好。

作者说渔夫的"忘机友"为"点秋江白鹭沙鸥"，其实是在写渔夫的赤子之心。《列子·皇帝篇》中曾记载："海上之人有好沤（鸥）鸟者，每旦之海上，从沤鸟游。沤鸟之至者百住而不止。其父曰，'吾闻沤鸟皆从汝游，汝取来吾玩之。'明日之海上，沤鸟舞而不下也。"好鸥者因对海鸥别有用心，所以失去了海鸥的信任。这个故事告诉我们，想要与海鸥交朋友，必须拥有赤子之心。作者说渔夫拥有赤子之心，其实意在表明自己漠视荣华、淡泊名利的心态。

最后"傲杀人间万户侯，不识字烟波钓叟"两句中，"傲视"表达了渔夫藐视人间富贵权利，沉浸于自然山野之间的隐匿情怀。作者以"不识字"三个字描写渔夫傲视红尘的态度与神情，表现渔夫内心的疏狂。

"黄芦岸白蘋渡口，绿杨堤红蓼滩头"可对"杨"字令。

"傲杀人间万户侯，不识字烟波钓叟"可对"人"字令。

绕清江买不得天样纸

"绕清江买不得天样纸"源于《双调·清江引·惜别》。这首别离之曲没有缠绵悱恻的忧伤，没有独守空闺的悲凉，也没有泪水涟涟的感伤，有的只是友人分离之后的思念之情。此首小曲新颖别致，十分独特。

双调·清江引·惜别

贯云石

若还与他相见时，道个真传示①：

不是不修书，不是无才思，绕清江②买不得天样纸。

【注释】

①传示：消息，音信，情况。

②清江：水名，一处在湖北，即古夷水；一处在江西，即流经新干、清江等地的那段赣江。也可泛指清澈的河流。

【译文】

如果还能够有与他相见的机会，便和他说说我的真实情况吧：不是我不愿意给他写信，也不是我没有给人写信的才气和情思，是因为我即使围绕着清江走一圈，也买不到天那样大的信纸。

【赏析】

这首散曲的主人公，并不是一位思念情人的少妇，也不是一位思念心上人的闺阁女子，而是一位洒脱豁达的男子。曲子的构思巧妙，手法奇特夸张，令人耳目一新。

一句自思自想的"若还与他相见时，道个真传示"，给读者留下了深刻的疑问。

为何要再相见时才道明真实情况？为何不写信？要道明的真实情况是什么？略显突兀的一句自言自语，让读者疑惑顿生。这种设疑问的写作手法，引起了读者的阅读兴趣，让人情不自禁地阅读下去，寻找答案。

"不是不修书，不是无才思，绕清江买不得天样纸"一句，道出了上文中作者所设的疑问。再见时才能够说明情况，是因为无法写信。无法写信的原因是思念太多，而纸太小。作者想对思念之人倾诉的，是自己连绵不绝，比天还多的思念之情。

"不是不修书，不是无才思"两句中，作者用了双重否定的手法，这种连用否定句的方式，使整篇曲子的曲意更加深刻，剧情更加曲折丰富。

"绕清江买不得天样纸"一句，表达出了作者其实是想要修书一封寄予思念之人，但奈何思念太多，写不下，道不完，所以只能够等到再相见之日，面对面倾诉。首句与尾句相互呼应，互为因果。

这首散曲语言真实，用语通俗简朴，全篇毫无生僻字眼，读起来朗朗上口。曲意虽"俗"但却不失"雅致"，让人不禁反复的品读思量，寻找曲中的趣味。

【飞花解语】

"绕清江买不得天样纸"可对"天"字令。

忠臣跳入汨罗江

"忠臣跳入汨罗江"中的"忠臣"指的是士大夫屈原。作者用屈原投江的典故，来写自己对社会黑暗面和现实社会的不满与愤慨。这首散曲将正语反说运用到了极致，让曲子在表达诙谐的同时，暗藏了一丝苦涩与愤慨。

双调·殿前欢

贯云石

楚怀王①，忠臣跳入汨罗江②。
《离骚》读罢空惆怅，日月同光③。
伤心来笑一场，笑你个三闾强④，为甚不身心放？
沧浪污你，你污沧浪⑤？

①楚怀王：战国时楚国的国君。

②忠臣跳入汨罗江：屈原因楚怀王听信谗言，被放逐湘江，最后自沉汨罗江。汨罗江，湘江支流，在湖南省东北部。

③日月同光：《史记·屈原贾生列传》称赞《离骚》："虽与日月争光可也。"

④三闾：指屈原，他曾担任楚国的三闾大夫。

⑤沧浪污你，你污沧浪：《孟子·离娄上》云："有孺子歌曰：'沧浪之水清兮，可以濯我缨；沧浪之水浊兮，可以濯我足。'孔子曰：'小子听之！清斯濯缨，浊斯濯足矣。自取之也。'"沧浪：汉水的下游，这里借指汨罗江。

【译文】

楚怀王不辨忠奸，把忠心耿耿的大臣屈原逼迫得投了汨罗江。读过《离骚》后，我不禁空自惆怅，屈子的精神品质可以与日月争光。我如此伤心却只能苦笑一场，苦笑你这个三闾大夫心性太过倔强，为什么不超脱豁达？与其说江水污浊了你，不如说你污浊了江水。

【赏析】

贯云石所作的曲子，或天马行空放荡不羁；或豪放恣意，阔达壮丽；或清新柔美，隐含俏丽。但这首曲子与这些风格都有差异，豪放的同时又带有一丝爽辣，诙谐的同时又透着一丝苦涩。

在这首曲子中出现了不少反语，通过这些反语，读者很容易便能够感受到作者对官场黑暗和炎凉世情的辛酸之感与愤懑之情。如作者在感叹屈原的精神品格可与日月争光后，又"嘲笑"屈原心胸不够豁达开朗。如"沧浪污你，你污沧浪"一句中，作者在感叹仕途的官场污染了屈原品格后，却又说屈原洁白的灵魂污染了漆黑的官场。

事实上，作者对屈原的"笑"充满了苦涩和悲伤。先贤为何会如此凄凉悲惨，官场为何会如此黑暗，世事为何会如此无常，上天为何会如此不公？"伤心来笑一场，笑你个三闾强，为甚不身心放"一句隐含着无尽的诘问与悲愤。"伤心"与"笑"相连接，互相矛盾却又无比的和谐，如作者复杂难解的心绪。

"沧浪污你，你污沧浪"中的"沧浪"有两层意思，一是汨罗江的江水，二是楚国昏庸的君王与浑浊的官场。

【飞花解语】

"日月同光"可对"月"字令。

"为甚不身心放"可对"心"字令。

美人自刎乌江岸

"美人自刎乌江岸"借用"霸王别姬"的典故，写出了英雄末路的苍凉之感。此句出自张可久的《中吕·卖花声·怀古》，这首曲子在创作时不避口语，读起来畅达泼辣，将"曲野"的本色精神表现得淋漓尽致。

中吕·卖花声·怀古
张可久

美人自刎乌江岸①，战火曾烧赤壁山②，将军空老玉门关③。
伤心秦汉④，生民涂炭⑤，读书人一声长叹。

【注释】

①美人自刎乌江岸：据《史记·项羽本纪》记载，秦末楚汉战争中，项羽失败后在垓下（今安徽省灵璧县东南）被汉军围困，慷慨悲歌："力拔山兮气盖世，时不利兮骓不逝。骓不逝兮可奈何，虞兮虞兮奈若何！"而后，项羽与虞姬诀别，爱姬虞姬在唱和他的悲歌后自尽。而项羽趁夜突围，不料项羽在乌江（今安徽和县东）又被汉军追上，于是在乌江边自刎而亡。这里说美人自刎乌江，是这个典故的活用。

②战火：指东汉末年的赤壁之战。公元208年，周瑜指挥孙权、刘备联军在赤壁之战中以火攻击败曹操大军。

③"将军"句：东汉班超垂老思归。班超久在边塞镇守，年老思归，给皇帝写了一封奏章，上面有两句是："臣不敢望到酒泉郡（在今甘肃），但愿生入玉门关"。见《后汉书·班超传》。

④秦汉：泛指前朝各代。

⑤涂炭：比喻受灾受难，形容处境极为困苦，犹如陷身于泥潭和火坑之中。《尚书·仲虺之诰》记载："有夏昏德，民坠涂炭。"涂：泥涂；炭：炭火。

【译文】

乌江岸边，美人虞姬自刎而亡；赤壁山上，曾经燃起过战火；玉门关外，一代名将白发苍苍，不得返乡。前朝各代，无辜百姓深陷于战火之中，我这个读书人只能长叹！

《卖花声·怀古》乃是咏史组曲，这里选取的是其中的第二首。曲中寄托的是作者对历史兴衰的感叹，对劳苦百姓的深切同情。本曲采取的是对比手法，将帝王将相与普通百姓相对比。本文语言凝练含蓄，概括性较强。而发无限感慨于不发感慨之中，是作者的高明之处。

该曲的主要意思是：秦汉时期的统治者之争与各民族之间的战争，给老百姓造成了深重的灾难；所表现的是作者对于底层百姓的同情之心；所以中心思想可以用"怀古伤今，慨叹民苦"来概括。

开头，作者用了"霸王别姬""赤壁之战"、班超不得回乡这三个典故。这三个典故相互之间看上去没有太大的联系，实际上讲的是英雄轰轰烈烈、哀戚婉转的事迹，这些事迹令人悲叹感慨。但是却没有人为当时的百姓伤心，甚至连详尽叙述历史的二十四史中都不见一点普通百姓的影子。

在这种对比中，作者揭露了一个事实：战火中的百姓远比穷途末路的英雄要疾苦。这让读书之人不禁发出一声长叹，叹国家、百姓遭殃，叹读书人的无可奈何。这种结尾方式，是传统诗词之中见所未见、闻所未闻的，这样的写法让这首曲子变得耐人寻味。

"读书人一声长叹"之中的"读书人"，可泛指当时识字有文化的人，也可指作者本人。作者以文化人的口吻去感慨历史的残酷，认为历史兴亡皆如黄粱一梦。文中用典用事的修辞手法，再加上俚俗语言的配合，形成了一种元曲特有的蒜酪味儿和蛤蜊风致。

【飞花解语】

"美人自刎乌江岸"可以对"人"字令。

"战火曾烧赤壁山"可以对"山"字令。

"读书人一声长叹"可以对"人"字令。

想他时道几首西江月

"想他时道几首西江月"源于《正宫·塞鸿秋》。此句中的"西江月"是一个词牌名，源自李白的"只今唯有西江月，曾照吴王宫里人"。在思念的时候写首寄托情思的曲子，是古代女子常做的事情。

正宫·塞鸿秋

无名氏

爱他时似爱初生月，喜他时似喜看梅梢月，想他时道几首西江月，盼他时似盼辰钩①月。

当初意儿别②，今日相抛撇③，要相逢似水底捞明月。

【注释】

①辰钩：即辰星，也称"水星"。这种星很难见到，在元曲中常用以形容盼望的佳期。

②别：特别好。

③抛撇：抛弃，撇掉。

【译文】

与他相爱的时候，觉得他像初升的月亮，清新明媚；喜欢他的时候，觉得他像梅花树梢上的月亮，皎洁妩媚；想念他的时候，填写几首《西江月》的词来寄托自己的情思；盼望与他再相聚的时候，他却好似辰星一般，无踪无际。回想当年的一见钟情，真是特别美好的场景；想不到如今他却将我抛弃了，想要再和他相逢，如水中捞月一样困难。

【赏析】

自古以来，咏月之作不知有多少。圆月常会勾起人的思乡情怀，如《静夜思》中的"举头望明月，低头思故乡"；残月常会勾起人的相思之情，如谢庄《月赋》中的"美人迈兮音尘阙，隔千里兮共明月。临风叹兮将焉歇，川路长兮不可越"。

这首元曲的独特之处在于没有通过描写相思情景来刻画和表达女子的相思之情，通篇都是叙述。在这首曲子中，作者以月为喻体，描写女子的各种心情，由此引发读者的想象，感受女子的相思之情。

曲词中以月为韵脚，处处写月，笔笔刻月，却不会让读者感觉到乏味和刻板，而是觉得意趣盎然。望月吟情、以月为喻的手法，让读者不自觉地联想到女子在月夜下思念情郎的景象。

作者在描画月亮的过程中，不断地改变月亮的形态，不仅描写了现实生活中的月亮，还运用了古人词牌中的月、成语中的月，让读者兴趣盎然。作者用初升的澄澈之月形容女子眼中的情人，用"月上眉梢"来形容女子的爱恋之情，用词牌中的月来表达女子的相思之情，用成语"水中捞月"来表达女子对与郎君别离的绝望之情。

【飞花解语】

"爱他时似爱初生月"可对"月"字令。

长江万里白如练

"长江万里白如练"描绘了长江蜿蜒万里的景色。这句话出自周德清的《正宫·塞鸿秋·浔阳即景》。这首散曲描绘了浔阳江周边壮丽雄奇的风景，文笔凝练，气势磅礴，韵味独特，读之令人心胸开阔。

正宫·塞鸿秋·浔阳即景①
周德清

长江万里白如练②，淮山数点青如淀③；江帆几片疾如箭，山泉千尺飞如电。晚云都变露④，新月初学扇⑤，塞鸿⑥一字来如线。

【注释】

①塞鸿秋：曲牌名。浔阳：江西省九江的别称。即景：写眼前的景物。
②练：白绢，白色的绸子。
③淀：应为"靛"，青蓝色的染料。
④露：这里是"白"的意思。
⑤初学扇：意思是新月的形状像是刚刚展开的扇子。
⑥塞鸿：塞外飞来的鸿雁。

【译文】

绵延万里的长江如同长长的白色绸缎伸向远方，淮河两岸的山林苍茫青翠。江船上片片白帆如离弦的箭顺着江流疾速行驶，山上的清泉水如迅捷的闪电般从陡峭的悬崖上飞奔而下。晚霞渐渐变成了白色的云朵，新月如同刚刚打开的折扇。从塞外归来的大雁在天上"一"字形排开，宛如一道割裂天空的细线。

【赏析】

这首散曲全篇45个字，共七句。分开来读，读者好像在欣赏七幅山水屏风；合在一起之后，一幅规模宏大的浔阳江山水立体画作便立刻出现在读者眼前，让人沉醉其中，目眩神迷。

"长江万里白如练，淮山数点青如淀"两句，乃是作者从高处眺望所得的远景。气势磅礴汹涌而下的长江犹如一条白色的绸缎带子，它伸向远方，与天际相连；横卧在淮南的山峰，如同点点的翠色洒在天地之间。其中"万里"与"数点"相对，"白"与"青"相对，"练"与"淀"相对，对仗工整自然，可称为"合璧对"。

"江帆几片疾如箭，山泉千尺飞如电"写的是近景。江水汹涌，船帆轻灵腾跃其间；山峰陡峭，泉水荡落山间。此二句承接上文中对山水的描写，从细微之处入笔，写江水的飞云掣电、淮山的巍峨高耸。如果说前两句所描绘的是静态的景物，那么这两句描绘了动态的山水之美。

"晚云都变露，新月初学扇，塞鸿一字来如线"中的"晚云都变露"写的是天边的云霞变化，作者说晚霞变成了白云，实则是在说夕阳已经落下，晚霞已经消失，只剩朵朵白云，这也为"新月初学扇"一句提供了时间背景。此句描绘的是初升的明月，作者用"学"字将明月拟人化，为明月增添了一抹摇曳多姿的风情与韵味。

作者对云与月的描写，让壮观绮丽的山水多了一丝朦胧的月下之美。这种婉约的意态美，不仅让人感觉到了时间的流动，还让人感受到了景物变幻的美感。这种由刚到柔的转变，让此曲多了一分绵延不断的意境，增强了曲子的可读性。

"塞鸿一字来如线"一句，借用了"落霞与孤鹜齐飞，秋水共长天一色"的意境。作者通过描写"塞鸿"这种生机勃勃的景物，为曲子增添了一抹秋日特有的色彩。

【飞花解语】

"淮山数点青如淀"可对"山"字令。

"江帆几片疾如箭"可对"江"字令。

"山泉千尺飞如电"可对"山"字令。

"晚云都变露"可对"云"字令。

"新月初学扇"可对"月"字令。

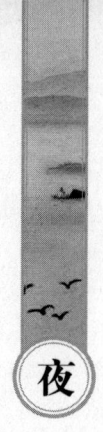

夜

"铜驼巷里玉骢嘶，夜半归来醉。"月至中天却还没有入睡的人，除了心中有化不开的愁怨，就是在等待归人了吧。马蹄声打破了寂静，思念的人终于回来了。等待之人有点生气，索性提议行"夜"字令，让归人通过有关"夜"的句子体会一下怅然空寂之情。

情，夜深愁寐醒

"情，夜深愁寐醒"一句，描写了女子在与郎君离别后午夜难眠的情景。自古"情"之一字最伤人，离别最苦。饱受离别之苦的女子，在深夜时分因思念郎君而怅然空寂，夜不能寐。

南吕·金字经

贯云石

蛾眉①能自惜，别离泪似倾。休唱《阳关》第四声②。

情，夜深愁寐醒。人孤零，萧萧月二更③。

【注释】

①蛾眉：美人的代称。

②阳关第四声："阳关"指王维《送元二使西安》诗，后入乐府，名《渭城曲》，因反复诵唱，故又称《阳关三叠》。第四声指该曲的第四句："西出阳关无故人"。

③萧萧月二更：言二更的月疏淡轻盈。萧萧：形容月色的轻柔疏淡。

【译文】

女子即使能够克制自己的感情，珍重自己的身体，但到了离别之时，却也止不住泪水。不要反复地唱"西出阳关无故人"了。只因情太重，深夜的美人才愁苦萦怀，睡了又醒。萧条冷寂的女子孤零零地待着，月亮至中天，已是二更。

【赏析】

整首散曲可以分为两部分，第一部分为："蛾眉能自惜，别离泪似倾。休唱《阳关》第四声"，写的是女子与情人离别的场景；第二部分为："情，夜深愁寐醒。人孤零，萧萧月二更"，写的是离别后，女子独卧深闺，萧凉冷寂的场景。

"蛾眉能自惜"指的是女子知道自己应该克制情感，不应伤了自己的心，也应不让泪水染湿郎君的衣襟，害郎君担心。但离别之苦太浓厚，伤悲之情如同滔滔江水，所以女子的泪水如倾盆大雨般倾泻而下。

"休唱《阳关》第四声"中的《阳关》，指王维《送元二使安西》诗，后入乐府，名为《渭城曲》。此曲到了第四句"西出阳关无故人"时，女主人公反复歌之，表示不愿意离别。奈何郎君已经离去，女子只能独自伤悲。

"情，夜深愁寐醒"，女子在深夜中无法入眠，孤寂的愁绪徘徊在心，忧郎君路上可安好，念郎君何时归。深夜不寐的女子不禁走到窗前，望着缺角的月亮，盼望可以"千里共婵娟"。月升中天，更声在寂静的夜晚中响起。女子恍然惊觉，竟已是二更天了。

这首曲子虽短，但构思巧妙，场景之间的转换增加了文章的广度和深度。语虽尽而意无穷是这首散曲的出彩之处。文中的"别离泪似倾"和"休唱《阳关》第四声"与柳永的"执手相看泪眼"意境相似；而"人孤零，萧萧月二更"一句，与柳永"今宵酒醒何处？杨柳岸，晓风残月"的意境相似。

随着时空的转换，女子的情感也在不断转换。前半部分的离别场景中，女子是痛彻心扉的不舍；后半部分的想念场景中，女子是空寂的，孤单的，思念的。文章最后以月亮来寄托女子的相思之情，以"二更"来表现女子思念郎君的心绪之浓厚，可谓绝妙。

【飞花解语】

"情，夜深愁寐醒"可对"情"字令。

"人孤另，萧萧月二更"可对"人"字令和"月"字令。

不待听，昨夜杜鹃声

"不待听，昨夜杜鹃声"源自《中吕·喜春来·金华客舍》，表达了作者思乡之情。杜鹃一声声的"不如归去"，让游子触景伤情，回想起家乡的美好，感叹自己独在异乡的凄苦。

中吕·喜春来·金华客舍①

张可久

落红小雨苍苔径，飞絮东风细柳营②。可怜客里过清明。

不待听③，昨夜杜鹃声。

【注释】

①金华：元代称婺州，为婺州路治所，是浙江西南的交通枢纽。

②细柳营：指汉代周亚夫将军当年驻扎在细柳的军队，以军纪严明著称。后泛指严整的军营为"柳营"。这里借指春风杨柳生气勃勃的景象。

③不待听：不忍听，不能听。

【译文】

落英缤纷，细雨蒙蒙，一条长满青苔略显幽静的小路。柳絮纷飞，春风暖暖，随风飘荡的杨柳如同细柳营中的军人一样生机勃勃。可悲的是清明佳节我竟然在异乡度过。我不想听见，那在夜晚响起的杜鹃啼鸣声。

【赏析】

在曲子开篇，作者便使用细腻的笔触描出了一幅清明春景图。色彩明丽却不杂乱浓艳，小巧玲珑却不失境界之阔。"落红小雨苍苔径，飞絮东风细柳营"两句，将美丽的景致和幽静的氛围描画了出来。蒙蒙细雨斜斜飘落，带着一丝凉意，却没有冬雪般的寒冷；零零点点的落红散布在每个角落，为整个春天增添了一抹明艳；布满青苔的小路苍翠如玉，幽然宁静。洁白如雪的柳絮随微暖的东风飘荡，调皮地与风中的人儿嬉耍；暖暖的春风拂过每个沉浸在春景中的人的脸庞；杨柳随风飘荡，生机勃勃的景象让人流连忘返。

如此美好的景象本应让作者兴致高昂，奈何一句"客里过清明"让作者不喜反忧。

如此美好的景色，却不是家乡之景。如此大好风光，当与亲朋好友共赏之。奈何距家万里，亲朋不在，怎不让作者生出游子离乡之惆怅。"不待听，昨夜杜鹃声"，杜鹃鸣叫的声音听上去像"不如归去"，所以杜鹃又名子规。杜鹃对离乡之子鸣唱"不如归去"，让游子不禁潸然泪下。

其中"昨夜"二字，点明了杜鹃哀啼的时间。意在告诉读者，作者的思乡之情并非是被清明时节的大好春光勾起的，在昨夜便有了。作者在全文中采取了欲抑先扬的手法，这种前后对比、反衬的手法，在诗歌之中并不少见，其目的就是将"抑"的部分变得更加深刻。

该首散曲笔触轻盈细致，前两句写景的句子中，字里行间中透着潇洒飘逸和生机盎然的意味，犹如一幅上佳的水彩画，充满了春天的气息；后三句蕴含着凄苦的游子思乡之情，情感动人。这首散曲清丽婉转，曲中蕴含的思乡之情厚重悲苦，别有格调与风味。

【飞花解语】

"落红小雨苍苔径"可对"雨"字令。

"飞絮东风细柳营"可对"风"字令。

不管鸳鸯梦惊破，夜如何

"不管鸳鸯梦惊破，夜如何"，字里行间隐藏着欢欣兴奋的情绪。这句曲子出自杨果的《越调·小桃红》八首中的第三首，以闹衬静。从这一句中，就可以看出此曲的精彩。

越调·小桃红

杨 果

采莲人和采莲歌①，柳外兰舟②过。

不管鸳鸯梦惊破，夜如何？有人独上江楼卧。

伤心莫唱，南朝旧曲③，司马泪痕多④。

【注释】

①采莲歌:梁武帝作乐府《江南弄》七曲,其中一曲名《采莲曲》,后代仿作者颇多。这里泛指我国南方地区妇女采莲时唱的歌曲。

②兰舟:用木兰做的船。泛指装饰美丽的小船。

③南朝旧曲: 指南朝陈后主的《玉树后庭花》,旧时一向被认为是亡国之音。唐人杜牧《泊秦淮》诗:"商女不知亡国恨,隔江犹唱后庭花。"

④司马泪痕多:唐代白居易于元和年间,被贬为江州司马,作《琵琶行》以自况。结尾为:"凄凄不似向前声,满座重闻皆掩泣,座中泣下谁最多,江州司马青衫湿。"

【译文】

采莲的少女唱着采莲歌,乘着一艘精美的小船从柳树旁划过。她也不去管自己的动作和歌声是否惊醒了栖息在荷叶下的鸳鸯,就算是夜晚又怎样? 夜色中,有一个人独自登上了望江楼,凭栏远望。快别唱那令人伤心的南朝旧曲了,免得惹得那失意的人流下伤心泪。

【赏析】

该首曲子使用了反衬的手法,以夜晚湖面之中的热闹采莲景,反衬江楼上的人心中的凄凉与哀伤,典型的以热衬冷,以乐衬哀。

冷月下,寒风中,一道消瘦的人影立于江楼之上,似在凭栏远望。突然间,远方响起了采莲女唱的《采莲歌》。作者不禁寻着歌声抬头望去,只见一艘艘采莲船伴着清丽欢畅的采莲歌划过了柳树旁,木桨划破了平静的湖面,惊起了休憩在荷叶间的鸳鸯。欢快得意的采莲姑娘们不顾惊慌而逃的鸳鸯,笑声夹杂着歌声响彻天地,惊破了鸳鸯的梦境。

"采莲人和采莲歌,柳外兰舟过",采莲女的生活情调,歌曲中蕴含的轻松愉悦气氛与情感,本该让人心中愉悦。但对身处在异乡,国破家亡的作者来说,此景亦是哀景。

一句"夜如何"道出了采莲女欢欣的心情,也道出了作者茫然的心绪。对作者来说,这一夜本该是凄凉哀婉的,但采莲女欢乐的歌声却改变了这种氛围,作者不由得开始迷茫,今夜该如何度过?

"伤心莫唱,南朝旧曲,司马泪痕多"乃是全曲的点睛之句。作者由采莲曲联想到陈后主的亡国之音,将江州司马比作自己,抒发故国别离之悲。杨果是金国人,所以即使身为元朝官员,但他对故国的情思依然深重,故而闻歌伤怀。

此首曲子以采莲女的欢歌笑语反衬作者的孤独悲凄,以采莲曲比南朝旧曲。悲喜相间,哀乐相形,有强大的艺术感染力,让读者悲其所悲,叹其所叹。

【飞花解语】

"采莲人和采莲歌"可对"人"字令。

"有人独上江楼卧"可对"人"字令和"江"字令。

青灯夜雨，白发秋风

"青灯夜雨，白发秋风"一句，表达了"客垂虹"身在异乡的苦与愁，写出了身处异乡之人的心声。他们远离故人，前程不定，处境凄惨，心境荒凉，没有可以倾诉心声的知己。

黄钟·人月圆·客垂虹①

张可久

三高祠②下天如镜，山色浸空蒙。

莼羹张翰③，渔舟范蠡④，茶灶龟蒙⑤。

故人何在？前程哪里？心事谁同？

黄花庭院，青灯夜雨，白发秋风。

【注释】

①垂虹：桥名，在吴江（今属江苏）东，一名长桥。桥上有垂虹亭。

②三高祠：吴江人于宋代所建，以纪念范蠡、张翰、陆龟蒙三位乡贤。祠在垂虹桥东。

③张翰：晋人，字季鹰。曾为齐王司马冏召为大司马东曹掾，因为思念吴中的莼羹、鲈鱼，毅然辞官回乡。

④范蠡：春秋越国大夫，曾辅佐越王勾践兴越灭吴。相传他功成身退后与西施泛舟于太湖中。

⑤龟蒙：陆龟蒙，字鲁望，晚唐人。隐居不仕，以茶酒自娱。

【译文】

三高祠旁水面如镜，倒映着上方的天空。清空朦胧的山影，同样倒映在水中。

我不禁想起祠中被人供奉的三贤，他们的品格令人敬仰。张翰因为思念家乡的莼羹而辞官回吴中；范蠡在功成身退之后，从容自在地驾一叶扁舟遨游太湖；陆龟蒙以茶为友，隐居于山野之间。想一想自己，故人不知道在何方，前途堪忧，连理解我心中苦衷的人都没有。庭院之中的菊花又开了，我在昏暗的灯下听着夜雨声，新添的白发被秋风吹动。

【赏析】

　　这首散曲以"三高祠下天如镜，山色浸空蒙"作为开头，作者接连用了三组鼎足对，整体曲子简洁凝练。前两句描写了三高祠下垂虹桥一带风平水静，天、水、山三者之间相互交映的景色。

　　"莼羹张翰，渔舟范蠡，茶灶龟蒙"，此三句引用了三个典故，介绍了三高祠内的人文景观。三位先贤除了都有着高风亮节的品格外，还都回到了自己的故乡。这引起了身为"客垂虹"的作者情感上的剧烈波动。

　　之后三句，作者由历史回到了现实，连续用三个不需要回答的问题，展现了自己身在异乡孤苦凄凉的处境，以及沉郁、悲凉的心境。其中的"故人何在"说出了作者身在异乡、身为异客，找不到熟悉友人的悲苦情景；"前程哪里"则说出作者对未来的彷徨心态；最后一句"心事谁同"将作者悲苦伤心的心态展现得淋漓尽致。

　　最后一组鼎足，作者跳出了眼前的风景，点出了这一时期"客垂虹"的实际情况。其中，作者以"黄花院"予以秋景的萧索，以"青灯夜雨"点出客宿异乡之夜的凄凉与悲惨，以"白发秋风"说出旅人的凄凉处境。作者说出了"客垂虹"的愁情，并将这种愁融入到景物中，将借景抒情、以景抒情的写作手法运用到了极致。

【飞花解语】

　　"三高祠下天如镜，山色浸空蒙"可以对"山"字令。

　　"黄花庭院，青灯夜雨，白发秋风"可以对"花"字令、"雨"字令、"秋"字令。

夜半归来醉

　　"夜半归来醉"一句写的是喝醉了的郎君在夜半时分归家的事情。此句出自张可久的《中吕·朝天子·闺情》，描画了爱情生活中的小插曲，语调诙谐有趣，风格清丽，颇有生活情趣。

中吕·朝天子·闺情

张可久

与谁、画眉①，猜破风流谜。

铜驼巷②里玉骢嘶，夜半归来醉。

小意收拾③，怪胆禁持④，不识羞谁似你！

自知、理亏，灯下和衣而睡。

【注释】

①画眉：出自汉代京兆尹张敞为其妻描眉的典故，用以表示夫妻恩爱。
②铜驼巷：汉代洛阳时的一条街巷，是贵族子弟经常游玩的地方。
③小意收拾：小心服侍。
④怪胆禁持：放胆纠缠。

【译文】

你为谁在画眉？猜破了风流的谜底。铜锣巷里玉骢马的嘶鸣声传来，你夜半回来，喝的烂醉如泥。小心翼翼地伺候你，你竟放胆折腾起来了，不知羞，谁像你！你还知道自己理亏，在灯下和衣而睡。

【赏析】

这首曲子用的是女主人公的口吻，写的是男女主人公生活中的一个颇具情调的小插曲。

夜半时分，久等郎君归家的少妇不禁心生疑问，猜想郎君是否在外有了其他的新欢？一句"与谁、画眉，猜破风流谜"，将吃醋少妇的形象刻画得淋漓尽致。其中的"画眉"蕴含着汉代张敞为妻子描眉的典故。张敞是汉代时的一位官员，因与妻子恩爱有加，所以常常给妻子描画眉毛，后来古人便以画眉来表示夫妻恩爱。

就在少妇纠结应该如何对待郎君的风流韵事时，巷子里响起了马匹嘶鸣的声音，少妇仔细一听，才知是郎君的马鸣声，郎君已经归来。郎君为何三更半夜才归来？原来是喝醉了。作者用"铜驼巷里玉骢嘶，夜半归来醉"两句话，道出了故事的另一位主人公的日常生活。铜驼巷是贵族子弟经常游玩居住的一条巷子，巷子里有很多酒肆。男女主人公居住在此，说明男主人公十分喜好游乐，并经常出入酒肆。

"小意收拾，怪胆禁持"写的是郎君酒后归来，男女主人公所做的事情。由于之前的怀疑，女主人公有些愧疚，便小心翼翼地服侍郎君，结果郎君装模作样，不仅不配合，还故意捣乱，女主人公忍不住嗔怪了一句："不识羞谁似你！"郎君似乎是知道了自己的计策被识破，自知理亏，便和衣而眠了。"不知羞"三个字将女子娇嗔的神态描画得生动有趣，而郎君"自知理亏"的反应更是让人感受到男女主人公之间的情意。

这篇篇幅短小的散曲，生动有趣，颇具韵味。其中对女主人公从吃醋到小心服侍，最后被气得瞪圆了眼睛，都刻画得颇具神韵。对于在元曲中出现较少的男主人公，作者也为其刻画了一个贪杯宠妻，却不肯认错的形象。

【飞花解语】

"猜破风流谜"可对"风"字令。

秋风昨夜愁成阵

"秋风昨夜愁成阵"，此句中"阵"之一字用的绝妙，为整篇散曲添加了一份奇特之感。张可久所著的散曲，十分注重细节的描画。

双调·水仙子·秋思
张可久

天边白雁写寒云①，镜里青鸾②瘦玉人，秋风昨夜愁成阵。

思君不见君，缓歌独自开樽③。

灯挑尽，酒半醺，如此黄昏。

【注释】

①天边白雁写寒云：白雁在空中排成"一"字，或排成"人"字，像是在写字一般。

②鸾：传说中类似凤凰的一种鸟，喜欢对镜起舞。故后世称镜为青鸾。

③开樽：古代盛酒的器具。

【译文】

天边南归的白雁，一会排成"人"字，一会排成"一"字，好似在天上写字；闺中的女子对镜自怜，为镜中玉美人消瘦憔悴的身影而伤感；昨夜的秋风让她深陷愁苦中。她思念着郎君,却看不到郎君;她缓缓地唱出一首凄婉的思君之歌,举杯独酌。灯芯燃尽成灰,饮酒后似醉非醉;一看还是黄昏时刻,这漫漫长夜该如何度过。

【赏析】

读完这首散曲,一股闺阁女子幽怨的相思味扑面而来,细腻曲折的情怀令人闻之伤怀。

曲子开篇便以白雁南飞来烘托悲凉的气氛。一句"天边白雁写寒云",道出了秋日已至,白雁南归,然而君却不归的情景。由景及情的写法表达了秋日中女子的伤感。

作者用秋意烘托气氛,用南归的白雁比喻应归的丈夫。作者用"寒云"二字,暗喻女子心中的悲伤。其中"写"这个字运用得十分巧妙,作者将白雁飞行队伍气势的变幻描写得活灵活现。

刘敬叔在《异苑》中记载:"鸾睹影悲鸣,冲霄一奋而绝。"作者将女子比喻成了喜欢对镜自舞的青鸾,并将女子消瘦憔悴的身影比作顾影自怜的青鸾。女子在对镜自照后,发现自己的憔悴面容,不禁伤感起来。

前两句都暗喻女子的愁苦,而"秋风昨夜愁成阵"则直接言明了女子的愁。秋日的风本就悲凉,偏偏还成了阵,让人无法自拔地深陷其中。

"思君不见君,缓歌独自开樽"两句,写的是女子愁断肝肠之后,为缓解情绪而做的事。"思君不见君",作者化用了宋人李之仪《卜算子》中的"日日思君不见君",这也是女子如此愁苦的原因。为了排遣自己的情绪,女子选择唱一首节奏缓慢的哀凄情歌,借酒浇愁。然而灯已燃尽,酒醒后,才到黄昏时分。

一句"如此黄昏",将曲意延伸开去,为读者留下了无尽的联想余地,留白之法被作者运用得淋漓尽致。张可久是一位专门从事散曲创作的文学家,他的一生都进行散曲的创作。他的作品大多源于现实生活,往往是有感而发,以情书写。

【飞花解语】

"天边白雁写寒云"可对"云"字令。

"镜里青鸾瘦玉人"可对"人"字令。

"秋风昨夜愁成阵"可对"风"字令。

"灯挑尽,酒半醺,如此黄昏"可对"酒"字令。

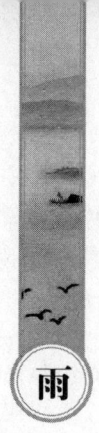

雨

"疏星淡月秋千院，愁云恨雨芙蓉面。"古人喜欢寄情于景，将无情物有情化。因此，他们在看到绵绵细雨时，便将自己的忧愁化成了细雨，将对心上人的爱与恨都寄托在烟雨中。而喜欢行"雨"字令的你，是否也将自己的情意寄托在这些诗句中？

满湖烟雨愁花

读者将这句"满湖烟雨愁花"，细细嚼品，便能够发现其中蔓延的淡淡哀愁。这份愁迷了丽人眼，让西湖的景色也变得哀愁了起来。湖水如同漫上了水雾的眼眸般哀婉凄怨，平日明艳的花朵也失去了往日的色彩，变得哀愁了起来。此情此景，让思归人的愁绪更重。

越调·天净沙·湖上送别

张可久

红蕉①隐隐窗纱，朱帘小小人家。绿柳匆匆去马②。
断桥③西下，满湖烟雨愁花。

【注释】

①红蕉：即美人蕉，一种观赏性的植物。
②去马：骑马离去。

③断桥：西湖白堤处的桥，是西湖的景点之一。

【译文】

盛开的红蕉花间可见一角窗纱，朱帘掩映着小巧可爱的人家。万丝绿柳飘扬的日子，情郎匆匆地骑马离去。断桥下的西湖水上烟雾空蒙，愁绪缠身的百花好像在哭泣。

【赏析】

"红蕉隐隐窗纱"一句婉约美好，不禁让人想走近红蕉，细细地观察那窗纱后的情景。红蕉在文人的眼中，美好而品格高洁。白居易在忠州偶遇红蕉，他写下了《东亭闲望》一诗，诗中言"绿桂为佳客，红焦当美人"，可见红蕉又有美人之意。范成大赞过红蕉，他在《桂海虞衡志·志花》中写："红蕉花，叶瘦类芦箬心，中抽条，条端发花叶数层，日拆一两叶，色正红如榴花荔子，其端各有一点鲜绿，尤可爱。春夏开，至岁寒犹芳"，可见红蕉品格高尚。

娇艳的红蕉花盛开在窗下，隐隐约约间可在其中看到一角窗纱的颜色，这让红蕉花多了一丝恬静，让意境变得旖旎缠绵。

"朱帘小小人家"一句，作者将视角拉近，发现原来窗纱后是一户小小的人家。作者在"帘"前加了个"朱"字，既为小曲增添了一抹颜色，又将窗帘写出了雅致之感；作者叠字词"小小"，让读者不禁好奇，居住在如此雅致精巧的房屋内的佳人，到底有何等的风采。

"绿柳匆匆去马"再次拉近了视角。其中"绿柳"两个字具有三层含义，一是湖畔旁千丝万缕的柳枝随风飘荡之景；二是以此景暗喻离愁；三是暗指折柳送别。"匆匆"二字，表明郎君不舍离别，一拖再拖，最后匆匆上马离去。"断桥西下"，作者特地选择了西湖上的断桥。其实"断桥"二字，也含有双层的含义，一是西湖上的著名景点，二是暗喻桥断人散。断的不是桥，而是离别之人缠绵哀凄的心肠。

"满湖烟雨愁花"，这一句所描绘的景物十分美丽，其中"满湖烟雨"四个形成了一幅优美的雨中西湖景。缥缈如烟的水雾升腾在湖面上，为澄静的西湖笼上了一层淡淡的薄纱。"愁花"可以解释成发愁的花朵。花朵无情，并不会感到忧愁，所以忧愁的不是西湖岸畔的花朵，而是刚刚与郎君离别的佳人。

【飞花解语】

"朱帘小小人家"可对"人"字令。

"满湖烟雨愁花"可对"雨"字令。

睡煞江南烟雨

"睡煞江南烟雨"，在江南的烟雨中酣然入眠，真是快活悠然极了。悠然宁静之感迎面扑来，引发了读者的思绪。江南的烟雨自古以来便受到了文人墨客的青睐，对作者来说，烟雨蒙蒙的江南是他栖息的最佳场所。

正宫·鹦鹉曲

白 贲

侬家①鹦鹉洲边住，是个不识字渔父②。

浪花中一叶扁舟，睡煞③江南烟雨。

觉来时满眼青山，抖擞绿蓑归去。

算从前错怨天公，甚④也有安排我处。

【注释】

①侬：吴语方言，即"我"。

②父：对老年男人的称呼。

③睡煞：睡得香甜。

④甚：此处作"是"解释。

【译文】

我家住在鹦鹉洲旁边，我是个不识字的渔夫。乘一叶扁舟在江水中，任它随浪花起伏漂流，我在蒙蒙烟雨中酣然入睡。醒来后发现两岸的青山已经染上了暮色，我抖动着蓑衣，准备归家。其实我从前错怪了老天爷，老天爷还是安排我做了渔夫。

【赏析】

这首曲子俗语较多，生僻字较少，读起来流畅自然，趣味盎然，令人回味无穷。这首小曲明面上写的是渔夫自得其乐的日子，实际上表达的却是作者对隐士生活的向往之情。元代文人大多有隐居山野的愿望，他们向往山野，渴望过上畅游山野、潇洒自如的生活。

曲子的上半部分描写的是渔夫的生活，前两句是渔夫的自我介绍，后两句是渔夫悠然的生活状况。"侬家鹦鹉洲边住"交代了渔夫的住处;"是个不识字渔父"交代了渔夫的身份。"浪花一叶扁舟",江水滔滔不绝,浪花常常滔天而起,一叶扁舟若隐若现地浮于浪花之上,其中的惊险与艰辛可想而知。"睡煞江南烟雨"描写了渔夫悠然生活的场景。烟雨蒙蒙,风光秀美,渔夫坐在乌篷小船之中,看着飘飘扬扬的细雨没入江水之中,闲来无事,渔夫枕着船桨,酣然入眠。这自在与闲适的生活宛如一幅宁静致远的泼墨山水画,看似寡淡无味,却意蕴无穷。这两句生动而贴切地描绘了渔夫或惊险或悠然的生活。

　　散曲的下半部分抒发了渔夫"生死有命,富贵在天"的淡泊情怀。前面两句紧接上文中的"酣然睡去"。渔夫在醒后发现暮色已至,烟雨已停。雨后的江南无疑是美丽多姿的,但是渔夫却并没有驻足观赏,反而习以为常地抖了抖蓑衣,准备归家,可见渔夫已习惯了这种景色。对渔夫来说,比起欣赏习以为常的美景,及时回家与家人团聚更重要。

　　最后两句是全文的宗旨所在。渔夫对自己的身份,一开始是不满甚至是愤懑的,现在却在感谢老天爷,因为这样的生活悠然自得。

【飞花解语】

"睡煞江南烟雨"可对"雨"字令。

"觉来时满眼青山"可对"山"字令。

"算从前错怨天公"可对"天"字令。

愁云恨雨芙蓉面

　　"愁云恨雨芙蓉面"出自张可久的《正宫·塞鸿秋·春情》。这首曲表达了一位女子的相思之情,此句所描绘的就是女子因为思念远方的郎君而格外忧愁的面容。其中"芙蓉面"用以称赞美人面貌如同芙蓉花一般娇艳。

正宫·塞鸿秋·春情

张可久

疏星淡月秋千院，愁云恨雨芙蓉面①。

伤情燕足留红线②，恼人鸾影③闲团扇。

兽炉沉水烟④，翠沼残花片。

一行行写入相思传。

【注释】

①愁云恨雨芙蓉面：女子美丽的面容上满是忧愁和泪水。

②伤情燕足留红线：曲出宋曾慥类说引《丽情集·燕女坟》：宋末商女姚玉京从良后夫溺水而亡，玉京在家中守志，期间他们家的房梁上有一双燕子在筑巢。后来一只燕子被鸷鸟抓获，另一只燕子孤飞哀鸣，玉京就用红线系着孤燕的脚，祝曰："新春定来为吾侣也。"明年果至。此处借喻失去佳偶后的悲哀。

③鸾影：据《异苑》，罽宾（汉朝西域国名）国王买得一鸾，三年不鸣。夫人曰："尝闻鸾见其类则鸣，何不悬镜照之。"王从其言，鸾睹影悲鸣，冲霄一奋而绝。

④沉水烟：沉水香，俗名沉香。一种名贵香料。

【译文】

稀稀疏疏的星星，淡淡色彩的月亮，冷冷清清的秋千院。愁如云，恨如雨，布满了美人如同芙蓉花般的面容。寂寞伤怀时，美人在形单影只的燕子脚上系上红线，对着镜子查看自己的芳容，百无聊赖地摇着团扇。香炉中的沉香燃烧着，池塘中的落花成片，这些景物就像描绘相思的字句。

【赏析】

"疏星淡月秋千院，愁云恨雨芙蓉面"描写了冷清的庭院中忧愁的女子的面容。其中的"疏星淡月"一词为全文铺垫了冷清空寂的氛围，"愁云恨雨"为全文奠定了基本的感情基调。

"伤情燕足留红线，恼人鸾影闲团扇"表达了女主人公孤单寂寞的情怀。前一句借用了"燕足留红"的典故，即丧夫的玉京与丧偶的燕子相伴六七年，最后燕子为玉京悲鸣而死的故事；后一句借用了《鸾鸟诗序》中鸾鸟丧偶的典故。从这两个典故中读者可以看出，美人心中的郎君已经远离人世，她才会如此悲伤绝望。

"兽炉沉水烟，翠沼残花片"，从室内转到室外，处处都是伤情，让人不禁泪流满面。前一句写的是室内青烟袅袅的香炉,意在形容室内的寂静,写出了女主人公心中的悲戚与苦痛;后一句所描绘的是残花满池的水塘,作者以落地的残花比喻女主人公,意在表达青春易逝,美人花瓣般的容颜容易凋残。

"一行行写入相思传",上述所有的景物皆可以写入相思诗,化作一行行带有自己心声的词句吟唱出来。由此可见,美人心中的伤悲早已成河。

【飞花解语】

"疏星淡月秋千院"可对"月"字令和"秋"字令。

"愁云恨雨芙蓉面"可对"云"字令。

"恼人鸾影闲团扇"可对"人"字令和"影"字令。

"兽炉沉水烟"可对"水"字令。

"翠沼残花片"可对"花"字令。

僧来谷雨茶

"僧来谷雨茶"意为用家常饭和自采的茶叶招待客人和僧侣。此句出自杨朝英的《双调·水仙子·自足》,曲如其名,讲的是隐士自给自足的生活。

双调·水仙子·自足
杨朝英

杏花村里旧生涯,瘦竹疏梅处士①家。

深耕浅种收成罢。酒新篘②,鱼旋打,有鸡豚③竹笋藤花。

客到家常饭,僧来谷雨茶④,闲时节自炼丹砂⑤。

【注释】

①处士:没有做官的读书人。此指隐士。

②酒新篘:酒刚刚滤出。篘:过滤。鱼旋打:鱼刚刚打起。旋:旋即,刚刚。

③豚:小猪,泛指猪。

④谷雨茶:谷雨节前采摘的春茶。

⑤炼丹砂：古代道教提倡炼丹服食，以延年益寿。丹砂，即朱砂，矿物名，汞的硫化物矿物，道家炼丹多用。

【译文】

杏花村中过着平淡的生活，以瘦竹为友，以疏梅为邻，这便是隐士之家。春日深耕浅种，秋日收获庄稼，剩下的便是悠闲时节。喝自己新酿的美酒，品尝自己刚刚打上来的鲜鱼，还有自养的鸡、猪，以及竹笋瓜果。客人来了之后用家常饭招待，僧侣造访时烹煮谷雨后采摘的清茶，清闲时学道士用朱砂炼丹。

【赏析】

"杏花村里旧生涯，瘦竹疏梅处士家。深耕浅种收成罢"三句，写了隐士的生活环境以及生活方式。"杏花村"三字，借用了杜牧"牧童遥指杏花村"中的词汇，表达了村庄的诗意。"旧生涯"指的是作者往日的生活状况，即诗酒生涯。

竹与梅自古便是文人雅士的心头好，代表了高洁的品性与德行，作者将这二者看作隐士的邻居与朋友，大有物以类聚的意味。其中的"处士"可以解释为隐士。梅与竹所打造的清幽之境，便是隐士居住的地方。几丛瘦竹围在屋旁，数枝寒梅点缀其中，让这座小房子也变得清雅起来，由此可见屋内居住之人的品行与才华。

"深耕浅种收成罢"一句，所写的是隐士的生活。这种生活与陶渊明的生活相仿，都是躬耕于田野，自食其力。其中的"收成罢"指的是农闲时节。在这个时节，隐士会充分放松自己的身心，享受隐居在此的悠闲生活。

"酒新篘，鱼旋打，有鸡豚竹笋藤花"两句，延续上句的"深耕浅种"，说的是作者自给自足的生活。这种生活让作者体会到了自给自足的乐趣，享受到了自种瓜果收获后的满足感。

"客到家常饭，僧来谷雨茶，闲时节自炼丹砂"三句承接上文，"家常饭"承接"酒新篘，鱼旋打，有鸡豚竹笋藤花"；"闲时节"则承接上文中的"收成罢"，写的是作者在闲暇时光中做的事情。以杏花为村，以梅竹为邻，以僧道为友，以诗酒自娱，这是多少人向往的居住环境与生活状态。

【飞花解语】

"杏花村里旧生涯"可对"花"字令。

"酒新篘鱼旋打"可对"酒"字令。

"有鸡豚竹笋藤花"可对"花"字令。

一天暮雨，两地相思

　　"一天暮雨，两地相思"，秋雨飒飒而落，阻断了相隔两地的相思之人。此句出自乔吉的《双调·折桂令·秋思》，描绘了女子满怀相思之情观赏秋景的情形。曲中的秋景美艳却凄凉，令人心碎。

双调·折桂令·秋思

乔　吉

红梨叶染胭脂①，吹起霞绡②，绊住霜枝。

正万里西风，一天暮雨，两地相思。

恨薄命佳人在此，问雕鞍游子何之？

雁未来时，流水无情，莫写新诗。

【注释】

　　①叶染胭脂：秋叶变红了，像是用胭脂染的。
　　②吹起霞绡：风吹拂树上的红叶，像吹起了红霞一样的薄绡。

【译文】

　　红色的梨树叶像是被染上了一层胭脂，绯红如朝霞般的叶片如同悬挂在枝头的薄绡般随风飞舞。正刮着万里西风，飘洒着漫天的秋雨，隔断了两地相思之人。恨自己是一位薄命的佳人，远方的游子啊，你现在在何处？大雁还未归来，流水无情，既然无法传递红叶诗，还是不要再写新诗了。

【赏析】

　　"红梨叶染胭脂，吹起霞绡，绊住霜枝"描写了风吹红叶的景象。其中作者以"胭脂"来形容红叶的美艳，"梨"则通"离"，暗喻女子与郎君分离的现状。其中的"胭脂""霞绡"皆有代指女子的意味。胭脂乃是女子化妆之物，如今郎君离去，无人欣赏女子的妆容，胭脂便被女子用来染红梨叶，纾减离思；"霞绡"本是女子身上之物，风吹起了红叶，其实也吹起了女子的衣衫。这三句渲染了一种伤悲满心的氛围。

　　"正万里西风，一天暮雨，两地相思"将这种氛围渲染得更为萧瑟悲伤。此句化用了宋代诗人柳永的"对潇潇暮雨洒江天，一番洗清秋"。其中的"两地相思"是这篇散曲的主旨句。通过前面五句话的渲染与烘托，本来平凡的四个字也变得沉重了起来，仔细研读便可以感受到女子心中的压抑与痛苦。

"恨薄命佳人在此，问雕鞍游子何之"点出了暗含在诗中的主角。这位主角自封"薄命佳人"，她思念远在他乡的游子。想念如潮，女子不禁怨恨起自己命运来，并生出有生之年还能不能见到郎君的担忧来。此句化用了柳永《定风波》中"恨薄情一去，音书无个。早知恁么，悔当初，不把雕鞍锁"的句意，意在表达女子悔恨当初没有阻挠郎君远行。

"雁未来时，流水无情，莫写新诗"，此句颇有新意，古人向来喜爱"鸿雁传书"和"流水传情"，因为雁归有期，流水有信。此句中暗含了"红叶题诗"的典故，与曲子开头的红叶相呼应。女子不用"鸿雁传书"是因为鸿雁有归期而人无定所；不以"流水传情"是因为流水无情，无法传达自己的心意。

从曲子中女子的举动可见，女子心中的怨恨之情已经填满胸腔，她怨鸿雁归期已定，无法传书；恨通信不便，不可解相思之苦；恨游子心狠，不寄家书。

【飞花解语】

"正万里西风"可对"风"字令。

"恨薄命佳人在此"可对"人"字令。

"流水无情"可对"水"字令和"情"字令。

淅零零细雨打芭蕉

"淅零零细雨打芭蕉"出自关汉卿的《双调·大德歌·秋》，主要描写了女主人公因为怀念远方的亲人而引起的烦恼与忧伤。全篇曲子从秋景写起，又由秋景结束，中间部分由物及人，由人及物，情景相生，交织成篇，物我交融。这种写法生动形象地将主人公的内心世界展现了出来，大大地提高了作品的真实性，提升了作品的艺术感染力。

双调·大德歌·秋

关汉卿

风飘飘，雨潇潇，便做陈抟①睡不着。

懊恼伤怀抱，扑簌簌②泪点抛。

秋蝉儿噪罢寒蛩儿叫③，淅零零④细雨打芭蕉。

【注释】

①陈抟：五代末与宋初期的著名道士，字图南，自号扶摇子，宋太宗赐名"希夷先生"，曾修道于华山，在易学思想与内丹学说方面成就较大，有诸多的奇闻逸事流传于后世。据说他善睡，睡得次数多、时间长，还能够在睡眠中修行，民间将其称为"睡仙"。

②扑簌簌：眼泪直流的样子。

③秋蝉、寒蛩：秋天里容易唤起人们愁思的两种昆虫，诗人常用它们来形容和点染离人的愁思。秋蝉，又名知了。寒蛩，即蟋蟀，又名促织。

④淅零零：形容细雨蒙蒙。

【译文】

寒风飘飘，冷雨潇潇，思人心切的人即使是成为陈抟也难以入睡。说不完的烦恼与愁苦伤透了思人的心，伤心的泪水扑簌簌地顺着脸庞落下，如断了线的珍珠被抛起。秋蝉刚刚停止了连续不断的鸣叫，蟋蟀便接着叫了起来，淅淅沥沥的细雨轻轻地敲打着芭蕉。

【赏析】

作者写风、写雨、写漫漫长夜之中睡不着的人。风雨在夜晚突然而至，打扰了床上准备入睡的少妇。此句由景入情，"飘飘""潇潇"双声叠韵的词汇，尤为悠长，给少妇增加了很大的压力，让少妇的空寂之情倍增。这一句使用了夸张的假设手法，作者说这愁绪与烦恼会让"睡仙"也失眠，用以描写愁思的浓厚程度。

少妇因思念之人还未归来而烦恼，第四句"懊恼伤怀抱"是此曲的重点，也是全文的中心思想。第五句"扑簌簌泪点抛"写的是少妇的悲凉心境，少妇因为愁苦而泪流不断。作者在准确捕捉这一细节的同时，还为读者留下了想象的空间。

"秋蝉儿噪罢寒蛩儿叫，淅零零细雨打芭蕉"，这两句又回到了景物的描写上，但字里行间却有满满的孤寂之感。"蝉噪蛩鸣""雨打芭蕉"，道尽女主人公心中难以言喻的离别之苦。同时，这些外部的景物也是女主人公愁苦心境的衬托之物，"蝉噪蛩鸣"是在秋日中最容易引发人愁思心绪的叫声，而"雨打芭蕉"更是常常出现在诗词歌赋之中，表达的都是作者心中的愁绪。

　　此首曲子中的女主人公，其忧思之势汹涌如潮，冲破了感情的堤坝，她伤心的泪水滚滚而下。曲子以大自然的秋日声音诉说主人公内心悲苦的感受，正面描写与侧面描写完美结合。女主人公好像活了过来，声情并茂地为读者表演自己心中的愁苦。这首曲子直率中藏着委婉，委婉中又隐藏着拳拳真情。

【飞花解语】

　　"风飘飘，雨潇潇"可对"风"字令。

山林云水

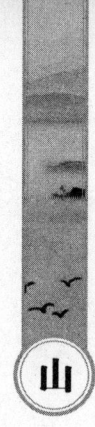

"冬前冬后几村庄，溪北溪南两屦，树头树底孤山上。"对有些人来说，登山的乐趣在于探寻山中的景色，或许发现一两株开得正艳的梅花，或许与一只正在觅食的猴子相遇。也许他们什么都找不到，但是如果能在山中的小亭子里，与友人一边欣赏美景，一边行"山"字令，也很惬意。

青山爱我，我爱青山

"青山爱我，我爱青山"一句寓情于景，表达了作者对青山的喜爱。此句出自《双调·殿前欢·爱山亭上》，爱山亭是张可久在担任德清县官吏期间喜爱的游览栖息之地。

双调·殿前欢·爱山亭①上

张可久

小阑干，又添新竹两三竿。

倒持手版②揸颐看，容我偷闲。

松风古砚寒，藓土白石烂，蕉雨疏花绽。

青山爱我，我爱青山。

【注释】

①爱山亭：在德清县，建在青山上。

②倒持手版：把手版倒着拿。手版：即笏板，古代官员上朝时用来记事的狭长板子，用竹、木或象牙制成。搘：同"支"，支撑。颐：面颊，腮。

【译文】

小阑干外生机勃勃，竹林中又新添了几竿竹子。我倒拿着手版，支着脸颊欣赏眼前美丽的景色，且容许我偷得浮生半日闲。静听松海被风吹过，不知不觉间，古砚也生了寒意，碧色的苔藓长满了白石。雨水敲打着芭蕉，疏疏落落的花朵悄然绽放。青山爱我，我也爱这美丽多姿的青山。

【赏析】

这首散曲是写景之作，表达了作者对青山的喜爱之情，气氛欢快自然。"小阑干，又添新竹两三竿"，新添几竿竹子都能够被发现，由此可见两点，一是作者经常来，二是作者观察得十分细致，这说明作者心情十分的悠然。

"倒持手版搘颐看，容我偷闲"一句中，包含着两个细节，一是"倒拿手版"，二是"偷闲"。拿着手版说明作者是一名官员，可能还身穿着官服。这也说明作者迫不及待地来了青山，连便服都来不及回家更换。作者如此着急是为何？一句"容我偷闲"说出了答案。如此着急，并不是青山有什么事情等着作者去办理，而是作者想要忙中偷闲，与青山一起度过这偷来的惬意时光。

作者为何会选择青山？因为青山"松风古砚寒，藓土白石烂，蕉雨疏花绽"。听那风吹松林声，雨打芭蕉响；看那青苔浮上白石，花朵在雨中悄然绽放；闻那草木鲜花的清香。这是何等悠然。

"青山爱我，我爱青山"此句是作者在受到了青山如此的优待后，不禁由心而发的感叹。作者急切与青山相逢，连换衣服的时间都不留，可见作者对青山的偏爱。青山为作者展现自己的美好，让作者享受到这一切，也可见青山对作者的喜爱。对作者来说，在不得志的仕途上，有青山陪伴他，安慰他，给他一个幽雅清净的"偷闲"之地，是何等幸运。

张可久仕途坎坷，这对一个有才华有抱负的文人来说，难免过于残忍。作者内心的凄苦无处可说，在德清县做小吏期间，爱山亭就是他纾解郁闷，放松心情的绝佳场所。生机盎然的竹林、清冷缥缈的山峰、浓密茂盛的松林、碧绿迷人的翠色青苔、雨打芭蕉的清脆响声、悄然绽放的唯美花朵……这些是青山给作者的安慰。

【飞花解语】

"松风古砚寒"可对"风"字令。

"蕉雨疏花绽"可对"花"字令。

吴山越山山下水

"吴山越山山下水，总是凄凉意"中包含着三个"山"字，但是主体却是钱塘江，作者生动地描写了钱塘江两岸的风景。

双调·清江引·钱塘怀古

任　昱

吴山越山①山下水，总是凄凉意。

江流今古愁②，山雨兴亡③泪。沙鸥笑人闲未得④。

【注释】

①吴山越山：吴山，在浙江杭州城南钱塘江北岸。越山，指浙江绍兴以北钱塘江南岸的山。此指江浙一带的山。

②江流今古愁：秦观《江城子》："便做春江都是泪，流不尽，许多愁。"

③兴亡：复词偏义，偏指"亡"。

④闲未得：即不得闲。

【译文】

北岸吴山和南岸越山之间的这条钱塘江，总会让人感觉到凄凉。钱塘江的江水从古流淌至今，已经不知道有多久了，却淌不尽古今之人的忧伤。山间飘洒着的雨水，像泣诉兴亡的泪水。沙鸥在江面上自由地飞翔，似乎在嘲笑着世人总是忙忙碌碌，却得不到想要的结果。

【赏析】

钱塘江是春秋时期吴国与越国的国界，所以古人习惯将钱塘江的北岸称之为吴山，将钱塘江的南岸称为越山。作者将钱塘江作为所咏之物，以沙鸥拟人，道出世人的愚昧，写出了对自己怀古伤今举动的自嘲。

"吴山越山山下水"点明了咏写对象，不仅可以写出了钱塘江，还描写了钱塘江的夹岸青山和山水潆洄的景色与态势。这种写作手法，不仅扩大了作者的描写范围，还展现了作者的文学功底和写作技巧。

"总是凄凉意"之中的"总"字为这句中的点睛之笔，它将上文描写的

"山""水""吴""越"全部都囊括其中，为题目中的"怀古"蓄了势。

"江流今古愁，山雨兴亡泪"，这两句对仗工整的语句，分别从山和水两个角度道出了钱塘江的"凄凉意"。江水为动景，长流不歇，流不尽古今的哀伤，这既说明了古今忧愁之多，又说出了忧愁不断。而山为静景，见证了古今的兴亡历史，作者将山拟人，以山雨比做忧愁的"兴亡泪"，道出了古今兴亡的纷纭繁多。

一般来说，从大处着笔的诗词都很难收尾。而本篇文章完美地以"沙鸥笑人闲未得"收尾，颇有一种举重若轻之感。词中的"沙鸥"既为钱塘江之景，又为闲逸自得的代表和象征，作者用此来嘲笑执迷不悟的人们。作者所说的凄凉意，往大了说，可以是江山社稷的兴亡；往小了说，可以是功名利禄的交替。

【飞花解语】

"江流今古愁，山雨兴亡泪"可对"山"字令。

吴山依旧酒旗风

"吴山依旧酒旗风"取自刘秉忠的《南吕·干荷叶》，主要感叹的是宋朝的灭亡。其实作者刘秉忠与宋朝并没有关系，他对宋朝的败亡没有切肤之痛，所以他只是将朝代的更迭当作一件普通的历史事件在吟诵而已。

南吕·干荷叶
刘秉忠

南高峰，北高峰①，惨淡烟霞洞②。
宋高宗③，一场空。
吴山依旧酒旗④风，两度江南梦⑤。

【注释】

①南高峰、北高峰：皆在杭州西湖的边上，两峰遥遥相对，称"双峰插云"，为西湖十景之一。

②烟霞洞：在南高峰下的烟霞岭上，为西湖最古老的石洞之一，有五代、北宋

时期造像。

③宋高宗：即赵构。他是宋徽宗的第九个儿子，初封康王。公元1127年，金人攻下汴京，俘虏了宋徽宗、宋钦宗。赵构南逃至南京（今河南商丘），即位称帝；后又于杭州（今属浙江）建都，史称"南宋"，其在位的36年中，屈辱地向金称臣。

④酒旗：也叫酒帘，旧时店家的标志。杜牧《江南春绝句》中有："水村山郭酒旗风"一句。

⑤两度江南梦：指五代吴越和南宋王朝两个建都在杭州的王朝都灭亡了。

【译文】

杭州西湖上有南高峰、北高峰和显得格外凄凉惨淡的烟霞洞。宋高宗迁都杭州，到头来落了一场空，改变不了宋朝灭亡的命运。经历过两朝的吴山的酒旗依旧在飘动，吴越和南宋两个王朝都在此做过美梦。

【解析】

此曲抒发的是作者对宋高宗赵构和吴越国王钱镠的蔑视，批判他们妄图苟延残喘地安居一隅的昏庸思想，感叹王朝兴亡的无常。其中"吴山依旧酒旗风"一句，让人不禁想起"六朝旧事如流水""今人犁田古人墓"等感叹历史兴亡的诗词名句。作者发出的感叹之中常有着世事无常、人生如梦的虚无感，让人读后感觉到沉重与悲凉。在引人深思的同时，又令人不禁发出和作者相似的感叹。

"南高峰，北高峰"是西湖两个景观。"烟霞洞"在南高峰下的烟霞岭，也是西湖名胜。作者前三句描写的都是西湖的景观，作者由此想到了曾经南迁的宋高宗。宋高宗赵构是南宋的开国皇帝，他在经历了靖康之难后，冒死渡江，在临安重建宋朝。开国之初，这位果决的上位者也曾北征，可惜失败了。失败后，赵构变得昏庸起来，为了安居一隅，他屈辱地向金朝称臣。最后南宋越来越弱，没有逃脱被灭国的命运。

"宋高宗，一场空"，作者叹宋高宗为了复国费尽心机，到最后却都成了空。其实争来争去又有何用，都改变不了王朝兴衰的命运，只有山、水、风物等不会改变，这就是"吴山依旧酒旗风，两度江南梦"中要表达的意思。

"干荷叶"，又名翠盘秋，原本是民间小调。作者使用了这种小调，带有浓厚的民歌风味，以写景抒情，别有一番韵味。

【飞花解语】

"吴山依旧酒旗风"可对"山"字令、"酒"字令、"风"字令。

"两度江南梦"可对"江"字令。

树头树底孤山上

"树头树底孤山上"源自乔吉《双调·水仙子·寻梅》。全曲围绕着"寻"字进行，这一句正是作者描写寻梅过程。作者久慕"孤山"之梅，虽然寻访的过程艰难，却挡不住作者爱梅之心。

双调·水仙子·寻梅

乔 吉

冬前冬后几村庄，溪北溪南两履霜①，树头树底孤山②上。

冷风来何处香？忽相逢缟袂绡裳③。

酒醒寒惊梦④，笛凄春断肠⑤，淡月昏黄⑥。

【注释】

①两履霜：鞋底踏着霜。《诗经·卫风·葛屦》："纠纠葛屦，可以履霜。"

②孤山：在杭州西湖，宋代林浦曾隐居此地，种植梅树，饲养仙鹤，号称"梅妻鹤子"。

③缟袂绡裳：白色的丝绸衣裳。

④酒醒寒惊梦：突然从梦中惊醒，酒意也醒了，感觉寒冷。旧题为唐人柳宗元所著《龙城录》记载，隋唐开皇年间，赵师雄在赶路途中，因天寒日暮，在松林中歇息。他看到了一座酒家，酒家旁的屋舍里有一位美女，淡妆素服，出来迎接他。赵师雄与她交谈，只觉得芳香扑面，又和她一起到酒家中共饮。在绿衣童子的歌舞声中，赵师雄大醉睡去。后来，他感觉风寒侵袭，一下子醒了，原来天已大亮。起身一看，原来自己睡在大梅花树下面。

⑤笛凄春断肠：早春，凄凉的笛子乐声让人感动不已。笛曲中有《梅花落》，笛子有时被称作梅花笛。

⑥淡月昏黄：昏黄的月光下。此句化用了林浦咏梅名句"暗香浮动月黄昏"，出自《山园小梅》。

【译文】

在冬前冬后转遍周围的几个村庄，踏遍溪南溪北，双脚都是风霜，又爬上了林浦曾隐居的孤山,在梅树丛中上下寻觅,都没有找到梅花的踪迹。忽然一阵冷风袭来,传来了一阵幽香,蓦然回首,它竟然就在我的身后,淡妆素雅,悄然而立。在昏黄的月光下,我沉醉于它的魅力中,却被一阵寒冷惊醒,赞颂梅花笛的凄婉笛声令人伤悲不已。

【赏析】

全文都在强调寻梅者的执着,而梅花是高洁品质的象征,所以也暗喻寻梅者对高尚品格的追求。这种执着在前三句中表现得十分明显。"冬前冬后",写寻找时间之长;"几村庄"写寻找地域之广;"溪南溪北"与"树头树底"两句则写了作者寻不到梅花不罢休的心态。

"冷风来何处香?忽相逢缟袂绡裳"两句,是写寻梅者意外发现梅花的过程。陆游曾在《游山西村》一诗中写道"山重水复疑无路,柳暗花明又一村"。本首曲子"忽相逢"与陆游这句诗中的意境一致,都是在绝望后找到了希望,都具有惊喜之感。

"酒醒寒惊梦"一句中包含着隋代赵师雄过罗浮山的典故,作者用典故中赵师雄的神态来比喻自己对梅花的沉醉,以衬托出梅花的清丽多姿,写出梅花之美。"寒"预示着时节的变换。

"笛凄声断肠",承接上句的"寒"字。梅花是报春花,梅花已开,便代表着春天将到。春天无法长驻,梅花无法长开,所以作者在寻到梅花后,既欣喜又伤悲。"淡月昏黄",出自林逋的"暗香浮动月黄昏",既点明了寻梅的时间,又写出了寻梅者寂寞的心绪。此曲从寻梅的殷切,遇梅的喜悦,到赏梅时的失落,细致入微,含蓄有味。

【飞花解语】

"冷风来何处香"可对"风"字令。

"酒醒寒惊梦"可对"酒"字令。

"笛凄春断肠"可对"春"字令。

山河表里潼关路

"山河表里潼关路"是"山"字令中比较著名的一句,也是描写潼关地势中较为出彩的一句。此句出自张养浩所作的《中吕·山坡羊·潼关怀古》。

中吕·山坡羊·潼关怀古

张养浩

峰峦如聚，波涛如怒。山河表里潼关路。

望西都①，意踌躇②。

伤心秦汉经行处③，宫阙④万间都做了土。

兴，百姓苦；亡，百姓苦。

【注释】

①西都：古都长安。东都为洛阳。汉、隋、唐代皆如此称呼两地。

②意踌躇：原指犹豫不决，徘徊不前，这里指思潮不断，感慨万千。

③秦汉经行处：秦朝定都咸阳，汉朝定都长安。

④阙：王宫前的望楼。

【译文】

秦岭山脉的群峰，像是有意地在这聚集，黄河的汹涌波涛，仿佛在发怒逞威。群山与黄河将这潼关层层护卫。我遥望着长安城的方向，情绪变得起伏不定。我经过的这片土地，在秦朝和汉朝时期曾有巍巍的宫室，可悲的是这些宫殿楼台全部都化成了土。朝代兴起，吃苦的是百姓；朝代灭亡，受罪的还是百姓。

【赏析】

潼关此地磅礴雄壮的景物与气象，勾起了作者内心的激荡情怀。作者用"峰峦如聚"四个字，将秦岭、泰华诸峰巍峨重叠的姿态描写得淋漓尽致，其中的"聚"字更是将群山写活了。这句与辛弃疾的名句"叠嶂西驰，万马回旋，众山欲东"有着异曲同工之妙。作者用"波涛如怒"来描写黄河，不仅将黄河洪波的风雷之势展现了出来，还为黄河赋予了灵性。

这种描写，是作者将勃郁的心情带入到山河之中后得到的，山河的状态如作者纷乱的心绪，起伏不定，蓄势待发。当作者描写完潼关周围的山河后，便接着写潼关的险要，即"山河表里潼关路"。作者用"山河表里"四个字，概括了潼关依山傍河的地势，隐含了"城濮之战"的典故，潼关是长安的门户，是保障古都平安的屏障。潼关引发了作者对古都长安的历史回顾，由此将写景转换为怀古。

作者回想起历史上的风云变幻，朝代更替，看看脚下曾被历朝历代建设的万间宫阙的泥土，想一想为帝王建造宫阙、征战沙场的百姓，不禁悲从中来，感叹百姓所受到的苦楚。"望西都，意踟蹰"一句中的"踟蹰"二字，是作者心潮起伏的表现，也是作者感叹兴亡苦的起点。

从"伤心秦汉经行处，宫阙万间都做了土"一句中，读者可以看出作者沉重的心情。作者以化作尘土的宫阙形容王朝的衰败灭亡，并以秦汉为例，写出王朝的兴衰更迭。这句话点出了潼关虽然险峻，但是也挡不住千万大军，守不住君王的万代基业。

"兴，百姓苦；亡，百姓苦"，这是作者最为痛心的感叹，点出了无论王朝是兴还是亡，受苦者都是老百姓。政权更迭之际，兵祸四起，百姓或充为兵丁，面对刀光剑影；或流离失所，受刀剑饥饿之苦。王朝起兴之际，百姓要为新的统治者建立宫阙楼阁。新旧王朝不断更迭变换，百姓一次又一次承受其中的苦楚。

【飞花解语】

无其他可对字令。

"掩柴门啸傲烟霞，隐隐林峦，小小仙家。"在古代文人看来，还有什么事情比和友人隐居更美好？虽然隐居的生活会有点辛苦——只有简陋的木屋，只能吃到粗茶淡饭，但是有竹林和清风与自己做伴，更何况住在不远处的友人偶尔会过来，与自己一起一边欣赏绿竹，一边行"林"字令，这是千金都换不来的生活。

隔水疏林几家

"隔水疏林几家"出自张可久的《越调·天净沙·江上》。这句话与马致远《越调·天净沙·秋思》中的"小桥流水人家"类似，描述的都是水与人家。但不同的是，《秋思》中的景色处处凄凉，但《江上》中的景色却宁静甜美。

越调·天净沙·江上

张可久

嗈嗈①落雁平沙，依依孤鹜②残霞，隔水疏林几家。

小舟如画，渔歌唱入芦花。

【注释】

①嗈嗈：象声词，鸟儿和鸣的声音。

②孤鹜：离群的孤单野鸭。本句借用了王勃的《滕王阁序》中的名句"落霞与

孤鹜齐飞"。

【译文】

雁群一边鸣叫着一边落在江边的沙滩上，一只离群的野鸭在落日的晚霞中悠然地飞翔，透过江岸对面的疏林，我可以看见坐落在此地的小村。一艘小船在水面上悠然地游荡着，如一幅上好的水墨画。渔民的歌声渐渐融入了苍茫的芦苇丛中，与芦花共舞。

【赏析】

"落雁平沙"是江南秋天特有的景象，"孤鹜残霞"是江边落日之景，"雁""孤鹜""几家"是景中可以活动的主体，作者将这三句话合起来以点明所描画景物的地点、时间与主体。大雁盘桓着落在江边的沙滩上，发出嘤嘤的鸣叫，孤鹜悠然地摇动着翅膀，傍着晚霞而飞翔，江岸对面是被疏林掩映的村庄。几点笔墨，江上之景的风采便渐渐地晕染开来，拥有了自己特定的时空背景。这些描写从远处着笔，为远景。

"小舟如画，渔歌唱入芦花"则是近景，刻画的是特定时空中的人物活动，这句话是渔家生活的剪影。一叶扁舟在水面上游荡，看着远处嘤嘤而鸣的大雁，内心愉快的渔人欣然而歌。芦花随风而舞，渔人的歌声伴随着芦花起伏飘荡，漾出一幅宁静恬然的落日景象。

小舟与渔歌没有惊扰悠然的大雁，大雁依旧飞落平滩，嘤嘤而落，款款而飞，人与鸟和谐地融为一个整体，互不干扰却又相和而唱，是"江上"无韵却有情的天籁之乐。作者为读者展现了渔家恬美淡然的气氛。

在整幅画面中，作者以雁鸣、鹜飞、村落营造了江面上恬然幽静的氛围，又以落霞、画舟、芦花抹去了画面之上的清冷，最后用歌声为这幅画面注入了活力，为这幅水天相连、人雁合唱、鹜霞共飞的画面增添了几许绚丽的色彩，使"静止"的江上景物有了勃勃的生机。

作者以"嘤嘤"来描写大雁悦耳的和鸣，以"依依"来描写野鸭轻轻摇摆飞翔的情态，这种有声有色的描写，可以使读者清晰地感觉到画面中的声响、形态以及质感。而且雁之落、鹜之飞、舟之行等动态的描写，给画中的意象赋予了空间的拓展性和时间的延长性，让读者觉得所有的意象都在持续运动。

从曲子中的寥寥数语，读者可以发现，作者十分擅长动中取景，并善于为这种"动"赋予延续性。曲子中叠字和拟声的运用，让读者在再现动态情景的同时与作者产生了共鸣，这种共鸣使人置身于曲子所描绘的画面中。

【飞花解语】

"隔水疏林几家"可以对"水"字令。

"渔歌唱入芦花"可以对"花"字令。

孔林乔木，吴宫蔓草

"孔林乔木，吴宫蔓草"描绘了由兴转衰后的景象，表达了作者苍凉的心绪。此句源于《黄钟·人月圆·山中书事》，这是一首作者在历经世事，看破兴衰之后，追求心灵归宿的曲子，描绘的是作者看破红尘后渴望纵情山野的心态。

黄钟·人月圆·山中书事
张可久

兴亡千古繁华梦，诗眼倦天涯①。

孔林②乔木，吴宫③蔓草，楚庙④寒鸦。

数间茅舍，藏书万卷，投老村家⑤。

山中何事? 松花酿酒⑥，春水煎茶。

【注释】

①诗眼倦天涯：厌倦了大千世界。

②孔林：孔子及其后裔的墓地，在今山东曲阜。

③吴宫：吴国的宫殿，唐人李白《登金陵凤凰台》："吴宫花草埋幽径，晋代衣冠成古丘。"

④楚庙：楚国的宗庙。

⑤投老村家：在乡村终老。投老：临老，到老。村家：农家，农村。

⑥松花酿酒：松花也称"松黄"，春天时松树开的花，可以酿酒，可做美食。

【译文】

千百年来，兴衰如同繁华的梦境般虚幻，我已经厌倦了这兴衰变化。孔林中松柏参天；吴国的宫殿的黄草蔓生；楚国的宗庙成了寒鸦栖息的地方。几间茅草屋，其中藏满万卷书，便可投身于乡村之中，直到终老。在山中做什么事呢？不过是用松花酿醉人的酒，用春水煎飘香的茶。

【赏析】

这首曲子是作者居住在西湖山下时写的。此曲表达了作者厌倦风尘，希望纵情山水、诗酒自娱的恬淡情怀。

"兴亡千古繁华梦，诗眼倦天涯"描写了作者厌倦世情的原因和心理。曲子开篇便用气势宏大的"千古"二字来感叹兴衰的时间长度，然后又用"天涯"来感叹兴衰的广度。纵横交织，时空融合，从古到今，从虚幻到现实。作者看倦了这种交替的兴衰，蓦然间顿悟，一切朝代的更替，一切的得失与荣辱，都不过是一场梦罢了。

作者一生踏遍千山万水，饱受在风尘中奔波之苦，落魄不遇伯乐的愁怨，世态炎凉的辛酸。如此坎坷艰辛的人生路，怎能不让作者辛酸至极，甚至厌倦思归？一个"倦"字，说出了作者内心深处的愁苦，道出了作者此刻的不得志与辛酸。

"孔林乔木，吴宫蔓草，楚庙寒鸦"三句鼎足，用以形容繁华如梦。无论孔子如何名扬天下，死后剩下的只不过是苍翠的乔木罢了；无论吴国当初如何的强盛，吴国灭亡后，留下的宫殿只能任由杂草蔓生；无论当年的楚国如何强大，现如今，楚国的宗庙也不过是寒鸦的居所罢了。繁华与荣耀，终有消失的那天。

想到这里，看到这些，作者还有什么想不开呢？红尘之中还有什么可以留恋的？这世间的繁华如梦，易破易碎，作者与其追求这些，倒不如"数间茅舍，藏书万卷，投老村家"。村中没有繁华的屋舍，没有显赫的宗庙，也没有来往不绝的达官显贵；有的只是一间茅舍，几本诗书和淳朴的村民。山中没有红尘俗世的骚扰，没有奔波劳累的辛酸；有的只是采花酿美酒、春水煎香茶的雅兴。

【飞花解语】

"诗眼倦天涯"可对"天"字令。

"山中何事"可对"山"字令。

"松花酿酒"可对"花"字令和"酒"字令。

"春水煎茶"可对"春"字令和"水"字令。

隐隐林峦，小小仙家

"隐隐林峦，小小仙家"一句，写出了元代文人最为渴望的居住环境。这首曲子所描述的是如同仙家般的隐居生活，曲中没有沉重压迫的情感，没有壮阔明亮的景色，有的只是字里行间中的恬静与悠然。

双调·折桂令·村庵即事

张可久

掩柴门啸傲烟霞①，隐隐林峦，小小仙家。

楼外白云，窗前翠竹，井底朱砂②。

五亩宅无人种瓜，一村庵有客分茶。

春色无多，开到蔷薇，落尽梨花。

【注释】

①啸傲烟霞：在山林中傲然长啸，形容旷达自由，不受拘束。晋人郭璞《游仙诗》："笑傲遗世罗，纵情在独往。"南朝梁人萧统《锦带书十二月启·夹钟二月》："优游泉石，放旷烟霞。"

②朱砂：又称丹砂、辰砂，是古人炼丹的重要原料。唐人白居易《自咏》："朱砂贱如土，不解烧为丹。"

【译文】

掩上简陋的柴门，傲然自在地对漫天的烟霞放声长啸，此地位于树林和山峦之中，隐藏着一座小小的仙人居所。小楼外白云飘浮，窗外绿竹成林，朱砂在丹井中沉淀。在普通的宅院中，没有人像邵平般栽种瓜果；在书庵中，作者正与客人分茶。春天的景色已经快要消失了，蔷薇花已经绽放，而梨花早已落尽。

【赏析】

曲子开头便写作者在山林中旷达自由的生活，一句"掩柴门啸傲烟霞"，将作者无拘无束的生活刻画得入木三分。"隐隐林峦，小小仙家"，这是作者对自己的居住环境的描写，作者隐于山中，环境缥缈如仙家。从内容上看，此三句为倒叙，意思可以解析为：在山峦中，隐藏着一个好似仙人家舍的屋子，屋中人掩上门，过着无拘无束的生活。"柴门"交代的是作者的家庭状况，"啸傲烟霞"描述的是作者悠闲自在的生活，"隐隐山峦"说的是小屋的位置，"仙家"写的是作者的生活状态和居住环境。

"楼外白云，窗前翠竹，井底朱砂"将作者的仙家生活描述得细致入微。村庵外白云飘浮，翠竹挺立，犹如一幅恬静而富有诗意的幽居图。丹井中沉淀着朱砂，那是道家炼丹的必备之物。丹井底沉淀朱砂，说明作者在小屋中曾兴致盎然地炼丹求道。

"五亩宅无人种瓜，一村庵有客分茶"一句，写出了作者的现状，作者没有同秦东陵候一样在隐居之后栽种瓜果，反而在家与客人"分茶"。分茶乃是古代待客的礼仪，说明作者与来客皆是高雅之人。

"春色无多，开到蔷薇，落尽梨花"点明了季节，隐含时光飞逝之意。暮春时节的到来，预示着春天即将过去。这个时候，蔷薇已经开花，而梨花已经落尽无痕。梨花开于早春的时节，蔷薇花则是春花中开得最晚的花。悠闲自在的日子，总是过得很快，转眼间梨花已经落尽，蔷薇已经盛开，又一年的春天过去了。人生苦短，与其日日烦思人间世事，倒不如悠然隐居山野间，无忧无虑地度过寒来暑往。

这首曲子带有浓厚的隐士色彩，曲子中的生活是大多数元代文人最向往的生活，这些元代文人渴望自由，追求宁静。

【飞花解语】

"楼外白云"可对"云"字令。

"五亩宅无人种瓜"可对"人"字令。

"春色无多"可对"春"字令。

"落尽梨花"可对"花"字令。

林下何曾见

"林下何曾见"借用了唐代灵澈和尚的诗句："相逢尽道休官去，林下何曾见一人！"此句讲述的是世人虚伪的行径，表达了世人对功名利禄的追求。此句源于薛昂夫的《正宫·塞鸿秋》，这首散曲讽刺了贪图名利的功利之人。

正宫·塞鸿秋

薛昂夫

功名万里①忙如燕，斯文一脉微如线②。

光阴寸隙③流如电，风霜两鬓白如练④。

尽道便休官，林下何曾见？至今寂寞彭泽县⑤。

【注释】

①功名万里：是借用东汉名将班超投笔从戎、远赴西域、建功立业，最后得封定远侯的典故。

②斯文一脉微如线：士子品格清高、文雅脱俗的传统，已经微弱如细线一样。而那些蝇营狗苟于功名利禄的人，却有很多。

③寸隙：一寸那样的小缝隙。

④练：洁白的丝绢，此处指鬓发雪白。

⑤彭泽县：指陶渊明。陶渊明曾在彭泽县任县令，因不愿摧眉折腰事权贵，辞官归里。

【译文】

为了追逐功名，像燕子一样万里奔波，忙碌不停，而代代相承的文化传统，却如细线那样微茫易断。人的一生如同白驹过隙，时间飞逝犹如电光石火，转眼间两鬓已如素绢那样苍白，这是时光染上的风霜。世人都以立刻休官归隐为标榜，嘴上说着不想当官，可何曾看见他们真的归隐山林？陶渊明找不到同道，而寂寞地隐居在东篱边。

【赏析】

"功名万里忙如燕，斯文一脉微如线"一句，借用了东汉班超封侯万里的典故，所描绘的是世人为了功名利禄而忙碌不断的身影。这些人就如衔泥筑巢的燕子一般忙碌不堪，却不重视传统的品格和道德方面的修养，使其微薄如细线，一扯便断。其中"忙如燕"和"微如线"形成了鲜明的对比，将追逐名利者的丑态嘴脸刻画得淋漓尽致。

"光阴寸隙流如电，风霜两鬓白如练"说的是时光如电，白驹过隙，转眼间忙碌的人分成了两种，一种乐此不疲，至老不衰，混于官场名利之中；一种忙到两鬓霜白，却还没有混出名堂。碌碌无为的官场人员应堪破世俗，放下名利，最后归隐山林。

然而总有人嘴上说着弃官归田，不再企图争名逐利，然而"尽道便休官，林下何曾见？"嘴上放下了又如何，心中不放弃争名的想法，他们又怎么会归隐山林，与林泉为伴呢？

"至今寂寞彭泽县"借用了陶渊明弃官归田的典故，以陶渊明的孤独等待为例，说世俗之人皆汲汲于功名利禄，但却又为博声名而装模作样说自己要退隐。这里将真正的隐士陶渊明与虚假的隐士做对比，令清者至清，浊者更浊。

【飞花解语】

"风霜两鬓白如练"可对"风"字令

林泉隐居谁到此

"林泉隐居谁到此"源于马致远的《双调·清江引·野兴》。这句话的意思是说：在山林泉水之间隐居之后，还有谁会到此做客？

双调·清江引·野兴

马致远

林泉隐居谁到此，有客清风至。

会作山中相①，不管人间事。

争什么半张名利纸②？

【注释】

①山中相：指南朝梁陶弘景。他隐居于勾曲山（即茅山，在今江苏句容），梁武帝多次请他出山他都不就，每当有国家大事，皇帝就派人前去咨询，人称"山中宰相"。

②名利纸：代指功名利禄。

【译文】

在深山林泉之中隐居，还有谁能够来到这里，只有清风白云来做客罢了。想要懂得如何做这山中宰相，人就要学会不管那人间的闲事。何必去争那半张代表功名利禄的纸呢？

【赏析】

在这篇散曲之中，作者对"山中宰相"陶弘景的隐居生活进行了质疑，说出了自己心中对隐居生活的理解与看法。

"林泉隐居谁到此，有客清风至"两句，前一句问隐居者在山林中隐居时，都有那些客人造访；后一句是自问自答，只有清风、白云、明月等不沾世俗的自然之物来访。这句自问自答包含了作者对隐居生活的理解。其中"清风"蕴含着两层含义，一是表层的如清风明月等高雅的事物；二是指品行高洁的风雅之士。

"会作山中相，不管人间事"两句中明确地说出了作者对"山中相"陶弘景的质疑。作者觉得要真正成为山林中的宰相，便不该去理会人间的俗事。据《南史·陶弘景传》记载，陶弘景隐居在山林中，梁武帝手诏其出山为官，不料被其拒绝。为用其才华，梁武帝便"国家每有凶吉征讨大事，无不前以咨询"，此等做法，被人称为"山中宰相"。而文中的"山中相"指的是抛却所有红尘名利，忘却人家俗物，澄心静虑，与山林自然结成一体，不理世俗之事的隐士。

"争什么半张名利纸"一句，表明了作者对世间功名利禄的不屑态度。作者本是要做"人间宰相"的，不料仕途艰难，风波不断，只好隐居山林，做一位无所事事的"山中相"。比起陶弘景身在山中，却管理人间事务的得志，作者无疑是失志的。对于这种失志，作者一开始也是愤懑的，但随着时间的流逝，作者逐渐体会到了做"山中相"的乐趣，开始陶然山水之间。

"山中相"一开始是作者对自身命运的嘲讽，算是一种自嘲。随后的山水乐趣让作者改变了这种想法，这时"山中相"是作者大彻大悟之后对心中生活的赞颂，也是对大自然的赞美。

【飞花解语】

"有客清风至"可对"风"字令。

"会作山中相"可对"山"字令。

"不管人间事"可对"人"字令。

"玉华寒，冰壶冻。云间玉兔，水面苍龙。"看着天上若隐若现的云朵，在感叹自己的身世犹如云朵一般漂泊无依之余，人们还想到了玉兔，以及那位再也回不到故乡的美人。是啊，不管自己如今离故乡有多远，但总有回家的一天。相比玉兔和嫦娥，自己幸运得多。至于如今的烦忧？索性与友人一起饮酒、行"云"字令吧，让云朵带走自己的忧愁。

云间玉兔

"云间玉兔"借用了嫦娥奔月的典故，以仙女嫦娥的爱宠玉兔来代指明月，这种写法为月亮增添了一丝调皮。此句出自徐再思的《中吕·普天乐·吴江八景·垂虹夜月》，描绘了作者在垂虹桥上所看到的夜景。

中吕·普天乐·吴江八景·垂虹①夜月

徐再思

玉华②寒，冰壶冻。云间玉兔，水面苍龙③。

酒一樽，琴三弄④。唤起凌波仙人⑤梦，倚阑干满面天风。

楼台远近，乾坤表里，江汉⑥西东。

【注释】

①垂虹：指垂虹桥。今在江苏省苏州市，号称"江南第一桥"。桥上曾有亭，

称垂虹亭，现在已经灭失。

②玉华：月亮的光华。

③水面苍龙：垂虹桥的比喻。

④琴三弄：三支曲子。

⑤凌波仙人：曹植《洛神赋》中的洛水女神。

⑥江汉：长江与汉水。

【译文】

如玉的月亮洒下了清寒的月光，如同盛满冰霜的玉壶那样皎洁明净。天上的明月在云间出没，垂虹桥如苍龙般横卧在水面上。美酒一樽，瑶琴三曲，召唤洛水女神凌波而至，斜倚着栏杆，任由天上的清风拂面。放眼望去，远远近近皆是亭台楼阁，乾坤表里，皆是浩瀚无边的江水。

【赏析】

"玉华寒，冰壶冻"描绘了天上之月，并点明了时间。"玉华"二字一般指嫦娥所居住的广寒宫，这里代指月亮。传说中嫦娥居住的玉宫寒冷异常，故称之为广寒宫。"冰壶"指代的是盛满冰的玉壶，比喻寒冷的月光。

"云间玉兔，水面苍龙"，是由月到桥的视角转换。两句中的"云间"与"水面"相对应，"玉兔"与"苍龙"相对应。此两句皆是比喻句，前者将月亮比喻成在云间玩耍的玉兔，后者将垂虹桥比作在水中横卧的苍龙，此情此景，美轮美奂，仿若人间仙境。

"酒一樽，琴三弄"一句中，作者视角一转，描绘起了站在桥上赏景观月之人。饮酒作乐，以琴抒怀，可谓是自得其乐，潇洒于天地间。

"唤起凌波仙人梦，倚阑干满面天风"，作者面对着满江水月，抚琴寻乐，任由充满水汽的清风拂面，作者神清意爽，逸兴高昂，仿佛看到了洛水女神脚踏凌波而至，轻歌曼舞于水天之间。

"楼台远近，乾坤表里，江汉西东"三句，作者再次将拉近的视角放远，描绘起凭栏远眺之后所看到的景色来。远远望去，数不尽的楼台灯火燃于这水天之间，水波荡漾，仿佛溢满了天地。此等辽阔高远的意境，将散曲的意境延伸开来，给人以回味无穷之感。其中的"乾坤"与"江汉"相对，"表里"与"西东"相对，皆为互文对举。

这首散曲全篇之中都带有一丝"仙气"，异想连篇，境界却开阔宏大。写得迷离朦胧，意味深长，极富想象力与艺术表现力。

　　"水面苍龙"可对"水"字令。

　　"唤起凌波仙人梦"可对"人"字令。

　　"倚阑干满面天风"可对"天"字令、"风"字令。

　　"江汉西东"可对"江"字令。

云来山更佳

　　此句来自张养浩的《双调·雁儿落兼得胜令·退隐》，这首曲子共有57个字，12句话，其中七句中包含着"云"字，可以对"云"字令。这首曲子描绘了一幅云山景图，山与云相依相连，优美缥缈。

双调·雁儿落兼得胜令·退隐
张养浩

　　云来山更佳，云去山如画，山因云晦明，云共山高下。

　　倚仗立云沙[①]，回首见山家。野鹿眠山草，山猿戏野花。

　　云霞，我爱山无价。看时行踏[②]，云山也爱咱。

【注释】

　　①云沙：如云一般的沙地。

　　②行踏：散步。

【译文】

　　白云飘浮而来，山势更显迷蒙，景物更佳。白云飘浮而去，山色变得明朗，景色美如画。山峰因为云来云往而忽明忽暗，云朵因山势而忽高忽低。我倚着手杖立于高山云海中，回头望向山的另一边。野鹿在山草中安眠，山猿在野花中嬉戏玩耍。我爱云霞的变化多端，也爱山峰的秀丽陡峭，它的美丽无法估价。我根据时令行走散步，发现云山对我同样充满了爱意。

【赏析】

张养浩的曲子,多数都以描写山水风光和述说隐匿情怀为主。此首曲子描写的是山水风光。作者描绘了一幅云山缥缈的优美画作,透露着作者对这幅云山景图的依恋和挚爱。

曲子从山与云之间的变化入手,开篇先写云与山景的关系。作者以云和山之间的互称,来描绘多姿多变的山景。云山交叠出现,云来云去,云高云低,为秀美的山峰披上了不同的衣衫,展现出了不同的美丽。"云来山更佳,云去山如画,山因云晦明,云共山高下"之语,道出了云与山之间的联系。

若只有山没有云,山峰虽然依旧秀美,但未免单调了些;若只有云没有山,云朵依然缥缈,但却未免虚幻了些;山云结合,才能够将秀丽和缥缈结合起来,让整座云山变得既美丽又不单调,既渺然如仙,又不显虚幻不真。曲子所写,正是这种美!

在曲子后半阕,作者转换了视角,将自己融入了美丽的山峰中,仔细观察山峰中的事物。"倚仗"而行,说明作者走走停停,不断地流连于山水之间,时不时停步。作者停下来后,忍不住回头望向山的另一面:野鹿在草丛中安眠,猿猴在山野间尽情地嬉戏玩耍。好一幅悠然和谐的山中之景!令人不禁沉醉其中,不忍打破这和谐的景象。云、山、猿、鹿、草、花等景物相映成趣,优美如歌,幸福如画。此情此景,令读者不禁发出和作者一样"云霞,我爱山无价"的感叹。

作者爱这山的雄伟秀美,爱这云的缥缈无痕,爱这山野间的天趣。作者将自己眼中之景与心中之情相结合,满眼所及,无一不是美丽的自然,令人心旷神怡。作者表面上写的是山间的景色,实际上却透露出了自己以灵兽为友,以云山为友的情怀。

最后作者笔锋一转,云山成了主角。云山似乎感受到了作者对它的喜爱之情,于是在作者面前展示所有美好,开始向作者表达自己的喜爱之情。作者写云山对自己的喜爱,真是"异想天开"却又妙趣无穷。物我两忘、浑然融为一体的情景,令作者忘却了一切的烦恼与忧愁,彻底地沉浸在山水之间。

【飞花解语】

"山猿戏野花"可对"山"字令、"花"字令。

浩歌惊得浮云散

"浩歌惊得浮云散"源自《双调·殿前欢·登江山第一楼》。"浮云"在古代有不当一回事的含义，如孔子《论语》中的"不义而富且贵，于我如浮云"；此外，也有人将浮云比作卑鄙的小人，李白所著的《登金陵凤凰台》中有句："流水生涯尽，浮云世事空"。

双调·殿前欢·登江山第一楼①

乔 吉

拍阑干。雾花吹鬓海风寒。

浩歌惊得浮云散。

细数青山，指蓬莱一望间。

纱巾岸②，鹤背骑③来惯。

举头长啸，直上天坛④。

【注释】

①江山第一楼：指江苏镇江北固山甘露寺内的多景楼。

②纱巾岸：即岸纱巾，头巾。岸：此处指露出额头。把纱巾掀起露出面额，表示态度洒脱。

③鹤背骑：骑鹤背。此处指骑鹤升仙。

④天坛：指王屋山主峰天坛，相传为黄帝祈天求雨处，唐司马祯在此修行得道。

【译文】

拍着栏杆，强劲温润的海风带着雾般的寒冷水汽迎面吹来，吹得人鬓发飘荡。浩然而唱，歌声冲天，惊得浮云四散。细细地数了数海上连绵成片的青山岛屿，蓬莱仙境应该就在它们中间。带着纱巾，像古人王子乔那般骑着仙鹤升仙。抬头扬天长啸，直上那让人得道成仙的天坛。

【赏析】

这首散曲是乔吉众多登临之作中的一首，主要写的就是登临"江山第一楼"后的感慨。"江山第一楼"是甘露寺内的多景楼，临近江边，登顶后可遥望东海，景致壮丽豪迈，宋代书法家米芾在登上此楼游览后，称赞其为"天下江山第一楼"。

首句便是"拍阑干"，真可谓是一语惊人，气势不凡。这种带着情不自禁的情感的动作，让读者开篇便生疑问，不自觉地随着作者进入了当时的景象中。此外，此句还暗点题目"登楼"，这句话化用了辛弃疾的名句："江南游子，把吴钩看了，阑干拍遍，无人会，登临意。"

"雾花吹鬓海风寒"一句，道出了上文中"拍阑干"的缘由，精练地写出了作者在高楼上所看到的浩瀚江水。作者刚刚登上楼，海风便打了作者一个措手不及，让作者的鬓角尽湿，四散的雾气让此处仿若仙境，作者不禁拍案叫绝。其中"雾花"指的是缥缈多变的水汽，"寒"是指作者在受到雾气干扰后感受到的冷意，也可能是作者的内心感受。

在"浩歌惊得浮云散"一句中，"浩"指的是作者面对小人的态度。作者追求的是现实的彼岸，向往的是远离凡尘俗世的隐居生活，所以他要用"浩歌"一曲，惊散俗世中的浮云，这一句是这首散曲的转折点。

"细数青山，指蓬莱一望间"中的"细数青山"暗用了买山的典故，暗喻作者归隐之意。"蓬莱"乃是三大仙山之一，意为仙人居住的地方。"一望间"说的是作者的心境与仙人一脉相通，这是作者追求超脱的一种表现。

"纱巾岸，鹤背骑来惯"中，作者运用了王子乔得道成仙的典故。作者不求功名利禄，只求可以超脱尘世，遨游于无尘的天地之间。

"举头长啸，直上天坛"一句，将作者的渴求潇洒超脱的情绪推向最高峰。作者已经融入了仙境天坛中，仰天发出悠长的啸鸣，仿若骑鹤飞升，得道成仙。

【飞花解语】

"雾花吹鬓海风寒"可对"花"字令、"风"字令。

"细数青山，指蓬莱一望间"可对"山"字令。

"举头长啸，直上天坛"可对"天"字令。

挂尽朝云暮雨

"挂尽朝云暮雨"出自胡祗遹的《双调·沉醉东风·赠妓朱帘秀》，表现了胡祗遹对官妓朱帘秀不染风尘之品的赞颂之情。这两句曲子与王勃《滕王阁序》之中的"画栋朝飞南浦云，珠帘暮卷西山雨"的意境有异曲同工之妙。

双调·沉醉东风·赠妓朱帘秀①

胡祗遹

锦织江边翠竹，绒穿海上明珠。

月淡时，风清处，都隔断落红尘土。

一片闲云任卷舒，挂尽朝云暮雨②。

【注释】

①朱帘秀：元初著名的青楼女演员，朱姓，行四，以演杂剧著称。朱帘秀为其艺名，亦作"珠帘秀"。她与当时的文人名士交往密切，除胡祗遹外，王恽、卢挚、冯子振、关汉卿都作有散曲赠她。

②朝云暮雨：战国宋玉在《高唐赋序》中述楚怀王梦巫山女子伴寝，自称"旦为朝云，暮为行雨，朝朝暮暮，阳台之下"。后以此作为男女交合的喻称。

【译文】

这帘儿是用湘江边上生长的翠竹加上锦丝织造而成的，是用南海之中的明珠和红绒线穿织而成的。无论是身处于淡月的辉映下，还是身处于清风的吹拂中，它都不染飞花与尘土。它是一片漂浮在天空之中的闲云，无牵无挂，伸缩自如。无论经历了多少的朝云暮雨，它的身上都不着一点印痕。

【赏析】

作者所赠之人名为朱帘秀，乃是元代时期的官妓，是元代早期著名的杂剧女演员，被元代后辈艺人尊称为"朱娘娘"。《青楼集》中这样描写她："姿容姝丽，杂剧为当今独步，驾头、花旦、软末泥等，悉造其妙，名公文士颇推重之。"朱帘秀与元代作曲家们的感情十分要好，她与关汉卿、胡祗遹、卢挚、冯子振、王涧秋等人经常会进行词曲赠答。关汉卿曾这样形容她："富贵似侯家紫帐，风流如谢府红莲。"

作者以"锦织江边翠竹，绒穿海上明珠"来形容朱帘秀的才色，说朱帘秀既有湘江翠竹之秀美多才，又有海上明珠之姝丽华贵。作者以此稀少的二物来形容朱帘秀，说朱帘秀乃是古今少有的丽人，引世间众人痴迷追捧。

下面两句便点出了朱帘秀即使沦落风尘，承受着世间之人的追捧，却纤尘不染，将自己隔绝在红尘之外。一句"月淡时，风清处"，将朱帘秀身处"风月场"变得雅致。

红尘之地本该是喧嚣吵闹的，但是作者却用"淡"与"清"两字，将朱帘秀所处之地和风月场所区分开，足以见得朱帘秀是一位超凡脱俗的女子。作者而后又以一句"都隔断落红尘土"来赞美朱帘秀，为她增添一份纤尘不染的气质。

最后作者以一句"一片闲云任卷舒，挂尽朝云暮雨"来形容朱帘秀的为人，说她如云般婉转风流，历经岁月风云却勘破情关，以才艺立身，不落红尘之中。从这两句中，读者可以看出作者对朱帘秀高尚品质的赞扬与推崇。

【飞花解语】

"月淡时，风清处，都隔断落红尘土"可以对"月"字令、"风"字令。

"一片闲云任卷舒，挂尽朝云暮雨"可以对"雨"字令。

乱云老树夕阳下

"罗绮香余野菜花，乱云老树夕阳下"一句颇有荒凉破败之感，让人心中悲凉。写出这句词曲的乔吉，是一位以清丽婉美的词曲著称的作者，而这首涉及历史主题的作品却是一个例外。

双调·水仙子·游越福王①府

乔 吉

笙歌梦断蒺藜②沙，罗绮香余野菜花，乱云老树夕阳下。

燕休寻王谢家③，恨兴亡怒煞些鸣蛙。

铺锦池埋荒甃④，流杯亭堆破瓦，何处也繁华。

【注释】

①福王：南宋理宗的弟弟赵与芮。

②蒺藜：喜生长在沙地中的一种野草。

③王谢家：指东晋时王导、谢安等高门望族，富贵豪门。

④荒甃：坍塌的砖块。

【译文】

在爬满铁蒺藜的沙砾上，再也听不到往日的笙歌；开满地的野菜花上，还残留着罗琦的余香。放眼望去，乱云飞过苍老的古树，夕阳一寸寸地向西滑落。迷茫的燕子啊，不要再去寻找昔日繁盛的王、谢门巷了。充满愤怒的蛙鸣声，像是在怨恨着人世的兴亡。铺锦池中埋藏着荒残的砖石。流杯亭中，堆砌着破败后的断瓦残梁，昔日的繁华如今在何方。

【赏析】

这首曲子用三组镜头描写了越福王府衰败后的景象。

前两句话为第一组镜头，主要描写了作者对府邸总体的印象，写出了布满铁蒺藜与野花的福王府地。作者特地使用了前后对比的方式，来勾起读者对于这种衰败的共鸣感。其中，作者将"蒺藜沙"与"笙歌""野菜花"与"罗琦香"相互对比，以"梦断"和"香余"作为连接，让人耳边响起当年王府中为了寻欢作乐而奏起的笙歌，眼前浮现身上布满了罗琦的王公贵族和宫女的身影。

从第三句开始到第五句结束，作者分别描写了王府中的乱云、老树、夕阳、燕和蛙。这些现存的景物，本该是客观中性的，但在添加上王府的标签之后，它们却拥有了浓烈的情感色彩。作者主观色彩的注入，加上刻意的组合配合，让所有的景物都拥有了苍凉的共性。其中"乱云老树夕阳下"中，"乱""老""下"都是这种苍凉的体现。

作者在其中劝燕子"休寻王谢家"，其实是在劝怀旧的人，劝他们不要再在现今衰败的王府之中，寻找过去的繁华。这种劝解给燕子加上了强烈的悲情色彩，营造了一个怀旧悲伤的气氛，而且这句话还借用了刘禹锡的一句诗："旧时王谢堂前燕，飞入寻常百姓家。""恨兴亡怒煞些鸣蛙"一句中也借用了《韩非子》之中所载"怒蛙"的典故。在作者看来，青蛙鼓鼓地怒鸣，是因为"恨兴亡"。

第六句和第七句，着笔之处主要为王府之内的建筑物，而作者所选用的"铺锦池"和"流杯亭"为旧时王府中的游赏胜地。作者通过写这两处的衰败，来描绘王府的衰败。往日池中铺锦，亭中满是"曲水流觞"；而如今，池里为"荒砖"，亭上是"破瓦"，两相对比，可见衰败之悲。

在这三组描写之中，作者将惆怅、伤感、愤懑的情绪步步深化，只为了最后一句之中的呐喊与感叹——"何处也繁华"。这一句似问实答的语句，将作者对盛衰无常、荒淫失国的情感全部都表达并发泄了出来。

【飞花解语】

"笙歌梦断蒺藜沙，罗绮香余野菜花"可对"花"字令，也可以对"香"字令。

水

　　流水本来没有生命，只是在这其中发生了太多的故事，所以人们为其加上了感情。比如：在"芳草思南浦，行云梦楚阳，流水恨潇湘"中，因为心上人乘船离去，所以流水成了女子怨恨的对象。那么，在行"水"字令时，你是否也曾将感情寄托其中？

流水恨潇湘

　　"流水恨潇湘"使用了拟人的手法，是说流水怨恨潇湘。在这里，流水指心中满是离愁别恨的女子，潇湘代指与君分别。女子心中怨恨与君分别的事实，期盼与郎君相聚。在这句中，作者暗用了娥皇女英溺死潇湘的典故。

商调·梧叶儿·春思

徐再思

芳草思南浦①，行云梦楚阳②，流水恨潇湘。

花底春莺燕，钗头金凤凰，被面绣鸳鸯。是几等儿眠思梦想。

【注释】

　　①思南浦：化用江淹《别赋》"送军南浦，伤如之何"的诗意。

　　②行云梦楚阳：化用宋玉《高唐赋序》"旦为朝云，暮为行雨，朝朝暮暮，阳台之下"的句意。

【译文】

　　片片芳草让我想起分别之时的南浦，飘飘白云让我在睡梦中回到了楚阳，滔滔的潇湘流水犹如我过多的离别愁绪。春花盛开时，莺歌燕舞，成双成对；头上的钗头是一双金色的凤凰；被面上绣的是交颈的鸳鸯。有谁能知道我有多少的愁思和怎样的梦想。

【赏析】

　　这首散曲在艺术处理上颇为别致，其独特之处在于六个比兴意象的连用。整首散曲可以分为两部分，一部分是以古比今，连用三个典故，道女子的相思之情；第二部分是以物比人，通过物的美满来衬托女子的凄凉。

　　曲子的前三句借用了前人的诗句，"芳草思南浦"取追忆与情人的分别之意。在诗歌之中，南浦一直是水边送别之地的专名，如屈原《九哥·河伯》中的"与子交手兮东行，送美人兮南浦"；江淹《别赋》中的"春草碧色，春水绿波，送君南浦，伤如之何"；范成大《横塘》中的"南浦春来绿一川，石桥朱塔两依然"；等等。

　　"行云梦楚阳"，作者进一步追忆与情人之间欢乐回忆，借用的乃是宋玉的《高唐赋》中楚王与神女会合的典故，意为只有梦中才能够和心爱的人相会。

　　"流水恨潇湘"取娥皇女英二女为丈夫溺毙于湘江之典，李白曾为其赋诗："洞庭之南，潇湘之浦，海水直下万里深，谁人不言此离苦。"女主人公的别离之恨也像潇湘之水一样延绵不绝，源源不断，无穷无尽。

　　曲子的后三句主要描写了女主人公想要借春景以舒缓离别之愁，谁知纾解不成，反因一片大好的春光与成双成对的景物而感到伤心。这几句就地取景，以景之圆满，反衬女子心中的凄苦。

　　在"花底春莺燕，钗头金凤凰，被面绣鸳鸯"一句中，读者可以看到春花绽放，莺歌燕舞，一片大好春光。钗头一双金凤凰展翅欲飞，形影相随，鸳鸯交颈卧于崭新的被面上。如此成双成对之景，怎能不让深受离别之苦的女子变得多愁善感起来。女主人公本欲借景舒缓自己的相思之情，不料却被景中恩爱缠绵之物加重了情思，难怪"是几等儿眠思梦想"会从女子口中吐出。

　　首先散曲的前半部分所借之典，皆为古代的爱情故事；后半部分所借之物，皆为女子眼前之景。两种对比之间也存在着古今之别。其次，曲子的前半部分多是以人的离别与女子本身的离别相比，乃是正面的比较；而后半部分，则是以物的相聚与女子本身的孤单相比较，用的是反面相称。最后，在此曲的语言艺术中，前半部分的语言通俗却不失雅致；而后半部分则通俗中带着一丝本土的气息。

【飞花解语】

"行云梦楚阳"可对"云"字令。

"花底春莺燕"可对"花"字令、"春"字令。

我这里高唱当时水调歌

"我这里高唱当时水调歌"出自徐再思的《双调·沉醉东风·春情》。这首散曲讲的是一位怀春少女在与情人相别许久之后，骤然相见的场景。曲中多为元人口语，场景生动形象，人物生动传神。

双调·沉醉东风·春情

徐再思

一自多才^①间阔，几时盼得成合^②？

今日个猛见他门前过，待唤着怕人瞧科^③。

我这里高唱当时水调歌^④，要识得声音是我。

【注释】

①多才：对所爱之人的爱称，元人的口语之一。

②成合：结合，相合。元人口语，这里指见面、聚首。

③瞧科：看见，发现。

④水调歌：作水调写的情歌。

【译文】

自从与情郎相别多日，日夜期盼着可以与他再次见面。今日猛然看见他从门前走过，想呼唤他又怕被别人瞧见。我故意在原地唱我们初次见面时唱的那首水调歌，希望他能听出唱歌的是我。

【赏析】

此首散曲，虽创于作者之手，却用于女子之口。这是一首风趣别致的小情歌，写的是女子与郎君分别已久后，骤然相见，高歌情歌一首，盼君回首一望的情景。散曲全篇通俗，读起来朗朗上口，作者将女子热情聪颖、活泼机灵的形态刻画得活灵活现，令读者阅后莞尔一笑。全首散曲可以分为三层：

第一层写女子与君阔别后的相思之情。读者将"一自多才间阔，几时盼得成合"一句读出来后，眼前不禁展现了一个女子独自坐在庭院中，她双手托腮、目光放远、嘟着嘴巴的场景。场景中的少女一会儿喜上眉梢，一会儿愁眉苦脸，最后终于忍不住低声呢喃："自从上次与郎君分别后，已经好久不见郎君，什么时候才能够与君再次相见？"

其中作者用"间阔"来表明长时间的分离，用"成合"来表明相见，两者呈对比状态。同时，作者还以"一自"和"几时"做呼应。

第二层是女子与郎君猛然相见后的场景。一句"今日个猛见他门前过，待唤着怕人瞧科"将女子惊喜纠结的内心描画得细腻动人。少女突然起身走出了院门，想要出去玩耍一番。不料刚出院门，她便看到一个似曾相识的身影从门前走过，仔细一看，是郎君！欢乐瞬间盈满了心怀，她想要冲出去唤住郎君，又碍于礼教，她不得高声呼唤，不过这可难不住聪颖的少女。

少女眸光一转，唱起了初次与郎君相遇在水边时的"水调歌"，就等着郎君回头一望，以解相思。作者用"我这里高唱当时水调歌"一句，将女子聪颖机灵的形象成功地打造了出来。"要识得声音是我"体现了少女自信、热情、活泼、大胆的性格。放声高唱不是古代官家女子能够做出的事情，这种行为属于乡间未谙世事、情窦初开的率真少女。

寥寥几句，作者便将一个热情不失矜持、大胆不失细心、聪颖不失纯真的少女活灵活现地刻画了出来。这首散曲用词明快通俗，简洁朴实，人物的心理活动转折不断，可谓是写实的佳作。

【飞花解语】

"待唤着怕人瞧科"可对"人"字令。

花落水空流

"花落水空流"源于《黄钟·人月圆·卜居外家东园》。此句与刘禹锡的名句"桃花净尽菜花开""种桃道士何处去"的意境相同，都是写繁华褪去后的败落，反映了作者失去家国后的酸楚沉重之情。

黄钟·人月圆·卜居外家^①东园

元好问

重冈已隔红尘断，村落更年丰。

移居要就：窗中远岫^②，舍后长松。

十年种木，一年种谷，都付儿童。

老夫唯有：醒来明月，醉后清风^③。

玄都观里桃千树^④，花落水空流。

凭君莫问：清泾浊渭，去马来牛^⑤。

谢公^⑥扶病，羊昙^⑦挥涕，一醉都休。

古今几度：生存华屋，零落山丘^⑧。

【注释】

①外家：母亲的娘家。元太宗十一年（1239），元好问回到阔别20余年的故乡秀容。其时金朝已亡，生母已久故，"外家"人物零落殆尽。

②岫：峰峦。东晋陶渊明《归去来兮辞》："云无心以出岫。"

③醒来明月，醉后清风：无论是醉还是醒，都有明月清风相伴。

④玄都观里桃千树：借用唐刘禹锡《戏赠看花诸君子》："玄都观里桃千树，尽是刘郎去后栽。"

⑤清泾浊渭，去马来牛：化用唐杜甫《秋雨叹》："去马来牛不复辨，浊泾清渭何当分。"

⑥谢公：东晋谢安。孝武帝太元年间，琅琊王司马道子擅政，谢安因抑郁成疾，不久病故。

⑦羊昙：谢安之甥，东晋名士。

⑧生存华屋，零落山丘：化用三国魏曹植《箜篌引》："生存华屋处，零落归山丘。"

【译文】

层峦叠嶂的山冈隔断了喧嚣的红尘，远离了横征暴政的山村，年年丰收，人人长寿。择定居所，就当选择人迹罕见之地。此间最好；从窗户往外望去，可以看到远方的峰峦；屋舍后面，有着四季常青的松柏。无论是栽种树木，还是种庄稼，都

117

交付给后代子孙去忙碌吧。老夫已是垂老之年，无论是醉还是醒，都只想要与清风和明月相伴，陶然于山野之间。

玄都观里曾有无数株桃花盛开，如今空有流水而无落花，一切美好都不复存在。请君莫去询问缘由，追究根底，奔流着的是清泾还是浊渭，是马去还是牛来，我已经分不清。谢安重回故地之时已然抑郁成疾，即将病故；羊昙流泪痛哀；这样的存殁之感，酩酊大醉之后便可淡然忘怀。古往今来几度发生如此感慨：即便生时身居华贵的屋舍，到头来也免不了要在荒凉的山丘中把尸骨掩埋。

【赏析】

此曲为元好问在历经磨难后携家归乡后所作，年过五十的元好问在回到故乡后，第一个问题就是住在哪里。

第一支曲子写的是作者"卜居外家东园"的原因，除了风景秀美之外，居于此地还可以远离元朝的统治，清闲自在地享受到山野之间的乐趣。作者用一个"已"字和一个"更"字，清晰明了地讲述了移居此地的原因。移居之后，作者需要对未来做出打算和计划："十年种木，一年种谷，都付儿童"。其中"种木""种谷"代表的是未来的事情，"儿童"所代表的是子孙后代。而作者对自己的安排便是"醒来明月，醉后清风"。其中"醒"与"醉"看似并列，实际上"醉"确是重于"醒"的，而所谓的"醒"只不过是"醉"与"醉"之间的过渡罢了。看似悠闲怡然的语句，其实藏着酸楚与悲伤。

第二支曲子开篇便借用了刘禹锡"玄都观里桃千树"的名句，然后又紧跟了一句"花落水空流"，以此来暗喻金国已经由盛转衰；作者本就是金国后人，面对金国的灭亡，他不禁忍痛反思，为何国家会衰败如此？然而无论金国曾经多么的繁华，却都改不了如同落花一般消逝的命运。如今金国之民仍在，然而金国君主却不在了，如此物是人非的情景，怎能不让作者满怀感伤。

"凭君莫问：清泾浊渭，去马来牛"，面对当今的景象，作者已经不想再去追根溯源了。一句"莫问"道出了作者的无力，想一想"谢公扶病，羊昙挥涕"，与其去计较这些，倒不如一醉方休，忘却人间苦恼。作者最后以一句"生存华屋，零落山丘"作为结尾，既是感叹，也是明悟。

【飞花解语】

"花落水空流"可以对"花"字令。

"醒来明月，醉后清风"可对"月"字令、"风"字令。

水晶环入面糊盆

"水晶环入面糊盆"出自张可久所著的《正宫·醉太平·感怀》。这支曲子用了多组比喻，这句是其中的一组。这些比喻取自市井化的俗语，带有一种散曲特有的"蒜酪味"，一反作者往常以清词雅语为宗的作风。

正宫·醉太平·感怀

张可久

人皆嫌命窘①，谁不见钱亲？

水晶环入面糊盆②，才沾粘便滚。

文章糊了盛钱囤③，门庭改做迷魂阵④。

清廉贬作睡馄饨⑤。葫芦提倒稳⑥。

【注释】

①窘：窘迫，困穷。

②水晶环入面糊盆：圆滑的水晶环掉进面糊盆，比喻精明的人混迹于名利场。在园区中，"水晶环"与"水晶球"类似，指精打细算、唯恐吃亏、八面玲珑的人。

③盛钱囤：盛放钱的器物。一般用竹篾、席箔围成囤，用于盛放粮食。

④迷魂阵：令人迷惑，无法破解的阵法。比喻圈套、诡计，元曲中多指妓院。

⑤睡馄饨：糊涂愚昧。馄饨即"混沌"。

⑥葫芦提：元代俗语，即糊里糊涂。

【译文】

哪一个人不会嫌弃自己命中的贫贱，哪一个人在见到金钱的时候不是喜笑颜开？这就像是水晶环在跌落到糨糊盆中时，沾染到一些不说，还自己拼命地滚两圈。再优美的文章，都不过是用来封糊装钱的囤帘罢了，再清白洁净的门庭都可以变成害人的迷魂阵。清廉之人都被贬成了糊涂的睡馄饨，还不如提着葫芦迷迷糊糊更加安稳一些。

　　元散曲中的愤世、警示之作，言辞犀利激烈，语言冷峭峻严，而这篇词曲正是这种风格元曲的代表作。元曲本身不受古诗"温柔敦厚"的传统影响，拥有宣泄感情的优势，这首元曲更是将这种优势发挥得淋漓尽致。这首元曲用辛辣嘲讽的语气讽刺元朝末年时期官场的黑暗，说金钱腐蚀人心，世道善恶不分。

　　开篇前两句，作者便以嘲讽的语气强调世人的劣性，说世人嫌贫爱富。接下来的两句，作者将"见钱亲"之人的表现形象地描绘了出来。他说世道乃是一盆面糊，是非善恶不辨。贪财者进入其中后，不仅不想逃离，反而在其中翻滚，以争取得到更多的利益。这里的"水晶环"并不表示环质的清白纯净，而是取"环"之圆、取"水晶"之滑，而满足"才沾粘便滚"的条件。"才"字、"便"字，说明了贪财的急不可耐；而"沾粘"与"滚"，又生动地表现了无底线的聚敛形象。

　　之后的三句，揭露了当时社会的拜金主义，有些人写文章不过是为了谋取钱财，然而文章却不值钱，只能够用来做装钱的器具；原本十分重视规矩的人家，为了金钱不惜败坏门庭，将家中变成妓院，卖女儿为生；官吏遇事装糊涂，以保全自己的地位和荣华。

　　最后一句"葫芦提倒稳"一语双关。作者一方面讽刺当朝糊涂过日的"清廉"官员，一方面感叹自己毫无能力，只能借酒消愁，不看这世间种种的不公与糊涂。作者将巧妙的比喻与直面的抨击相结合，讽刺元王朝的吏治昏黑、社会良心泯灭、公道无存。这首曲子既表现了作者对社会弊端的清醒认识，又说出了作者对这些弊端强烈的不满。

【飞花解语】

　　"人皆嫌命窘，谁不见钱亲"可对"人"字令。

小·桥流水人家

　　"小桥流水人家"一句出自马致远的《越调·天净沙·秋思》。这首曲子受到了文人骚客的追捧，被王国维称赞为秋思之曲最佳者。此句为该曲子的前两句，主要起营造气氛、铺垫下文的作用。

越调·天净沙·秋思①

马致远

枯藤老树昏鸦，小桥流水人家，古道②西风瘦马。

夕阳西下，断肠人③在天涯。

【注释】

①《越调·天净沙·秋思》：被推为名曲，其写景状物、抒怀言志皆极高妙，文字简约而含蕴丰厚。

②古道：古老的驿路。

③断肠人：伤心人。

【译文】

黄昏时分，一道道干枯的藤蔓缠绕着苍老的树木，树木的枝头上还伫立着归巢的乌鸦；小桥下，潺潺的流水缓缓地流动着，水中还映出了几户飘荡着炊烟的人家。荒凉的古道之上，一位游子正骑着一匹干瘦的马艰难地前行。夕阳西沉，天色渐晚，漂泊未归的游子，却依然在远方。

【赏析】

此首曲子为寓情于景的佳作。作者通过描写深秋晚景，生动地表现出了游子的悲哀。全首曲子，不过短短的28个字，却在开篇三句用18个字描写了九件景物。这九件没有互相联系的景物，富含了丰富深刻的意义。这种成效是作者精心布置而出的，其中的"枯、老、昏"更是将情景的萧索与黯淡刻画得细致入微。

古代诗文在铺排多种意象之时，通常使用平行写法或加倍写法，马致远综合了这两种方法。比如"枯藤老树昏鸦"和"小桥流水人家"之间，就是平行的关系；而下一句"古道西风瘦马"却加重了上面所描写景物的萧索之感，与二者呈现递增的关系。

之后的"古道西风瘦马"，更是将游子凄凉的情景刻画得入木三分。苍凉的古道上，只有游者一人骑着瘦马孤零零的赶路，前方枯败的景观和后方温馨的团圆人家，可见游者内心的孤独。

在后两句中，夕阳特指应该归家的时间。"断肠"二字为诗眼，断肠之人为游子。夕阳已经落下，乌鸦已经归巢，连繁忙的农人也在归家后升起了炊烟。本该归家的游子，却一个人孤零零地游离在外，没有归家之所。这首曲子刻画了一幅天涯倦旅图，抒发出了图中飘零在天涯的游子的凄苦愁楚之情。

这首曲子意蕴深远，结构精巧，平仄起伏，顿挫有致，被人誉为"秋思之祖"。它既深得唐人的绝句妙景，又有宋词清隽疏朗之自然四射的艺术魅力，倾倒了古今无数的文士雅士和骚人才子。

【飞花解语】

"枯藤老树昏鸦，小桥流水人家"可对"人"字令。

"夕阳西下，断肠人在天涯"也可对"人"字令。

白水黄沙，倚偏阑干

"白水黄沙，倚偏阑干"是《双调·折桂令·荆溪即事》的末句，也是承接全文，抒发作者情感的总结句。在此句中，作者没有做任何的评论或感情的提示，但无声胜有声，因为此情此景早已将作者想要表达的一切都表述了出来。

双调·折桂令·荆溪即事

乔 吉

问荆溪①溪上人家，为甚人家，不种梅花？

老树支门，荒蒲绕岸，苦竹圈笆。

寺无僧狐狸样瓦②，官无事乌鼠当衙③。

白水黄沙，倚偏阑干，数尽啼鸦。

【注释】

①荆溪：溪水，以荆南山得名，现在江苏宜兴。

②狐狸样瓦：狐狸丢瓦片。

③乌鼠当衙：乌鼠在衙门里活动。

【译文】

问荆溪两岸的人家：住在此地的人家，为什么不种梅花？枯老的树木支撑着倾斜颓败的屋门，荒凉的野蒲围绕着荆河两岸，几根细瘦的矮竹作为篱笆圈住了屋院。寺庙中没有了僧侣和香火，任狐狸等野物乱抛屋瓦；官衙里无人听讼审案，成了老鼠与乌鸦活动的场所。清清淡淡的荆溪溪水，傍着萧瑟的黄色沙砾。我偏着身子倚着阑干看此番景色，听不远处的阵阵鸦啼。

【赏析】

"问荆溪溪上人家，为甚人家，不种梅花？"是整首曲子的精华所在，既是题眼，也是中心思想。这一问看似突兀无理，其实中间包含三层意义。作者对荆溪两岸的人家发出如此疑问，是因为在南宋时荆溪两岸曾经是探梅圣地，荆溪两岸的人家更是有着栽种梅花的传统与习俗。杨万里在《雪夜寻梅》中云："今年看梅荆溪西，玉为风骨雪为衣。"然而作者慕名而来后，却丝毫不见莹白如雪、风骨如玉的荆溪梅花，便开口问道"为甚人家，不种梅花"了。

荆溪地处太湖西南，山清水秀，风景秀美，身在此处的人家应当是雅致的，才会以种梅为传统。然而作者在寻梅之时只发现满眼的芜秽，这种极度的不协调耐人寻味，让人深感困惑，大叹今不如昔。

"老树支门，荒蒲绕岸，苦竹圈笆"此三句为眼前之景，说出了坐落在荆溪两岸人家所处的环境，也解释了此地人家不种梅的原因。穷苦破败的人家，被作者寥寥数语刻画得入木三分。其中的"老、荒、苦"更是增加了读者内心沉重苍凉之感。

"寺无僧狐狸样瓦，官无事乌鼠当衙"两句是作者在找不到居民，得不到答案后走入荆溪村内后所看到的景象。作者以寺庙和公堂两处为例，是因为这两处应当是最为繁华鼎盛的地点。然而到达之后，作者却发现寺庙无僧，公堂无官，说明这个村落已经败落无人了。作者用五句话，揭露出了百姓流亡的情况，讽刺了那些接受百姓供奉，却不为百姓着想的神灵和官吏。

末尾三句承接了前文中的荒凉气氛，延续了前文的沉重。作者寻人无果，倚栏远望，却只能看见"白水黄沙"，听到"数尽啼鸦"。面对此情此景，作者用无言的沉默代替了悲愤的呐喊，增添了一份凄凉。

【飞花解语】

"问荆溪溪上人家，为甚人家，不种梅花"可对"人"字令、"梅"字令、"花"字令。

烟水悠悠

　　"烟水悠悠，有句相酬，无计相留"一句，是将《双调·折桂令·西陵送别》一曲中的离别之情推向巅峰的句子，也是结束全篇的句子。此首散曲中送别的不是郎君，而是友人；送别之人不是闺阁女子，而是感伤的作者。

双调·折桂令·西陵①送别

张可久

画船②儿载不起离愁。

人在西陵，恨满东州③。

懒上归鞍，慵④开泪眼，怕倚层楼⑤。

春去春来，管送别依依岸柳。

潮生潮落，会忘机⑥泛泛沙鸥。

烟水悠悠，有句相酬⑦，无计相留。

【注释】

　　①西陵：当指西陵渡，故址在今浙江省杭州市萧山区。

　　②画船：装饰华美的游船。

　　③东州：指山东琅琊（今山东临沂北）。其实在此，西陵与东州都非实指某地，只不过用以指送别之地与友人前去之地。

　　④慵：困倦，懒得动。这里指泪眼蒙蒙，双眼难睁。

　　⑤层楼：高楼。

　　⑥忘机：原为泯灭心机，在此意为淡泊名利，不陷于世事俗务，有出世隐逸之意。

　　⑦相酬：酬和，唱和，用诗词作答。

【译文】

　　再华美的画船都载不动那么沉重的离愁。与友人相别在西陵，离别仇恨却蔓延到了友人即将远行的目的地东州。黯然神伤地上了马往回走，泪水模糊了双眼，想要登高目送友人，又怕独倚高楼远望会让离愁更深。春去春来，岸边的杨柳依旧；潮起潮落，江上泛泛的沙鸥飞来飞去。江水如烟，悠悠远流，我虽有诗句与友人相和，却没有留下友人的办法。

【赏析】

这首散曲描绘了作者送别友人后的相思离愁，为送别名作。这首曲子笔法自然，情感深沉执着，意境深远丰富。

曲子首句化用了李清照的词，作者用一句"画船儿载不起离愁"将"只恐双溪舴艋舟，载不动许多愁"两句的意境包含其中，表明自己愁之沉重。其中"画船儿"要比"舴艋舟"更大，这也就说明其载重更多，离愁更浓。

"人在西陵，恨满东州"一句，是说作者与友人在西陵相别，但离恨愁绪却跟随着友人到达了东州。元代时期，中国并无西陵这一地名，所以诗中的西陵指的是两人离别之地。东州在山东一带，说明友人即将去的是山东。在这一句中，作者先用"西陵"和"东州"来说两人之间的距离，然后又用这种距离来形容自己的离愁。

"懒上归鞍，慵开泪眼，怕倚层楼"写的是作者送别友人之后的情景和状态。友人离开，作者独立于两人分别之地，"画船"远去，作者已看不到友人的身影，不得不上马离去。此时，作者回望两人分别之地，泪水不禁盈满眼眶，眼前的场景变得模糊不清起来。看见快要消失的船影，作者不禁升起了登高楼以目送友人的念头，本欲下马而上高楼，却又不禁想象自己独自倚着阑干远眺的孤寂身影，便停下了步伐，他害怕那种形单影只的孤寂之感。

作者以一个"懒"字，道出了自己的不情愿与无可奈何；以一个"慵"字描画出了自己黯然神伤的神态；以一个"怕"字，说出了自己对离别愁绪的惧怕。三句话语将作者与友人离别之后伤心欲绝，愁思满目的形象刻画得丝丝入扣。细腻的描写、入微的字眼，让人读后不禁为之动容。

"春去春来，管送别依依岸柳。潮生潮落，会忘机泛泛沙鸥"两两成鼎足，"春去春来"和"潮生潮落"写的是事物的变化；"依依岸柳"和"泛泛沙鸥"所写的是事物的恒久，互为对比，体现的是作者与友人别离后的凄凉与寂寞。

"烟水悠悠，有句相酬，无计相留"，这一句所说的是作者的心理活动。对于友人的离去，作者是不舍的，却也无可奈何。纵有再多的才华与思愁，却也改变不了友人即将离去的事实，缓解不了对友人的思念，只能增添自己的寂寥，暗自神伤。

【飞花解语】

"人到西陵，恨满东州"可对"人"字令。

"春去春来，管送别依依岸柳"可对"春"字令。

三脚猫渭水飞熊

　　"三脚猫渭水飞熊"出自张鸣善所作的《双调·水仙子·讥时》。这是本曲的最后一句，主要是为了揭示被元朝当政者捧出来的风云人物的无能。这首曲子的风格为"张鸣善体"，有庄俗杂陈、嬉笑怒骂而尖刻老辣的特点。

双调·水仙子·讥时

张鸣善

　　铺眉苫眼①早三公，裸袖揎拳②享万钟，胡言乱语成时用③。
　　大纲来④都是哄。说英雄谁是英雄？
　　五眼鸡岐山鸣凤⑤，两头蛇南阳卧龙⑥，三脚猫渭水飞熊⑦。

【注释】

　　①铺眉苫眼：装模作样，摆臭架子。
　　②裸袖揎拳：捋起袖子，露出拳头，形容蛮横不讲理。
　　③时用：为朝廷重用。
　　④大纲来：也作"大刚来""大冈来"，即大都是，总之。
　　⑤岐山鸣凤：岐山是周王朝的发源地，周文王的祖父古公亶父带领部族东迁岐山，奠定周朝基业，相传其时有凤凰鸣于岐山。岐山，古邑名，在今陕西岐山县东北。
　　⑥南阳卧龙：即诸葛亮，曾隐耕于南阳，今属河南，世称卧龙。
　　⑦渭水飞熊：指吕尚（姜太公），他在渭水之滨以垂钓为生，因周文王得卜辞"非虎非黑，所获霸王之辅"，将他载还宫中，尊为尚父。后人讹"非黑"为"非熊""飞熊"。

【译文】

　　粗笨的村夫，当上了公卿宰相；卷起袖子便打架的无赖，成了享受丰厚俸禄的官人；胡言乱语的小人得到了朝廷的器重，成了当世栋梁。总的说来，全是胡闹，若要好好评价，哪一个可以称为英雄？好勇斗狠的乌眼鸡竟然成了岐山的凤凰；不祥的两头蛇竟然被当成了卧龙先生；徒有其表的三脚猫竟被说是渭水之滨的姜子牙，简直荒唐至极！

【赏析】

此首曲子妙语连珠，其中的鼎足十分工整精彩，特别是开头三句与末尾三句的鼎足。

"铺眉苦眼早三公，裸袖揎拳享万钟，胡言乱语成时用"中，包含着大量的对仗。其中的"铺眉"与"苦眼""裸袖"与"揎拳""胡言"与"乱语"即为句中的自对，但是却同时又互为工对；将"时"当成"十"来看，其又与"万"和"三"做数字对。作者用"铺眉苦眼"等词将无赖白痴的形象与达官贵人的身份相结合，形成了绝妙精彩的讽刺之语。每一句所讽刺的侧重点都各不相同，其中第一句意在讽刺内阁大臣，第二句意在讽刺武将，第三句意在讽刺高官。

"大纲来都是哄。说英雄谁是英雄"中，前半句为总结句，后半句为承接句，整句起着总结上文，引领下文的作用。

"五眼鸡岐山鸣凤，两头蛇南阳卧龙，三脚猫渭水飞熊"中，与开头三句相同，这里也有大量的对仗。"五眼鸡"与"岐山鸣凤""两头蛇"与"南阳卧龙""三脚猫"与"渭水飞熊"对仗，数字对数字、地名对地名、动物对动物，而且鸡与凤、蛇与龙、猫与熊形状相似。作者借此巧妙地讽刺当代风云人物的凶横、狠毒与无能。此三句承接起始三句，直指上层统治集团的高官和要人，说他们身为三公却是"乌眼鸡"，身为武将却是"三脚猫"，身为栋梁却是"两头蛇"。

【飞花解语】

"五眼鸡岐山鸣凤"可以对"山"字令。

天地人情

"相思懒看帏屏画，人在天涯。"往天边望去，见倦鸟飞还，心上人却没有一点音讯。在不知不觉中，那广阔无垠的天空也好似变得可恨了。在元曲中，人们常常把自己的思念隐藏在有关"天"的句子中，如张可久就曾感叹过："回首天涯，一抹斜阳，数点寒鸦"。那么，在行"天"字令的时候，你是否能感受到作者心中的思念呢?

人在天涯

"人在天涯"四个字，点出了整首曲子的主题。思念远方恋人的"离思"，是元曲中较为常见的主题。《双调·殿前欢·离思》，调子凄婉哀怨，意境悲凉孤冷，笔调细腻婉约，品之哀凉却回味无穷。

双调·殿前欢·离思

张可久

月笼沙①，十年心事付琵琶。
相思懒看帏屏②画，人在天涯。
春残豆蔻花③，情寄鸳鸯帕④，香冷荼蘼⑤架。
旧游台榭⑥，晓梦窗纱。

【注释】

①月笼沙：月色笼罩在沙滩上，化用杜牧的名句"烟笼寒水月笼沙"。

②帏屏：帷帐和屏风。

③豆蔻花：也作"豆蔻"，常用于比拟少女。唐人杜牧的《赠别》：娉娉袅袅十三余，豆蔻梢头二月初。

④鸳鸯帕：绣有鸳鸯的手帕。

⑤荼蘼：一种草本植物，花瓣较大，紫色，枝条甚长。在春末夏初开花，凋谢后便表示花季结束，有完结的意思。

⑥旧游台榭：化用晏殊《浣溪沙》中的"去年天气旧亭台"。

【译文】

淡淡的月光笼罩着沙滩，十年的心事全部藏在琵琶中。相思让人顾不得看那帏帐之上的画作，心上的人啊，远在天涯。时光让曾经的少女失去了鲜嫩的年华，将一片相思的情谊寄托在鸳鸯帕之上。百花凋零后，带着冷香的荼蘼独开。梦中重游你我欢聚的亭台楼榭，梦醒后，我却只看到了眼前的窗纱。

【赏析】

明亮的月光笼罩着沙滩，美丽图画附在帏屏之上，然而女子却无心赏月，也无心看那精美的图画。无人可以倾诉心声，她只能将多年的相思之情全部都藏在琵琶之中，挥洒出去，期望可以略微缓解自己心中的悲凉。何来相思情？只因心上的人，他远在天涯，许久不归。多年的等待让曾经的豆蔻少女早早地度过了自己鲜嫩的年华，不再娇嫩可爱，只剩下了如同荼蘼花般冷清的香气。她只能日复一日地在梦中重游当年两人并肩同游的亭台楼榭，醒来后只能够望着冷冷的窗纱黯然神伤。

这首曲子描绘了一位女子思念远在天涯的情人的情景，笔调凄美婉约、情感细腻丰富、色彩冷寂悲凉、造境雅致凉薄，意境之中凄美和悲凉相杂，令人哀伤。

曲子刚开头便以"月笼沙"三个字营造出了清冷而唯美的意境。"十年心事付琵琶"直接道出了女子心中有事的事实。什么样的心事可以藏在心中长达十年之久？为何又要将满腔的情怀寄托于琵琶之上？读完第一句后，重重的疑问笼罩在了读者的心头。

"相思懒看帏屏画，人在天涯"这句话，解决了上文的疑问。情乃相思之情，原因是惹人相思的郎君身在天涯另一方。此外，"懒看帏屏画"这一动作，加深了文中女子的相思意味，进一步渲染了凄美的氛围。

"春残豆蔻花，情寄鸳鸯帕，香冷荼蘼架"三句中包含着三个意象，每个意象都与曲中女子此时此刻的情怀有关。无论是残落的豆蔻花、绣着鸳鸯的手帕还是冷香阵阵的荼蘼，所要表达的都是女子在闺中孤苦的生活。这种苦让豆蔻般的女子提前结束鲜嫩的年华，让女子只能够将满腔的希望寄托在鸳鸯帕上，女子在寂寞与冷清中独自绽放自己的美丽。这凄凉悲苦的意境通过三个意象，被作者婉转地表达了出来。

"旧游台榭，晓梦窗纱"诉说着女子的悲苦和无奈。她在清冷的现实中找不到昔日的情人，只能够企盼在梦中与情人相逢。然而梦醒后，女子却感受到了更多的悲伤与落寞。凄美幽清的意境，缠绵隽秀的情韵，节奏分明的韵律，正是这首曲子的特色。

【飞花解语】

"月笼沙"可对"月"字令。

"春残豆蔻花"可对"花"字令。

"情寄鸳鸯帕"可对"情"字令。

"香冷荼蘼架"可对"香"字令。

回首天涯

此句"回首天涯"出自张可久的《双调·折桂令·九日》。九月初九重阳节，是古人登高怀乡的日子。在这一日，人们难免会思念远方的家乡，发出悲秋、怀远、思乡等情怀，而张可久则在这一天吟出了暮年的愁怀。

双调·折桂令·九日
张可久

对青山强整乌纱，归雁横秋，倦客思家。

翠袖①殷勤，金杯错落，玉手琵琶。

人老去西风白发，蝶愁来明日黄花②。

回首天涯，一抹斜阳，数点寒鸦。

【注释】

①翠袖:绿色衫袖,代指女子。唐人杜甫《佳人》:"天寒翠袖薄,日暮倚修竹。"

②明日黄花：重阳节之后菊花就衰败了,化用了宋人苏轼《九日次韵王巩》中的诗句:"相逢不用忙归去,明日黄花蝶也愁"。

【译文】

　　面对青山勉强整理着自己的乌纱帽,南归的大雁横穿秋日的天空,倦怠的游子开始思念故乡。歌女殷勤地劝酒,酒杯错落频举,纤纤玉手弹奏着琵琶。如今人已经年老,萧瑟的西风吹动着满头的白发,蝴蝶为即将凋落的黄花发愁。回头望去,天地之间只见一抹斜阳,几只寒鸦。

【赏析】

　　作者用开头三句直接抒发了自己的情怀,其中"对青山强整乌纱"一句,运用了孟嘉"龙山落帽"的典故。晋人孟嘉是征西大将军桓温的幕僚之一,九月九日众人游览龙山,群僚众集,大风将孟嘉的乌纱帽吹落在地,他却不理会,照样饮酒应酬。这里的意思与典故中并不相同,作者之所以整理乌纱帽,只是觉得头上的乌纱帽不适合这青山,想要摘去却又舍不得,而不摘掉又觉得难堪。这种尴尬的举动其实与作者内心既厌倦官场,又不舍得离开的矛盾心理息息相关。

　　"归雁横秋"一句所写的是九月九日重阳节的秋日景象。此时生机消逝,万物萧疏,大雁南归。这样的景象让离家多年的作者思念起故乡。一句"倦客思家",道出了作者的心声。在这两句中,有两个字使用的十分巧妙。首先是"横"字,这个字巧妙地为南归的大雁增添了一丝孤寂;其次是"倦"字,这个字将愁思变得沉重起来。

　　接下来,作者并没有继续写自己的思想情怀,反而描绘了一幅繁华热闹的官场宴客图。图中有娉娉袅袅的歌姬劝酒,有热闹的金杯频举,有动人的琵琶声从纤纤玉手之下传出。作者这种插入宴客场景的手法看似生硬,实则与上文中的"强整乌纱"互为关联。这些官场欢乐生活的片段,实则正是作者"强整乌纱"的原因。

　　官场的繁华虽好,但却已经不再适合如今的作者。"人老去西风白发,蝶愁来明日黄花"道出了作者的感悟。人有老去之日,花有凋零之时,蝴蝶会为即将凋落的花朵而发愁,人自然也会。幡然醒悟后,作者不禁回首再望"天涯",却发现四周一片凄凉的秋景,这让作者不禁伤感。

【飞花解语】

　　"对青山强整乌纱"可对"山"字令。

"人老去西风白发"可对"人"字令、"风"字令。

"蝶愁来明日黄花"可对"花"字令。

瘦马驮诗天一涯

"瘦马驮诗天一涯"出自乔吉的《越调·凭阑人·金陵道中》。这首曲子构思奇特，对形象的描绘更是精益求精。白描的手法令整首曲子即使不加雕琢，也显得格外的情真意切。此句乃是曲子的第一句，描绘了一幅宽广的远景图。

越调·凭阑人·金陵道中

乔 吉

瘦马驮诗①天一涯，倦鸟呼愁村数家。

扑头飞柳花②，与人添鬓华③。

【注释】

①瘦马驮诗：诗人骑着瘦马。

②柳花：柳絮。

③鬓华：鬓边的白发。

【译文】

一匹瘦马拖着我漫游天涯，疲惫的飞鸟发出哀愁的鸣叫声，我走过村庄数座，继续前行。白色的柳絮迎面飞来，粘黏在头发上，好似给人增添了白发。

【赏析】

轻裘肥马，是得意之人游荡天涯的装备，而落寞的主人公只能够骑着一匹瘦马，踽踽独行。

古往今来，旅人总是出现在文人的文字中。旅人行走在路上，可能是一种生活状态，也可能是一种无奈的漂泊。无论是哪种情况，不断变换的异乡景色，都会让人思念起家乡中熟悉的人和景。乔吉在去南京的路上，偶发所想，便写下来这首曲子。

"瘦马驮诗天一涯"，一语道出了作者落魄的处境。一幅远景图，描绘了羁旅异乡的旅人的形象。闭上眼睛反复研读这一句，可见空旷苍茫的天地间，一匹瘦弱的老马蹒跚独行，细心观察，似乎可以看见它的身上还驮着一个消瘦落魄的身影。这句话化用了唐人李贺的典故，李商隐曾用"骑距驴，背一古破锦囊，遇有所得，即书投囊中"来描绘诗鬼李贺的形象。作者引用李贺的典故，其实是在说自己同李贺一样怀才不遇。

李贺一生都没有遇到"伯乐"，而乔吉也一直郁郁不得志。相同的遭遇，导致两人的作品也有着相似之处，如两人作品的风格都是奇特清丽的。

"天一涯"三字，道出了作者远离家乡的事实，使诗歌的视野更为辽远，时空间更为广阔。瘦小的马，单薄的作者，与广阔的天地形成了强烈的对比，这种对比让作者的境遇更显艰辛和困顿。茫茫人海中，不见故人，风云山景，皆无家乡味。

此情此景，难免会让羁旅途中的旅人产生思乡的情绪。这个时候，无论看什么景物，都易引发作者内心的愁绪，更不用说"倦鸟归巢"的景象了。"倦鸟呼愁村数家"一句，与上一句成"合璧对"，两句意义相对，共同构成了游子思乡的意境。

金陵道上，作者抬头望去，只见几只倦怠的鸟儿哀戚地鸣叫着，好似在诉说着无尽的忧愁。事实上，鸟儿并不知道哀愁，也不一定倦怠。哀愁的是已经经过无数的村庄之后疲惫的作者。这种移情的手法，是作者在创作时常用的。

最后两句"扑头飞柳花，与人添鬓华"与前两句直接显露意义的诗句不同，笔触更为细腻，表达的手法更为含蓄。此句承接上文，进一步展现了作者的忧思。残阳一抹，杨柳分烟，柳内长堤蜿蜒，瘦马驮着作者游荡在蜿蜒的长堤上，软软的柳絮随风飞扬，染白了作者两鬓的黑发，为作者再添一抹沧桑。

【飞花解语】

"扑头飞柳花"可对"花"字令。

"与人添鬓华"可对"人"字令。

叩天门意气消磨

"叩天门意气消磨"写出了作者后来意志消磨的原因。这两句说出了作者对官场的失望之情，体现了官场中的钩心斗角和明争暗斗。此曲中用得最好的一个字为"弄"字。

中吕·朱履曲

张养浩

弄世界①机关识破。叩天门意气消磨。人潦倒青山漫②嵯峨。
前面有千古远，后头有万年多。量半炊时③成得甚么。

【注释】

①弄世界：周旋人生，在社会上施展心计。
②漫：徒然，此处有"莫要"之意。
③半炊时：取自"黄粱一梦"的典故，译作饭才做到一半，形容时间极短。

【译文】

绞尽脑汁地想要在社会上立足，处心积虑地为人处世，但是始终无法奏效。想要在这个世界中取得功名，跻身于朝堂之上，但是却被消磨了意志与气概。人生已经如此失意潦倒，青山又何必如此峻峭。出生之前的历史有千年之遥，身死之后的光阴更是无穷无尽。仔细想一想，在这短暂的人生，还能实现什么目标。

【赏析】

"弄世界机关识破"中的"弄"字，用得极佳。弄在这里既有闯荡的意思，又含有操弄、玩弄的讥讽意味。作者以"弄"字来体现当代官场的钩心斗角和明争暗斗，说出了官场仕途中充斥的险恶与艰难。

从"叩天门意气消磨"一句中，读者可以看出作者来到此间最大的愿望，不过就是考取功名，干出一番事业。但是作者在抱着满腔的热情去"扣天门"时，却"意气消磨"，这其中所发生的事情之多、受到的挫折之重可想而知。

"人潦倒青山漫嵯峨"，此句是作者不得志的感慨，也是作者抒发情怀的感叹。"嵯峨"的青山让作者想起高不可攀的仕途，与辛弃疾写"我见青山多妩媚，料青山见我亦如是"的手法类似，都运用了移情于无情之物的手法。作者将不得志的人生与陡峭的青山联系起来，与其说是在怪青山"嵯峨"，不如说是在感叹自己的无奈与悲哀，诉说自己的失意之情。

"前面有千古远，后头有万年多。量半炊时成得甚么"中的"半炊时"引用了《枕中记》之中的故事。书生卢生在邯郸客栈店中入梦，在梦中历尽荣华富贵，等到醒来，发现店主人饭还未烧熟。而且"半炊时"与"千古远""万年多"形成了强烈的对比，让人印象深刻。如果将此三句独立出来，可以解释为睿智者豁达高远的心境。但是在此曲之中，显现的却是作者的激愤与绝望。

这首曲子的内容属于愤世嫉俗的警示之作。曲中感情强烈鲜明，表述语言峻峭直接，看似浅显易懂，实际富含深意，需要读者细细品味，耐心地咀嚼。

【飞花解语】

"人潦倒青山漫嵯峨"可对"人"字令、"山"字令。

咫尺的天南地北

《双调·沉醉东风》开篇便直抒离情，道离别之苦。"咫尺的天南地北"正是开篇第一句，句中包含着"咫尺"与"天南地北"的对比。这种对比，令离别之情更苦，令心痛之意更浓。

双调·沉醉东风
关汉卿

咫尺①的天南地北，霎时间月缺花飞②。
手执着饯行杯，眼阁③着别离泪，
刚道得声"保重将息④"，痛煞煞⑤教人舍不得。
"好去者⑥望前程万里！"

①咫尺：周制八寸为咫，十寸为尺。这里形容距离之近，借指情人间的亲近。

②霎时间月缺花飞：霎时间，译为一会儿。此言时间迅即。黄庭坚《滚绣球》："霎时间，云归雨散，无处追寻。"古人常以"花好月圆"喻男女美满相聚，此处则用"月缺花飞"喻离别之情。

③阁：同"搁"，放置，这里指噙着、含着。

④将息：调养身体。李清照《声声慢》："乍暖还寒时候，最难将息。"

⑤痛煞煞：非常悲痛，痛苦状。亦作：痛设设。

⑥好去者：安慰者的套语，犹言"走好着"。马致远《耍孩儿》"借马"套："道一声好去，早两泪双垂。"

【译文】

距离极近的人儿就要分离，转眼间相聚变成了月缺花飞的悲戚。手拿起为情人饯行的酒杯，眼中含着因为离别而生出的泪水。刚刚和情人说了一句"好好保重"，心中便痛苦非常，舍不得情人离去。"一路顺利，愿你前程似锦！"

【赏析】

这首曲子描写了儿女情长、依依惜别的场景，透露着离愁别绪。情真意切的话语、哀婉动人的情感、积极向上的美感，都是这首曲子打动人的地方。

曲子的开头两句，直接点出了整首曲子的主题。"咫尺的天南地北，霎时间月缺花飞"，这两句不仅仅写出了离人的心理，还从时间上和空间上刻画了别离之后的忧愁。"咫尺"指的是空间上的距离，"霎时间"所指的是时间上的短暂。虽说"人有悲欢离合，月有阴晴圆缺"，但"霎时间"便让"花好月圆"成了"月缺花飞"。冲击之大，让人难以承受。"月缺花飞"虽非眼中之景，但却是心中之情。作者用以虚带实的手法，将离别瞬间的悲哀刻画得入木三分。这是奠定全文情感基调的句子。

"手执着饯行杯，眼阁着别离泪"，此乃离别之景，为充实前两句中的离别之情，让情感变得鲜明起来。女子为郎君送行，颤抖的双手举着酒杯，泪珠含在眼中，差点落入载满离别之情的饯行酒中。早一刻饮完，便意味着郎君要早一刻离开。为此，女子迟迟不肯饮下这杯饯行酒，却又恐耽误了郎君的行程，使郎君在途中露宿荒野。

忍着悲痛，女子意欲道别，张开带有齿痕的唇瓣，微颤的唇张张合合，终于说出了保重身体的话语。但"刚道得声'保重将息'，痛煞煞教人舍不得"，道了离别赠言，心中所泛滥而出的不是轻松，而是悲痛。不舍的情绪在胸口泛滥，几乎翻腾而出。天色不早，郎君需要离开，饮下杯中酒，随之而下的是如水般滚滚流落的泪珠，打湿了鬓角。最后，女子强迫自己坚强起来，只为了不增加郎君心中的负担。一句"好去者望前程万里"脱口而出，道出了女子的祝愿。

三句缠绵细腻的语言，包含着女子内心曲折的心路历程，饱含着女子真切动人的情感和祝福。曲子起得直接，结得利落，其中包含了缠绵悱恻的深情和曲折的心理转变。时空转换，今昔对比，韵味悠长深远，令人回味无穷。

【飞花解语】

"咫尺的天南地北"除了可对"天"字令外，还可对"地"字令。

"霎时间月缺花飞"可对"月"字令、"花"字令。

"痛煞煞教人舍不得"可对"人"字令。

俏冤家，在天涯

"俏冤家，在天涯"六个字，将少妇的思念、抱怨为读者展现了出来。其抱怨的口吻为少妇增添了几分泼辣、几分哀怨和几分娇嗔，爽辣的女子形象由此而生，且入木三分，让人印象深刻。此句源于关汉卿《双调·大德歌·夏》。

双调·大德歌·夏
关汉卿

俏冤家①，在天涯，偏那里绿杨堪系马②！

困坐南窗下，数对③清风想念他。

蛾眉④淡了教谁画？瘦岩岩羞带石榴花⑤。

【注释】

①俏冤家：对所爱之人的亲昵称呼。

②偏那里绿杨堪系马：偏偏只有那里留得住他。张耒《风流子》："遇有系马，垂杨影下。"

③数对：屡次对着，频频地对着。

④蛾眉：指女子弯弯的长眉毛。此处暗用汉代张敞画眉的典故。

⑤石榴花：泛指红色的花。苏轼《贺新郎》："石榴半吐红巾蹙"

【译文】

心中所爱之人，在遥远的地方，偏偏只有那里才能够留得住他！困倦地坐在南窗下，屡次对着拂面的清风思念他。眉毛淡了让谁给我画？消瘦的样子让我羞于佩带红色的花朵。

【赏析】

小曲描写少妇对远方情人的猜疑和抱怨，前半部分爽辣，后半部分蕴藉。

全篇开头便以一句"俏冤家"道出了女子对远方情人的评价。"冤家"本就是女子对心上之人的称呼，一个"俏"字，却将女子对爱人欲爱不能、欲罢不成、备受折磨却又不愿放下的痴情心理刻画得入木三分。女子并非真的痛恨情郎，她心中溢满的是甜蜜的苦涩。"俏冤家"三字为全曲奠定了基调，女子几分娇嗔、几分无理、几分泼辣的模样活灵活现地展现在了读者面前。

"在天涯"三字说出了两人现在的情况。情人远在天涯，少妇为此牵肠挂肚，不得安心，怀疑的情绪由此而生。冤家不回家，是否被外人勾引？是否安全无虞？

"偏那里绿杨堪系马"道出了女子的抱怨怀疑。一个"偏"字，将少妇爱极而怨深的感情表现得淋漓尽致。"绿杨堪系马"一语双关，一方面道出了郎君身处之地和现在的季节，另一方面说出了少妇对郎君的怀疑，而这种怀疑实际上也是少妇情深爱笃的表现。

少妇虽然口中抱怨，心中怀疑，但是却并未弃绝，所以才会出现"困坐南窗下，数对清风想念他"的行为。少妇无心做事，只有一次次地对着远方而来的清风倾诉情思，这情思太浓，风散不开，希望能随风南下，传至情郎耳畔。

最后两句描写的是女子因为思归而憔悴的情绪和心理。因为想念情郎，女子的蛾眉淡了也无心再画。因为思念情郎，她的身形也变得消瘦憔悴了，连妆点容貌的花朵都不愿再佩戴。"瘦岩岩"三字，将女子身形瘦弱不堪的憔悴之状形象具体地展示了出来。而"羞带石榴花"道出了两种意味，一种是形容女子憔悴不堪的容貌；一种是叹"女为悦己者容"。情郎不在身旁，打扮自己又给谁看呢？

【飞花解语】

"数对清风想念他"可对"风"字令。
"瘦岩岩羞带石榴花"可对"花"字令。

地

古时，那些被命运捉弄的才子们，常常会写有关"地"的句子，感叹这无常的尘世。比如，马谦斋曾感叹过："今日个，平地起风波。"乔吉也曾说过："一片世情天地间，白，也是眼；青，也是眼。"那么，喜欢行"地"字令的你，是否也想借此发泄自己对不公命运的愤慨之情？

平地起风波

"平地起风波"一句可以解释为兴风作浪，在这篇曲中则是表示仕途的艰难与人心的险恶。此句源于马谦斋的《越调·柳营曲·叹世》，讲述的是作者从满怀抱负到弃志归隐山林的人生写照，这也是元代大多数有志之士一生的遭遇。

越调·柳营曲·叹世

马谦斋

手自搓，剑频磨①，古来丈夫天下多。
青镜摩挲②，白首蹉跎，失志困衡窝③。
有声名谁识廉颇④，广才学不用萧何⑤。
忙忙的逃海滨，急急的隐山阿⑥。
今日个⑦，平地起风波⑧。

①剑频磨：喻胸怀壮志，准备大显身手。贾岛《述剑》诗："十年磨一剑，霜刃未曾试。今日把示君，谁有不平事？"

②青镜摩挲：言对镜自照，白发欺人。青镜，青铜镜。摩挲，抚摩。

③衡窝：隐者居住的简陋房屋。

④廉颇：战国时赵国的良将。

⑤萧何：汉高祖的开国元勋。《史记·萧相国世家》说：他"以文无害"，显露其才能。楚汉相争，他"转漕关中，给食不乏"；高祖"失军亡众"，他尝以"数万众会上之乏绝。"故曰"广才说。"

⑥山阿：大的山谷。

⑦今日个：今天。个：语助词。

⑧风波：比喻仕途的险恶情状。化用了辛弃疾《鹧鸪天·送人》中的"江头未是风波恶，别有人间行路难。"

【译文】

摩拳擦掌，反复地用手来抚摸宝剑，自古以来想要建功立业的大丈夫实在是太多。如今揽镜自照，发现自己两鬓斑白，真是虚度光阴，怀才不遇而困居在茅屋之中。可叹有谁看重廉颇的名声，有谁重用萧何的才学。不如快快地逃往海滨，急急地隐居深山，因为在当今的社会，仕途险恶，无事生非，平地都能起风波。

【赏析】

这篇散曲描写了一个有志之士的一生。"手自搓，剑频磨"写的是作者青壮年的时代，这个时候的作者乐观向上，虽有些莽撞但却有年轻人特有的朝气与激情。此句借用了唐贾岛《述剑》中的"十年磨一剑，霜刃未曾试"，特指作者不断地勤学苦练，并希望有朝一日能报效国家。

"古来丈夫天下多"写的是遭遇到坎坷的作者，这个时候的作者不禁感叹自己的不知天高地厚，不解世事皆坎坷。古往今来，多少英雄好汉妄想着报效家国，然而大多数还是壮志难酬，埋骨他乡。

"青镜摩挲，白首蹉跎，失志困衡窝"描绘的是失志归乡的作者，这个时候的作者看着自己斑白的发丝，轻轻地抚摸着镜子，转头看看自己的居所，伤感溢满胸腔，既哀怨又萎靡。通过这些细节描写，读者可以看出作者已经经受了世间世事的磋磨，度过了懵懂无知年华。

"有声名谁识廉颇？广才学不用萧何"，作者用廉颇和萧何这两位受到君主重用的贤臣能将来比对自己，说出自己心中的愤懑与哀怨。这种古今人物的对比在元曲中十分常见，是一种十分具备说服力和感染力的写作手法。

"忙忙的逃海滨，急急的隐山阿"两句所写的是作者功成名就后逃往山野的经历。作者不写仕途经历，不道求名过程，只写自己"落荒而逃"的身影，令人疑惑之余不禁反问：既然已经求得功名与仕途，为何却要逃往荒野，隐世不出？

"今日个，平地起风波"道出了作者逃往山野的真实原因。当时的官场中，毫无壮国之志，只剩尔虞我诈的风险。

【飞花解语】

"手自搓，剑频磨"可对"剑"字令。

"急急的隐山阿"可对"山"字令。

"平地起风波"可对"风"字令。

斜阳满地铺

"斜阳满地铺"描绘了夕阳即将西落，红色的阳光铺洒在地上的场景。此句出自《正宫·塞鸿秋·山行警》，这首曲子描绘了行路人与人离别后依依不舍之情。曲中并没有道出让行路人不舍的人是谁，或许与行路人感情深厚的友人、爱人、亲人。

正宫·塞鸿秋·山行警

无名氏

东边路西边路南边路，五里铺七里铺十里铺①。

行一步盼②一步懒一步，霎时间天也暮日也暮云也暮。

斜阳满地铺，回首生烟雾。

兀的不③山无数水无数情无数。

【注释】

①铺：驿站。

②盼：张望。

③兀的不：也作"兀得不""兀地不"，岂不是，难道不是。

【译文】

东边路西边路南边路，交错互通；五里铺七里铺十里铺，迎送往来的客人；离家出门的人，一程又一程，一步一回头；霎时间天地昏暗，云朵都染上了暮色。斜阳铺满了大地，回头望去，夜雾升腾弥漫开来。翻了无数的山，渡了无数的河，只有越来越浓重的离情别绪陪伴我。

【赏析】

离别总是苦涩的，与感情亲密的人分别更是让人愁肠寸断。在分别的时候，人们会依依不舍。而在分别之后，人们会回头张望，期冀可以看到不远之处的亲人、爱人或友人。这首散曲写的就是这种离别的场景与心绪。

"东边路西边路南边路，五里铺七里铺十里铺"写的是作者的行程，说作者向东走后向西走，向西走后又向南边走；走到了五里铺，又走到了七里铺、十里铺。铺是古代驿站的别称，通常十里设立一个驿站，元朝也沿用这个设施。然而这里的铺所指的并不是真正的驿站，而是作者忍不住停留的地方。

"行一步盼一步懒一步，霎时间天也暮日也暮云也暮"，这两句写的是作者远行，不想离开家乡，所以不愿迈动步伐，甚至一步一停顿，一回头，怕离去得太快。一天过去后，作者并没有觉得自己走得太久，不料刚刚回首，便发现此时已经近黄昏，无论是天空、大地、夕阳还是云朵，都已经染上了暮色。这一句以时间流逝上的对比，来突出作者的离愁。

"斜阳满地铺，回首生烟雾，兀的不山无数水无数情无数"，最后三句用以总结上文，抒发情感。第一句是承接上文之句，写的是夕阳的余晖将大地铺满了暮色。第二句是作者对景色的进一步观察。晚雾弥漫，天地间布满了不透明的浓雾，让作者再也看不见来时的山水与分别的友人。第三句极目望去，只能够在烟雾中模糊地看到一些山水的影子。这些山、水，全部都包含着作者不愿离去的愁绪。

这篇散曲多次使用了"路""铺""步""暮""无数"等叠字，这种手法为曲子的情感和意境带来了一种层层推进的效果。为了不让整首散曲变得呆滞死板、雕琢过重，作者特意在中间部分插入了"斜阳满地铺，回首生烟雾"两句，增添作品的表现力和可读性。

【飞花解语】

"霎时间天也暮日也暮云也暮"可对"天"字令、"云"字令。

"兀的不山无数水无数情无数"可对"山"字令、"水"字令和"情"字令。

人醉黄花地

　　"雁啼红叶天，人醉黄花地"出自张可久的《双调·清江引·秋怀》。这两句在飞花令中常常使用，其中的红叶与黄花都是异乡的景色。作者通过其本身的色彩和意境渲染出了一幅色彩浓郁的秋景图，以此寄托自己的思乡之情。

双调·清江引·秋怀

张可久

西风信来家万里，问我归期未^①？

雁啼红叶天，人醉黄花地，芭蕉雨声秋梦里。

【注释】

　　①归期：归来的日期。唐人李商隐《夜雨寄北》："问君归期未有期，巴山夜雨涨秋池。"

【译文】

　　寒冷的西风送来了万里之外的家书，家人问我归家的日期有没有决定下来。鸿雁在红叶满山的季节呼唤同伴离开这里，迁往南方，然而离人却为了忘却忧愁而沉醉在黄花满地的景色中。听着雨打芭蕉的声音，我伴着秋夜的清凉入梦，只盼可以做一个归家探望亲人的团圆梦。

【赏析】

　　"西风信来家万里，问我归期未"，这两句通过"万里"和"归期"两个词写出了作者与家乡的距离之远。这句看似简单明了直奔主题的诗句，却让人拥有一种平实亲切的感觉。其中的"西风信"更是将西风拟人化，赋予了西风以人情味。这两句并没有经过太多斟酌，完全是作者的真情实感的流露，读来没有丝毫的矫揉造作之感。

　　面对家人的殷切期望，作者并没有正面答复，反而写"雁啼红叶天，人醉黄花地，芭蕉雨声秋梦里"。前两句之中，作者描写了"红叶天"和"黄花地"两种异乡苍凉冷颜的秋景，并将南归雁与醉人穿插其中，就是为了体现出自己无法归家的无奈与哀愁。自古雁啼最为惹人伤悲，是借物抒情的最佳帮手。南归的鸿雁开始呼唤伙伴一同离开，而作者只能够喝得酩酊大醉，最后借黄花解忧，却又知那并不是家乡的黄花，平添一丝哀愁与离绪。

最后一句"芭蕉雨声秋梦里"，是作者对家人殷切期盼的答复，从此可以看出作者因事无法归家。作者的情绪在雨打芭蕉的影响下变得越来越低落，而作者只能够将归家与家人团聚的期望寄托于美梦。

"雁啼红叶天，人醉黄花地，芭蕉雨声秋梦里"这一句颇为经典。"红叶""黄花"秋意尽显，颜色鲜明，给读者带来有构图讲究的图画般的美感。"啼""醉"可以体现作者的炼字功底，这种功底让此曲经得起反复的品读与欣赏。

【飞花解语】

"西风信来家万里，问我归期未"可以对"风"字令。

"人醉黄花地"可以对"花"字令和"地"字令。

天地无春

"海气长昏，啼鴂谩声干，天地无春"是《双调·折桂令·丙子游越怀古》的最后一句，描绘了作者在沉湎于名人的悲剧时所看到的景象。这种景象荒凉且悲伤，沉重且哀凄，令人读后不禁心中伤感。

双调·折桂令·丙子①游越怀古

乔 吉

蓬莱老树苍云②，禾黍③高低，狐兔纷纭。

半折残碑，空余故址，总是黄尘。

东晋亡也再难寻个右军④，西施去也绝不见甚佳人。

海气长昏，啼鴂⑤声干，天地无春。

【注释】

①丙子：此指1336年（元顺帝至元二年）。上一个丙子年（1276）为元兵攻破

南宋都城临安（杭州）时。

②老树苍云：指老树参天，苍茫萧瑟。

③禾黍：指代野生植物。据《诗经》记载，周亡后，周大夫过宗庙宫室之地，见到处长满了禾黍，后来以禾黍来比喻兴亡。

④右军：指东晋王羲之，官至右军将军。

⑤啼鸩：即杜鹃鸟。

【译文】

蓬莱仙山上老树参天，一片苍茫萧瑟之景；到处都是高低不齐的野生植物，山兔野狐到处游窜。断壁残垣处处皆是，空留下古老的旧址，满目黄尘。东晋灭亡后，人们再也难以寻找到书圣王羲之；西施去世后从此再也不见如此绝代佳人。海雾漫漫，阴气沉沉；杜鹃声声，嘶哑难听；天地间再没有一丝春色。

【赏析】

这首散曲是元曲家乔吉所做的所有散曲中，唯一一首标注了明确年代的作品。这首作品作于南宋实际灭亡时期——甲子之时。作者借咏诵著名的吴越之战来感叹宋朝的灭亡，表达自己对元朝统治者的不满。

曲子开头便用了典故，"蓬莱老树苍云，禾黍高低，狐兔纷纭"三句，表达了自己对元代不满的情绪。这个典故讲的是周大夫在经过荒芜的宗庙时，感伤盈满胸怀，而后所作的《诗经·禾黍》。诗中所描绘的是西周灭亡后，宫室中野草遍地的景象。

作者运用这个典故，一方面暗示眼前之地同西周宫室相似，都一片荒芜；另一方面含蓄委婉地道出朝代兴亡乃是自古以来不断上演的折子戏，宋朝灭亡也是如此。"蓬莱老树苍云"一句看似在描写蓬莱老树参天的景象，如果联系上下文，读者就会发现其实这句描写的是蓬莱仙岛荒芜阴沉的景象。"狐兔纷纭"一句是说此地已经没有人会来，这里早已成了野兔山狐的玩耍栖息之地，可见其荒凉。除外，狐兔成了主人，也可能是作者在暗示现实社会中做主之人已经不再是英武的圣上与贤能的百官，而是山野之地不通情理的"异族人"。

"半折残碑，空余故址，总是黄尘"，此句承接上句，继续描写此地的荒芜。借此荒芜之地，作者不禁发问：演出着一段段兴亡的历史名人现在在何处？作者走向记载着名人的石碑，结果发现石碑已断，黄尘遍布，悲惨至极。此处既是写石碑之现状，又是写历史英雄人物的悲惨遭遇，叹其可悲。

"东晋亡也再难寻个右军，西施去也绝不见甚佳人"两句承接上文，作者用以讽刺自己所处的时代再无此等才子佳人，人们再也目睹不到他们的风采。所有的一切，不过是一场空罢了。

末尾的"海气长昏，啼鹃声干，天地无春"，既是作者在联想到这些之后，对此刻周边景物所发出的感慨，又是作者对处于元朝统治之下的国家发出的悲叹。此句的意境与首句相和相叠，加深了此首散曲的荒凉境界。

【飞花解语】

"蓬莱老树苍云"可对"云"字令。

"西施去也绝不见甚佳人"可对"人"字令。

"天地无春"可对"天"字令、"春"字令。

怕黄昏忽地又黄昏

"怕黄昏忽地又黄昏"一句出自王实甫的《中吕·十二月过尧民歌·别情》。这首散曲有一独特之处，那便是其可以分为《十二月》和《十二月过尧民歌》两首小令。这篇散曲是王实甫流传于世的代表作，十分著名。

中吕·十二月过尧民歌·别情

王实甫

自别后遥山隐隐，更那堪远水粼粼。

见杨柳飞绵滚滚，对桃花醉脸醺醺。

透内阁香风阵阵，掩重门暮雨纷纷。

怕黄昏忽地又黄昏，不销魂怎地不销魂？

新啼痕压旧啼痕，断肠人忆断肠人。

今春，香肌瘦几分，搂带①宽三寸。

【注释】

①搂带：当作缕带，即腰带。《西厢记》四本一折〔上马娇〕："把缕带儿解"。《古诗十九首》："相去日已远，衣带日已缓。"宋人柳永《蝶恋花》："衣带渐宽终不悔，为伊消得人憔悴。"

【译文】

自从与君分别，我看到的是隐隐约约重重叠叠的山峰，更让人难以忍受的是同你一样远去不归的流水。看见杨柳纷飞，滚滚而落，我对着璀璨迷人的桃花露出了痴醉的神态。闺房中透出了阵阵香风，我掩上了重重的门扉直到黄昏，听到雨滴拍打房门的声音。

怕黄昏的到来，怎么忽然间又到了黄昏时分；不禁黯然失魂，但这情景又怎能叫人不失魂伤心？新的泪痕掩盖了旧的泪痕，断肠之人在思念让她记挂的人。今年春天，佳人又瘦了几分，衣带已经宽了三寸。

【赏析】

这首脍炙人口的散曲，写的是男女别情，道的是女子思念远离家乡郎君的情形，说的是别情之苦，离情之愁。

王实甫以《西厢记》传颂于世，其实他的散曲也十分精彩。这首散曲选用的是老旧的离情题材，但王实甫却将其写出了别种情趣。

曲子开篇，没有烘托气氛，没有描画景物，更没有自问自答，反而平铺直叙地道出了曲子的主题——"别情"。一句"自别后遥山隐隐，更那堪远水粼粼"，将女子的哀怨直接和盘托出。女子思念郎君，倚窗遥望，希望能够看见郎君的身影，结果只看到了远处隐隐约约、重重叠叠的山脉。望着波光粼粼远去的流水，让女子想起了如流水般远去不归的郎君。两句看似毫无关联，但却点明了女子的相思情怀，道出了郎君与女子之间相隔甚远的事实。

第二句，作者开始转变视角，写出了近景。"见杨柳飞绵滚滚，对桃花醉脸醺醺"，女子望不到远处的郎君，只能失望地收回视线，这时候看见了杨柳分烟，飞絮绵绵，桃花盛开，分外的惹人迷醉。望着此情此景，女子不禁想到如桃花般的自己，进而引发自己空守深闺，红颜无人赏的感叹。一句"透内阁香风阵阵，掩重门暮雨纷纷"，道出了女子尽管香风扑鼻，但却身处于空寂内阁中的遗憾。即使女子用重重的门扉将"香风"掩于门内，也掩盖不住自己内心的寂寞与悲愁。

"怕黄昏忽地又黄昏，不销魂怎地不销魂"，黄昏最易引人感伤，惹人落泪。女子惧怕黄昏时内心的寂寥，却阻挡不了黄昏的到来。一个"又"字，表明了女子出现这种"销魂"的情态已经不是一次了。"怕"字道出了女子的思念之苦，"忽"字说出了女子矛盾复杂的心理活动。这两句化用了前人李清照"梧桐更兼细雨，到黄昏，点点滴滴"和江淹"黯然销魂者，惟别而已矣"的诗词。

"新啼痕压旧啼痕，断肠人忆断肠人"两句写出了女子日日以泪洗面的情景。女子不断的回忆往昔，结果泪水越来越多。最后一句写的是女子在离别的日子里，度日如年，泪水涟涟，最后身形消瘦，衣带渐宽。

　　"自别后遥山隐隐"可对"山"字令。

　　"更那堪远水粼粼"可对"水"字令。

　　"对桃花醉脸醺醺"可对"花"字令。

　　"透内阁香风阵阵"可对"香"字令、"风"字令。

　　"掩重门暮雨纷纷"可对"雨"字令。

　　"断肠人忆断肠人"可对"人"字令。

　　"香肌瘦几分"可对"香"字令。

一片世情天地间

　　"一片世情天地间",世态炎凉是大多数文人都曾感叹过的。对于世态炎凉,作者选择坚持自我,不去管世间之人的"青白眼",不理会他人的看法与评价。

中吕·山坡羊·寓兴

乔 吉

　　鹏抟九万①,腰缠十万,扬州鹤背骑来惯。

　　事间关②,景阑珊③,黄金不富英雄汉。

　　一片世情天地间,白,也是眼;青,也是眼④。

【注释】

　　①鹏抟九万:化用《庄子·逍遥游》:"鹏之徙于南冥也,水击三千里,抟扶摇而上者九万里。"此处用来比喻人仕途发迹,扶摇而上。

　　②事间关:世事艰险、道路崎岖。间关:道路艰险。

　　③阑珊:衰落。

　　④白,也是眼;青,也是眼:化用阮籍能做"青白眼"的典故,说明对人情世态已经看破。《晋书·阮籍传》:阮籍能做青白眼,用青眼看人,表示敬重,用白眼看人,表示蔑视。

【译文】

总是梦想着可以像鲲鹏一样扶摇直上，腰缠十万贯钱，骑在鹤背上去扬州，常来常往。可世事艰难，美丽的景色霎时凋敝，黄金富不了英雄人物。天地间的世情变幻，任你是用白眼相对还是用青眼相待，我都坚持自己的原则。

【赏析】

这首散曲抨击的是社会上的世态炎凉，鞭挞的是势利小人的种种丑恶面目。

"鹏抟九万，腰缠十万，扬州鹤背骑来惯"写的是世间各人的欲望。升官发财与得道成仙自古便是世人追求的，为了满足自己的心愿，有些人总是做出一些有违道德与不知廉耻的事情。

"事间关，景阑珊，黄金不富英雄汉"一句，写的是社会现实对世人梦想的抨击。在抨击世情的同时，作者也在抨击着追名逐利的小人。在这句中，作者从事、景、人三个方面出发，道出了自己对社会现实的否定。其中，"间关"意为艰难崎岖，用此形容世事，说明事业无成；"阑珊"意为败落，是说景色萧条，两相结合，意为世道败落。"黄金不富英雄汉"一句最为重要，说的是真正的英雄好汉，在这个世道是无法成为富翁的，因为世道已经败落。

作者在做出这个判断的同时，其实也在肯定自己。乔吉一生仕途不得意，寄寓杭州之时，得不到一官半职，甚至连自己的作品也不能刊行。面对这种状况时，乔吉并没有学其他人那样对权势卑躬屈膝，反而选择了放弃争名逐利，一心创作。这种经历让乔吉看破了现实社会的腐败与无常，变得与世无争。

"一片世情天地间，白，也是眼；青，也是眼"此句所写的是作者在面对世间百态、人情冷暖时所坚持的态度。这句带有调侃味道的话语，透露出了作者置世态炎凉于不顾，对人间好恶全然不计较的处世态度。这种态度看上去我行我素、浑浑噩噩，实际上却是作者历经人生沧桑后，对天地世情的不屑与蔑视。

【飞花解语】

"一片世情天地间"可以对"情"字令和"天"字令。

人

有人在的地方就有故事,有关"人"的作品也不例外。比如:单是欣赏"妾身悔作商人妇"这一句,读者就能想象出一个愁怨的商人少妇正独坐于窗前。如此看来,古人之所以喜欢行"人"字令,大概是因为除了可以为酒宴助兴,还能品味句子中的故事吧。

梨花小·窗人病酒

"梨花小窗人病酒"出自张可久的《双调·清江引·春思》。这首散曲描写了一个痴情的闺阁女子对远行在外的心上人的思念之情。此句描绘了女子借酒浇愁的身影,句子精巧雅致,让人忍不住为曲中的女子伤感。

双调·清江引·春思

张可久

黄莺乱啼门外柳①,细雨清明②后。

能消几日春,又是相思瘦。

梨花小窗人病酒。

【注释】

①门外柳:暗寓见柳伤别。古人每每以折柳指代友人或情人送别。

②细雨清明:化用杜牧《清明》:"清明时节雨纷纷,路上行人欲断魂"句意。

152

【译文】

黄莺在门外的柳树上啼唱离别，此时正是清明过后的细雨纷纷飘落的时节。距离春天离去还能有几日，春日害人相思，让断肠人消瘦憔悴。梨花小窗遮掩的闺房内，断肠的佳人正在借酒浇愁。

【赏析】

作者以春思为题，以深闺中等待远方爱人的女子为素材，以离愁之情为颜料，以优美清新的文字为画笔，勾勒出了一幅动人心弦的春景思归图。

开篇，作者便化用了唐代金昌绪的诗句"打起黄莺儿，莫教枝上啼。啼时惊妾梦，不得到辽西"，写出了"黄莺乱啼门外柳"。思妇对远行的郎君思念极深，无法排解之时，只好期望梦中可以与郎君相会。正待入梦，黄莺偏偏在枝头乱啼，扰乱了思妇的美梦。

"细雨清明后"一句点明了此时的季节，化用了杜牧的"清明时节雨纷纷，路上行人欲断魂"，描绘的是思妇思恋的对象。望着刚刚下过雨的泥泞街道，思妇在忧思：是否是这时节的雨水泥泞了道路，害得郎君晚归？这种不怨郎君，只怨天公不作美的想法，道出了思妇的情深，深化了曲子的意境。

"能消几日春，又是相思瘦"两句承接上文的曲意，化用了辛弃疾的"更能消几番风雨，匆匆春又归去。"意为春天即将远去，女子已经不堪相思之苦，身形变得愈发消瘦起来，不知道还能够承受多少这种沉浸在相思之苦的日子。曲中的"又"之一字，表明女子与郎君的分离的情况不止一次，女子承受相思之苦的次数也绝不止一次。如此之多的分离，女子还一如既往思念情郎，说明女子对郎君的感情之深，二人之间的感情之浓烈。

"梨花小窗人病酒"一句中，"病酒"呼应了前文的"相思瘦"，女子因相思而饮酒浇愁，不料愁未解，反而人变得更加憔悴。其中的"病"蕴含着几层意思，一是相思病，二是女子憔悴的病容，三是因思念而身体不适。"梨花"又承接了上文中的"清明后"和"几日春"。梨花绽放是春光将尽，夏日即到的象征，汪元量在《莺啼序》中写道："更落尽梨花，非飞尽杨花，春也成憔悴"。

【飞花解语】

"细雨清明后"可对"雨"字令。

"能消几日春"可对"春"字令。

妾身悔作商人妇

"妾身悔作商人妇"出自《中吕·阳春曲·闺怨》，这首曲子是徐再思对先人之作的重编，所以在此之前有很多意境与其相似的诗词。但要是比起豁达和明显，此曲定可胜过前人之作。

中吕·阳春曲·闺怨
徐再思

妾身悔作商人妇①，妾命当逢薄幸夫②。

别时只说到东吴③，三载余，却得广州书。

【注释】

①妾身悔作商人妇：此句化用了白居易《琵琶行》中"门前冷落车马稀，老大嫁作商人妇。商人重利轻离别，前月浮梁买茶去"的诗意。

②薄幸夫：负心薄幸的丈夫。

③东吴：泛指太湖一带。

【译文】

我后悔嫁给商人为妻，我命中注定会配给一个负心薄幸的男人。分别时，他明明说到东吴去，结果我在等了三年之后，却收到了他在广州寄来的一封书信。

【赏析】

"妾身悔作商人妇，妾命当逢薄幸夫"中连续用两个"妾"字打头，并不是作者没有炼字，反而是作者在有意的重复。这种重复既起强调作用，让读者印象深刻；又起渲染作用，用一叹再叹的方式增添女子的悲凉。

"别时只说到东吴，三载余，却得广州书"中突出了商人行程不定、下落多变、归期遥遥，这让离愁更重。这也是少妇将丈夫视为负心人的原因。其实古代交通不便，为了经商，商人难免与妻子长期离别。然而因为信息传达速度缓慢，双方的音讯难以快速传达，所以便会出现"别时只说到东吴，三载余，却得广州书"的情况。

与许多古人相同，这首曲子以怨妇的口吻来叙述对离别的不忿。唐代女子刘彩春曾在《啰唝曲》中使用了相同的手法："那年离别日，只道往桐庐。桐庐人不见，今得广州书。"这首千古绝唱不仅手法与该曲相同，连意境也极为相似。与该曲意境相似的还有白居易《琵琶行》中的"老大嫁作商人妇，商人重利轻别离"。

其实本诗的意境与手法正是从这些诗词之中取得的，这也是创作新曲的一种手法。在使用这种手法的同时，作者并没有简单地模仿照搬，反而针对元代的实际情况，将"桐庐"改为了"东吴"。因为"桐庐"是唐代的交通中心，元代时期比较繁荣的地方是"东吴"。

徐再思将这些诗词改为曲，主要的目的就是将其中含蓄的意味变得明显。相比前几位古人所作的诗词，这里的"闺怨"更为豁达明显，其中的"悔作""当逢"等词，更是将妇人怨恨的口吻描画得栩栩如生。

【飞花解语】

该曲只可以作为"人"字令。

世态人情经历多

此首曲子是《南吕·四块玉·闲适》中的第四首。"世态人情经历多"一语中并没有说出"世态人情"谓之何？只道出了作者苍凉的心态和冷眼看世情的沉痛。然而从后面的一句话中，读者却可以推断出作者所指。

南吕·四块玉·闲适

关汉卿

南亩耕①，东山卧②，世态人情经历多。

闲将往事思量过。贤的是他，愚的是我，争什么？

【注释】

①南亩耕：用陶渊明典故，这里代指务农。陶渊明不愿为五斗米折腰，弃官归来，"开荒南野际，守拙归园田"。

②东山卧：用谢安典故。谢安曾在东山，即今浙江上虞隐居，屡次被征召，都被他推辞，高卧不起。东山乃是东晋名臣谢安早年的隐居场所，后成为隐居地的代称。

【译文】

在南边的田地中耕作，在东山之处安然隐居，历经人间世事百态。闲暇时将以往经历过的事件再重新思量一遍。贤明的是他，愚蠢的是我，有什么好争的！

【赏析】

这首展现作者归隐山林、与世无争和傲岸不屈的人生态度的曲子，主要从"贤愚颠倒"的角度来描述。曲子一开篇便借用东晋陶渊明和谢安的典故来表现自己意欲归隐的意愿。"南亩耕"所用的是东晋隐士陶渊明的典故。陶渊明不愿为五斗米折腰，弃官归田之后，"开荒南亩际，守拙归田园"，其高风亮节为世人所敬仰，为文人所钦佩。"东山卧"引用的是谢安隐居的典故。谢安曾在东山隐居，屡屡辞去朝廷的征召，在东山高卧不起。作者使用这两人的典故，是因为作者敬仰二人，以二人为楷模和榜样，想要学习二人高尚的情操。

作者归隐田园之志并非先天所生，而是后天所造。"世态人情经历多"一语道破了作者隐居田园的原因。他并非不关心世事的发展，也并不是没有想要造福穷苦百姓的愿望，更不是不愿意平天下济苍生，实在是在历经世事后，清醒地感受到了现实的残酷。

作者并没有明确地道出"世态人情"的具体含义，但联系一下作者的上三部作品，读者便可以猜出一二。《窦娥冤》中"为善的受贫穷命更短，造恶的享富贵又寿延"的善恶颠倒；《裴度还带》中"红尘万丈困贤才"和"十谒朱门九不开"的人生悲剧；《鲁斋郎》中"名利场上苦奔波"和"蜗牛角上争人我"的奔波钻营；"浮云世态纷纷变，秋草人情事事疏"的浇薄世风……皆可解释为本文之中的"世态人情"。

面对这些"世态人情"，作者在反复思量之后，所有悲愤都统统地化作了一句感叹："贤的是他，愚的是我，争什么？"往事历历在目，反复思量后，却发现自己与那些愚昧的世人根本沟通不来，以往的悲愤全部都化成了嗤笑，颠倒黑白的讽刺话语脱口而出。这种清者自清，自贬身份，不与他人争长短对错的行为，将作者对社会黑暗面的不满之情全都表现了出来。这种嬉笑怒骂的方式，旷达却反讽的语气，泾清渭浊，了了分明。

【飞花解语】

"南亩耕，东山卧"可对"山"字令。

"世态人情经历多"可对"情"字令。

断桥头卖鱼人散

"落花水香茅舍晚，断桥头卖鱼人散"描绘了一幅江南渔村晚景图，图中有着飘荡着花香的流水，有着早已寂静的断桥头，也有着正在归家的渔民。这幅画面始于《潇湘八景》之一的"远浦帆归"，却道出了图中未完的情景与画面。

双调·寿阳曲·远浦帆归

马致远

夕阳下，酒斾闲①，两三航②未曾着岸。

落花水香③茅舍晚，断桥头卖鱼人散。

【注释】

①酒斾：酒旗，即古代酒店的幌子。

②航：渡船。

③落花水香：花落入水中，水都变香了。

【译文】

夕阳西下，酒店的青色旗子悠闲地招展着，几只小船在水面上飘荡，正准备靠岸。暮色渐渐地将茅舍笼罩，水面上漂浮着香气四溢的花瓣，一阵阵幽香在水中弥漫。断桥两头卖鱼的人，不知何时竟然已经散开了。

【赏析】

"远浦帆归"是北宋画家宋迪所画的《潇湘八景》之一，"远浦帆归"为第二景，其中"远浦"之意为水面辽远，"帆归"之意为远归的船帆。本文作者抓住了"帆归"二字，不写"远浦"之景，不说渔船上的详细情况，只写夕阳下众人归家之景。全文仅有28个字，却将江南渔村的悠闲生活详细地描画了出来。

"夕阳下，酒斾闲，两三航未曾着岸"中的"夕阳下"点明了时间，是整首曲子的意境渲染的开始；"酒斾"点明了地点；"闲"说明了酒店当前的状况，又为小镇傍晚宁静的气氛增添了一丝色彩，让读者产生身临其境之感，而且还会引发读者的疑问：酒店为何如此闲逸？

这便是作者下一句要写的"两三航未曾着岸"。酒店闲逸的原因，自然是没有客人，那么人到哪里去了？作者马上揭示了答案：人们都去接归帆回家的渔民了。其中"三两航"紧扣题目中的"帆"字；"未曾着岸"几字，则紧扣题之中的"归"字。一静一动，以静带动，这两种写作手法被作者巧妙地融合在了一起。文中虽然没有写村民去接渔民回家的画面，但是作者将这一画面隐匿在字里行间，让人遐想无限。

三句中"酒旆"是近景，而"两三航"是远景。在"落花水香茅舍晚，断桥头卖鱼人散"中，作者先后点出了"落花水""茅舍""断桥头"几处景物，读者一看便知是渔村之内的景色。作者用"香"与"晚"两个字，道出了渔村环境之美，用一个"散"字，道出了村民的去向。夕阳西下，整日的劳作结束，渔船归岸、渔民归家，欢声笑语、温馨宁静皆在字里行间。

以景渲染气氛，描画意境是这首曲子的特色之一，主要体现在作者利用寥寥几件静态的物品，便描画出了一副清疏旷远的水墨画。留白则是这首曲子的第二个特色，主要体现在作者善于在"无字处"描画丰富而耐人寻味的画面，让人遐想无限，将无声胜有声发挥得淋漓尽致。音韵出众是这首曲子的第三个特色，作者在音韵方面颇具匠心，他以声母为"X"的词语表达"轻柔"效应。"夕阳"之"夕"，"酒旆闲"之"闲"，"水香"之"香"，都被作者用来表现或轻柔或闲远或柔美的情致。

【飞花解语】

"夕阳下，酒旆闲"可以对"酒"字令。

"落花水香茅舍晚"可以对"花"字令、"水"字令。

人吃人钞买钞何曾见

"人吃人钞买钞何曾见"一句便道出了元末社会的悲惨境地。此首散曲的作者不可考，但是这首散曲却道出了元末时期，黎民百姓所受之苦，朝廷官员所做之孽，实乃当时社会的真实写照。

正宫·醉太平

无名氏

堂堂大元①，奸佞②专权。

开河③变钞祸根源，惹红巾④万千。

官法滥⑤，刑法重，黎民怨。人吃人，钞买钞⑥，何曾见?

贼做官，官做贼，混愚贤。哀哉可怜!

【注释】

①堂堂大元:此曲见元末明初人陶宗仪《辍耕录》卷二十二。原注云:"《醉太平》小令一阕，不知谁所造。自京师至江南，人人能道之。"堂堂，气象宏大庄严。

②奸佞:巧言谄媚的坏人。指元末丞相托托、参议贾鲁等人。

③开河:疏通河道。

④红巾:红巾军。元末农民起义军，用红巾裹头，故名。

⑤官法滥:指官吏贪污成风和拿钱买官。

⑥钞买钞:指钱钞贬值，用旧钞倒买新钞。

【译文】

堂堂大元王朝，奸佞之人擅用权利。挖掘黄河故道，大量印造新钞票，这些政策都是灾祸的根源，惹得红巾军起义。官员法治糜烂，苛捐杂税沉重，刑法过于沉重，让黎民百姓怨声载道。人吃人，钱换钱，什么时候见到过如此凄惨的世情? 贼人做官，官员当贼，愚人贤人混淆。悲哀! 可怜! 可叹!

【赏析】

元朝时期，是我国领土最为广阔的时期。作者以"堂堂"二字称呼国力鼎盛时期的元朝，并不为过。曲中的"堂堂大元"之中的"大元"二字，指代现在"奸佞专权"的元朝，其实带有一股讽刺的味道。

作者讽刺统治者不辨忠奸，致使奸佞之臣横行霸道，独揽大权。两句话相互关联又相互呼应，后一句话既解释了"大元"现在的情况，又道出了自己讽刺大元的原因。后面五句话，皆是元朝后期的真实社会写照，所揭示的一切，皆为"奸佞专权"所造成的后果。

前两句"开河变钞祸根源,惹红巾万千"中，"开河"二字所描绘的是在1351年，官吏借疏通河道一事大肆搜刮民脂民膏的事件;"变钞"二字所描绘的是元末时期由朝廷发行纸质钞票所引发的金融危机；"红巾"指的是爆发于元末时期的农民起义战争。这两句话将元末时期的种种危机——洪水灾害、奸佞当权、徭役沉重、经济瘫痪等，全部写了出来。

"官法滥刑法重黎民怨，人吃人钞买钞何曾见"，这两句是上文中政策所造成的后果，形象地将当时社会的动荡和民生的疾苦刻画了出来。第一句指的是元朝统治者所颁布的法令的不合理之处，第二句所指的是这种不合理所造成的民间惨象。最后一句"哀哉可怜"乃是作者对上文所有社会惨象的感叹，这声感叹之中饱含作者的痛心与无奈。

此首散曲采用的是元曲中较为稀少的纪实手法，揭示的是元末时期朝廷的黑暗和百姓的疾苦，要表达的是作者对元朝统治者的批判与愤恨。这种批判当局朝廷，痛斥现实的作品在诗词中实属少见，在元曲中也并不多。

【飞花解语】

此曲中，只有"人吃人钞买钞何曾见"一句可以对飞花令。

情

在元曲中，有不少描写"情"的句子。这其中，既有离人的思乡之情——马致远的"孤舟五更家万里，是离人几行情泪"，也有惜春之情——薛昂夫的"春若有情春更苦，暗里韶光度"，还有对恋人的相思——王伯成的"多情去后香留枕"。那么，行"情"字令的你更吟咏哪种感情呢？

莲花相似，情短藕丝长

"莲花相似，情短藕丝长"出自杨果的《越调·小桃红》，表达了采莲女对爱情的忠贞。此句将女子比作荷花，情思比作藕丝，说相逢短暂，道情思绵长。该曲不说相思之苦，只道情思绵长，令人耳目一新。

越调·小桃红

杨 果

满城烟水月微茫，人倚兰舟①唱。
常记相逢若耶②上，隔三湘③，碧云望断空惆怅。
美人笑道：莲花相似，情短藕丝长。

【注释】

①兰舟：又称木兰舟，由木兰树做成的船，是精致船舶的美称，多用于诗词。唐人施肩吾《江南怨》："愁见桥边荇叶新，兰舟枕水楫生尘。"

②若耶：溪水的名称，在今浙江绍兴东南，传说西施曾在此处浣纱。诗歌中经常有人描绘若耶溪边的采莲女，如唐代李白《采莲曲》："若耶溪边采莲女，笑隔荷花共人语。"唐人王昌龄《采莲曲》："荷叶罗裙一色裁，芙蓉向脸两边开。"

③三湘：指沅湘、潇湘、资湘。东晋陶潜《赠长沙公族祖》："遥遥三湘，滔滔九江。"《靖节先生集》陶澍集注："湘水发源会潇水，谓之潇湘；及至洞庭陵子口，会资江，谓之资湘；又北与沅水会于湖中，谓之沅湘。"三湘在古人诗文中，多泛指湘江流域以及洞庭湖一带。如李白《江夏使君叔席上赠史郎中》："昔放三湘去，今还万死余。"

【译文】

　　水上生起的烟雾笼罩着城池，月色茫茫，美人斜倚在精致的船舶旁曼声清歌。曾记得我们在若耶河畔相逢，如今相隔三湘，无法相见，只能仰望着碧空白云，无限惆怅。美人莞尔一笑，开始唱歌：莲花与我和郎君之间的情感相似，莲花的藕节如同我与郎君之间的相逢，相逢的时间虽然很短，但我对郎君的相思之意却如藕丝一样绵延不绝。

【赏析】

　　此首曲子写水月朦胧之夜，采莲女斜倚兰舟低唱对远方恋人的怀念之情。情景交融，和谐一致，歌咏爱情之忠贞。作者形象生动地将荷花比作情人，以藕丝喻情思，令人印象深刻。

　　通过"满城烟水月微茫"一句，作者为读者描绘了一个天水一色，水雾迷蒙的月景，这样柔和的气氛和景色让读者暖了心肠，凭空多添了一股情意绵绵之感。微弱的月光笼罩着弥漫着水雾的小镇，为小镇平添一股柔和。在水雾茫茫中，一位美人慵懒地斜倚在精致美丽的船舶旁，眼眸微朦，似乎在眺望着远方，唇畔微动，缠绵而动人的歌声从她的口中传出。仔细倾听，原是在唱那与其相遇在浪漫若耶溪畔的郎君。如今，三湘如同隔断牛郎织女相聚的银河，让相思的两人天各一方，正所谓"山长水阔知何处，望断天涯也枉然"，美人空望相逢处，暗自惆怅。

　　"碧云望断空惆怅"中的"空"字，描写了女子与郎君分别之后的无奈与寂寥。碧空之下，远眺远方的美人，痴痴等待着那日相逢的郎君。惆怅之情溢满胸膛，令她心如刀绞。

　　"美人笑道：莲花相似，情短藕丝长"，作者笔锋一转，气氛由低沉转入明快，美丽的女子不再为分离而惆怅惘然，她拿起身旁的荷花，莞尔一笑：这莲花与我相似，虽然相聚短暂，如同短短的藕节，但思念郎君的情思却如同那藕丝般绵延不断。这句与《西厢记》中的"系春心情短柳丝长"有异曲同工之妙。情思比藕丝，一来表现爱情的意义，即使相隔甚远，恋人之间的情感也是千丝万缕，难以斩断的；二来道出采莲女与情人相聚短暂，离别后情思绵延不断绝的情况。

　　该首曲子意境独特，景致宁静美好，即使相思之人久久不见情郎，却没有一丝幽怨的氛围，有的只是浓浓的思念和淡淡的惆怅。最后一句唱破惆怅，化入一片豁然开朗之中，让人不禁会心一笑，将美好的祝愿奉与诗中美人。

【飞花解语】

　　"满城烟水月微茫"可以对"月"字令、"水"字令。

　　"人倚兰舟唱"可以对"人"字令。

　　"碧云望断空惆怅"可以对"云"字令。

　　"莲花相似，情短藕丝长"可以对"花"字令。

春若有情春更苦

　　"春若有情春更苦"源自薛昂夫的《双调·楚天遥过清江引》，这首散曲是一首别具特色的伤春感怀之作，曲中没有其他惜春之曲的悲苦哀怨，有的只是对春光的无限深情。这首曲子构想奇特，意境深远，韵味悠长。

双调·楚天遥过清江引
薛昂夫

有意送春归，无计留春住。
明年又着①来，何似休归去。
桃花也解愁，点点飘红玉。
目断楚天②遥，不见春归路。
春若有情春更苦，暗里韶光③度。
夕阳山外山④，春水渡傍渡。
不知那答儿⑤是春住处？

【注释】

①着：叫，让。

②楚天：南天，因为楚在南方。

③韶光：美好时光。

④夕阳山外山，春水渡傍渡：袭用宋代戴复古《世事》诗："春水渡傍渡，夕阳山外山。"

⑤那答儿：哪里，哪边。

【译文】

情意绵绵地将春天送走，因为没有办法将春天留住。既然明年春天还要来，今年又为什么要离开呢。桃花懂得我的哀愁，花瓣纷纷扬扬地落下，如同红色的玉片。遥望远方的天际，我看不见春天的归途。春天如果有情，春天会更痛苦，所以它悄然在韶光中流逝了，春水在荡漾的渡口。不知道哪里才是春天的住处。

【赏析】

"有意送春归，无计留春住。明年又着来，何似休归去"几句，化用了宋朝僧人如晦的"有意送春归，无计留春住。毕竟年年用着来，何似休归去"。这两句是点题之句，说的是作者无法挽留住春天的遗憾与无奈之情。这四句使用的是倒装的方式，说春天留不住，所以只能够送春离开；春明明每年都要归来一次，为何又要来了之后又走。"何似休归去"一句，带着十足的趣味性，看似无理，实则有情。

"桃花也解愁，点点飘红玉。目断楚天遥，不见春归路"四句同样化用了《卜算子》中的诗句"目断楚天遥，不见春归路。风急桃花也似愁，点点飞红雨"。桃花凋落本是春走夏来的自然景象，然而作者却赋予其情感色彩，桃花因忧愁而飘落，如同佳人为郎君远走而落泪。在这句话中，作者将桃花比作自己，用桃花之愁来诉说自己的哀愁，借景抒情。

随着桃花的飘落，作者将目光投向了远方，希望找到春天归去的路径。然而"楚天"过于遥远，作者无法越过重重的山峦流水寻找到它，这让作者产生了迷惘和失落的情绪。

"春若有情春更苦"一句，化用的是李贺的诗句"天若有情天亦老"，这句为下一句"暗里韶光度"做出合理的解释，这种解释看似是作者的善解人意，实则却是作者发出的哀叹。

"夕阳山外山，春水渡傍渡"一句，由宋代复古《世事》诗中的诗句颠倒而来。此句中，作者借即将西落的"夕阳"来表现春天的时日无多和自己对春日无可挽留的惆怅。最后，作者用一句"不知那答儿是春住处"来结束全曲，这表明作者依然在追寻着春天的去处，承接上文中作者的遥望与追思。

【飞花解语】

"桃花也解愁"可对"花"字令。

"目断楚天遥"可对"天"字令。

"夕阳山外山"可对"山"字令。

无情秋月

"门前朝暮，无情秋月，有信春潮"出自张可久的《黄钟·人月圆·春日湖上》。此句中所描绘的景物，带有浓烈的感情色彩，作者道秋月无情，是盼望有情的玉人相伴，表达了对远方思念之人的想念。

黄钟·人月圆·春日湖上

张可久

小楼还被青山碍①，隔断楚天遥②。

昨宵入梦，那人如玉③，何处吹箫？

门前朝暮，无情秋月，有信春潮。

看看憔悴，飞花心事，残柳眉梢。

【注释】

①碍：遮挡。

②隔断楚天遥：因为青山隔断了，不能看到遥远的楚天。

③那人如玉：杜牧《寄扬州韩绰判官》"二十四桥明月夜，玉人何处教吹箫"。借用其意境表达怀念之情。

【译文】

站在小楼上眺望，却又被层层叠叠的山峰阻碍了视线，无法看到遥远的楚天。昨晚入梦的时候，梦中有位如玉的佳人，不知佳人现在在何处吹箫吟情？朝朝暮暮，与我相对相伴的只有秋日中无情的秋月和往来有信的春潮。看看这憔悴的暮春，飞落入地的花如同我的心境，残破的柳叶如同我紧皱的双眉。

【赏析】

这首小令借西湖暮色抒发了怀念远方之人的愁思。

"小楼还被青山碍，隔断楚天遥"两句，描写了作者在楼上远望的场景。其中的"还"字，写出了作者在登上高楼后，却依然被青山阻隔视线的懊恼之意。可见作者本觉得登高后可以望见楚天，谁料想象与现实差距甚远。这种反差所带来的低沉与消极情绪，笼罩了下文中的叙事，是全曲的情感基调。

"昨宵入梦，那人如玉，何处吹箫"，此三句借用了杜牧的名句"二十四桥明月夜，玉人何处教吹箫。"意味着美人昨日入梦，引起了作者的相思之情，让作者产生了遥望"楚天"的想法。"玉人"二字，说出了作者想念之人；"何处"两个字，说出了作者的惆怅。

"门前朝暮，无情秋月，有信春潮"描写的是作者现实的生活情况，与梦中的情景正好相反，形成对比。作者在借助这些无情之景来衬托自己的寂寞与孤苦，叙述自己对远方之人的思念。其中无论是"朝暮""秋月"还是"春潮"都被作者称之为"无情"之物，这实则是在暗喻"玉人"为有情人。

"无情秋月"一句，语意取于苏轼《水调歌头》中"转朱阁，低绮户，照无眠，不应有恨，何事长向别时圆"的无情之月；"有信春潮"一句语意取于李益《江南曲》中"嫁得瞿塘贾，朝朝误妾期。早知潮有信，嫁与弄潮儿"的"有信春潮"。

"看看憔悴，飞花心事，残柳眉梢"，此三句是作者将心中的愁情结合暮春景物特有的特征后着笔描绘的，所以这首曲子的景物中也包含了作者惆怅与烦忧的心绪。飞花缥缈无定处，如同作者起伏不定、安稳不得的心境；残柳定有皱褶之处，作者以此来形容自己的眉毛，这说明作者眉间含愁，眼中含忧。

【飞花解语】

"小楼还被青山碍"可对"山"字令。

"隔断楚天遥"可对"天"字令。

"那人如玉"可对"人"字令。

"飞花心事"可对"花"字令。

多情去后香留枕

"多情去后香留枕"一句源于王伯成的《中吕·阳春曲·别情》，描绘了女子在深夜醒来的情景，表达了女主人公的愁思之情。此句主要起设立疑问、引领下文和点明主旨的作用。

中吕·阳春曲·别情

王伯成

多情①去后香留枕，好梦回时冷透衾。

闷愁山重海来深，独自寝，夜雨百年心②。

【注释】

①多情：多情的人，即恋人。

②百年心：愁绪深重，似有百年那么长。

【译文】

多情的郎君离开后，他身上的余香还残留在枕边，美好的梦境被惊醒，醒时被褥上的冷气袭人。心中的苦闷如同大山一般沉重，如同大海一样幽深，我独自入睡，夜雨寒凉却延绵不断，好似我的愁绪般，有百年那么悠长。

【赏析】

这首散曲的主题是比较常见的思愁，但作者却用巧妙的手法，写出了自己的特色。

这首散曲的特色主要有三点，一是叙述口吻区别于其他男性作家。要知道，男性模仿女子的口吻来叙述，无论有多么的惟妙惟肖，难免会有一种隔靴搔痒之感，而这首散曲少了一分越俎代庖的感觉，多了一丝妙句天成的自然感；二是曲中毫无其他"思妇"之曲的温香软玉、泼辣露骨，反而偏重于"思妇"的心理描写和感受，语气含蓄不失表露，开合有度，蕴含着独特的气度和格调；三是多种多层面含义的运用。这种运用给读者留下了无限的想象，让读者多了无数的阐释空间，比如：多情人是何时离去的？这一去是暂别还是永别？闺中的女子心中究竟是何等滋味？这夜雨真的滴入了心扉，冷冻了心肠吗？

"多情去后香留枕,好梦回时冷透衾"两句,前一句所写的是位置,即空间坐标;第二句所写的是时间,即时间坐标。时空纵横交错之间,忽隐忽现的离愁隐含在其中,使忧愁生出了身形,让人肉眼可见。

首句以"多情"做主语,趣味之间隐含着说不清道不明的暧昧。这个主语对象不表明身份,只说情分,让人不禁怀疑两人之间的关系。是朋友、爱人,还是风流一夜的恩客与歌女?"多情"还是一个形容词,形容婀娜摇曳的姿态,以及绮旎缠绵的情调和气氛。多情人留香,多情的事留香,这香味惹得人在好梦中缠绵。

然而再香甜的美梦都有梦醒的时刻,醒来后,面对梦里梦外的反差,女子难免会变得忧愁:孤零零的醒来后,独对青灯,只影不成双,眼中剩下的是郎君离去后留下的绮罗香泽,耳边是夜雨凄厉哀痛的淅沥,冷透了衣衫、心肠。

"闷愁山重海来深"一句,描绘的便是女子面对此情此景的心态。多情人走了,余香环绕,好梦被惊醒,徒留破碎的心肠。如此境地,怎能不教惊醒的人儿产生"烦闷的愁绪"。所谓的"闷愁"自然是无法向人诉说的,所以只能在心中翻滚成浪。

在"独自寝,夜雨百年心"两句中,前一句看似多余,其实是在呼应上文,承接下文。最后一句"夜雨百年心"中"百年"可以理解为两层意思,一是夜雨缠绵的夜晚太过长久,让女子心中难熬;二是女子心中的忧愁好似有百年那般长久不断,形容女子忧愁的深重。

这篇散曲所写的是心爱之人离去后,女子独枕余香之时,被寒凉的夜雨惊醒后,心中的孤独苦闷。

【飞花解语】

"多情去后香留枕"可对"香"字令。

"闷愁山重海来深"可对"山"字令。

"夜雨百年心"可对"雨"字令。

是离人几行情泪

"是离人几行情泪"是一个省略句,省略的主语是"夜雨"。该句运用了比喻的手法,将夜晚寒凉的雨水比作离开家乡之人伤心的清泪。此句出自《双调·寿阳曲·潇湘夜雨》。该曲字里行间都紧扣着"潇湘夜雨"这四个字,作者将"泪""情"与"雨""夜"融为一体,妙意无穷。

双调·寿阳曲·潇湘夜雨

马致远

渔灯暗①，客梦回，一声声滴人心碎。

孤舟五更家万里，是离人几行情泪。

【注释】

①渔灯暗：渔船上的灯火，也叫"渔火"。

【译文】

江中的渔火忽明忽暗，游子从梦中醒来，船外一声声的夜雨落水声唤起了游子的愁绪，让远离家乡的游子心碎难眠。深夜五更天，孤零零的小舟漂泊在离家乡万里之遥的潇湘江水上，天空中滴落的，仿佛不是落雨，而是游子的一行行伤心泪。

【赏析】

自古潇湘便与哀怨连接在了一起，作者在路经潇湘之时，难免心中添上几丝愁绪，更何况是在离家万里之遥的客船上。潇湘江上的夜雨，一点一滴滴落到了作者心头，带着夜晚寒凉的雨滴，滴破了游人归乡的团圆梦，寒了游人的心肠，乱了游人的心绪。

首句"渔灯暗，客梦回，一声声滴人心碎"，写的是游人身处的场景，交代了游人在江上过夜的实际情况。"渔灯"点明了时间和地点，时间是夜晚，再联系题目，读者可知地点在潇湘江水之上。"客梦回"交代了主人公现在的状态，他是客居小船上之人，即游子。主人公处于刚刚午夜梦回的状态，文中并没有交代梦中的情景，但读者却可以猜到一二。"一声声滴人心碎"，点明了天气，也说出了主人公午夜梦回的原因。带有声音的水滴声，联系文题后，读者可知是"夜雨"。

夜晚寒凉，夜雨更冷，可能是冷意让主人公变得清醒；也可能是雨滴声太过悲伤，打破了主人公的梦境。从"心碎"二字可以看出主人公是不愿意被惊醒的，说明梦境很美好，而能让游子不舍的梦境，也就只有与家人团聚的梦境。

首句中的字里行间紧扣"潇湘夜雨"的主题。文中寒凉悲伤的曲意，紧扣"潇湘"二字。大舜南巡，逝于苍梧，大舜之妃娥皇女英二女为奔丧，溺亡在湘水，化为湘水之神，所以潇湘在古人的眼中，本就是悲凉的代名词。句中的"渔灯""梦""滴"等字眼，紧扣文题中的"夜雨"二字。

"孤舟五更家万里"中的"孤舟"对应上文中的"渔火"，写的是游人的孤苦之意；"五更"对应上文中的"梦回"，写的是夜晚的寒凉与空寂；"家万里"对应上文中的"客"，写的是主人公离家之远。时空间交错的写法，让游人的孤寂凄凉之意更为具体深刻。

"是离人几行情泪"一句，与上文中的"一声声滴人心碎"相互呼应。如果说上一句在字眼之间暗含游人的悲苦的话，那么此句便是将游人的这种悲苦之感直接写了出来。他是游人"心碎"之情的情感寄托，也是游人"心碎"后的具体表现，同时紧扣"潇湘夜雨"的题意。

文中处处紧扣"夜雨"二字，处处道"夜雨"的悲凉。夜让"渔灯"亮起，雨让"渔灯"忽明忽暗；夜让游子入"梦"，雨让游人夜半"梦回"。以情入景，因景生情，情景交融，物我融合，巧妙无限。

【飞花解语】

"一声声滴人心碎"可对"人"字令。

"是离人几行情泪"可对"人"字令。

甚情绪灯前

"甚情绪灯前，客怀枕畔，心事天涯"出自乔吉的《双调·折桂令·客窗清明》。此句用以衬托气氛、渲染情境，为下一句中作者所展现的愁绪，做了良好的铺垫。

双调·折桂令·客窗清明
乔 吉

风风雨雨梨花，窄索①帘栊，巧小窗纱。
甚情绪②灯前，客怀③枕畔，心事天涯。
三千丈④清愁鬓发，五十年春梦繁华⑤。
蓦见人家，杨柳分烟⑥，扶上檐牙⑦。

【注释】

①窄索：狭窄。

②甚情绪：感受颇多，难以形容。

③客怀：离开家乡，旅行在外的情绪。

④三千丈：形容头发长，出自李白《秋浦歌》中的"白发三千丈，缘愁似个长"。

⑤春梦繁华：热闹繁华得犹如一场春梦，形容世事虚幻。

⑥杨柳分烟：清明时节，杨柳萌发嫩芽，远远望去犹如笼罩着一层烟雾，而柳条漂浮，就好像将烟雾拨开了。

⑦檐牙：屋檐翘起如牙。

【译文】

　　暮春时节，窗外的梨花被风雨击打着。我坐在狭窄的窗户后，透过小巧的窗纱看着这一幕。对着一盏孤灯，更添客居他乡的愁绪，我难以入睡，心事重重，似乎所思所想全部都远在天涯之外。三千清愁染白了耳畔的发丝，五十年的繁华荣光，不过是春梦一场罢了。蓦然清醒，我却发现杨柳已经萌生了嫩芽，它轻轻地扶着高耸的屋檐，柳条的漂浮好像将所有的愁绪都分开了。

【赏析】

　　这首曲子写的是清明，意境为"客窗"，表达游子客居在外孤独且失意的情怀。作者在漂泊的客旅之中创作了这首曲子，那时作者年逾五十岁，心境苍老，渴望归乡。

　　第一句描写的是窗外历经风吹雨打的梨花，其残败之感可想而知。残败的梨花为作者对自身的比喻，风雨则是作者所承受经历的一切磨难。这一景象，是作者坐在客居窗前所看到的，所以接下来的两句描写了窗户的狭小与窗纱的小巧。这两句紧扣标题之中的"客窗"二字，既点明了作者身为客旅，又为作者在下文中出现的思乡愁绪做铺垫。

　　第二句用一个"甚"字，领起"甚情绪灯前，客怀枕畔，心事天涯"三句，作者渐渐道出了自己满腔的愁苦情怀。在这里，作者以"独对青灯""孤枕客居"两个景象渲染出了一个客子只能独自伤悲的气氛。处在这种气氛之下，也难怪作者会有重重心事与愁苦的情怀。

　　第三句"三千丈清愁鬓发，五十年春梦繁华"中借用李白《秋浦歌·白发三千丈》诗句"白发三千丈，缘愁似个长"。作者运用了夸张的手法将白发催生的原因归于愁思，下句点明作者的年龄，说出了作者对自己五十年来的生活的感悟，说其就像是繁华一梦，而春梦醒来，便只余愁思渲染出的白发。

　　随后作者笔锋一转，从主观情绪转到了客观景物之上，写出了杨柳迎春吐嫩芽之态。这生机勃勃的景致，瞬间安抚了作者的心绪，让作者的浓浓愁绪开始变淡。尽管杨柳吐新条是自然现象，但作者却赋予其人性，并表明尽管人生虚幻、愁绪重重，可在生命中遇到的任何美好都值得旅人欣赏并流连。

【飞花解语】

"风风雨雨梨花，窄索帘栊，巧小窗纱"可对"风"字令、"花"字令。

"三千丈清愁鬓发，五十年春梦繁华"可对"春"字令。

"蓦见人家，杨柳分烟，扶上檐牙"可对"人"字令。

酒香剑影

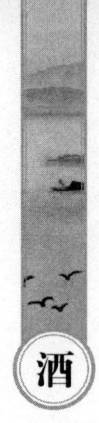

酒

没有什么飞花令比"酒"字令更应时应景了。与两三位好友在月下小酌，忽然有人提出行"酒"字令。行飞花令的本意在于不被罚酒，只不过当自己对完"翠帘沽酒家，画桥吹柳花"和"饮一杯金谷酒，分七碗玉川茶"后，倒希望自己念错，好讨一杯罚酒喝。

月又明，酒又醒

"月又明，酒又醒，客乍醒"出自《南吕·四块玉·浔阳江》，这首散曲与白居易的《琵琶行》息息相关，借用了《琵琶行》中的典故。此句乃是这首散曲的最后一句，也是这首散曲的高潮之句。

南吕·四块玉·浔阳江
马致远

送客时，秋江冷①。
商女②琵琶断肠声。
可知道司马③和愁听。
月又明，酒又醒④，客乍醒。

【注释】

①冷：凄冷，萧条。

②商女：古代歌女，妓女的代称。

③司马：这里指唐代白居易，曾任江州司马一职。

④醒：喝醉了神志不清。喻指酒醉。

【译文】

送走客人的时候，正是秋日江面最为凄冷的时候。歌女边弹琵琶边唱着让人断肠的送别歌。他可知道我和曾经的江州司马白居易一样的带着愁绪听这离别曲。月亮再次挂上了夜空，醉酒之意浓郁了起来，客人猛然惊醒。

【赏析】

这首散曲词句清淡，但却韵味深长。《琵琶行》的名气不容置疑，自问世后，每个经过浔阳江的文人墨客都不禁会想起那个一度被贬官至江州的唐代诗人白居易。诗中蕴含着让人身临其境的氛围，这种氛围通过诗歌的流传，一直延续至今。

马致远正是被这种氛围影响的人之一。游宦他乡的马致远在游赏浔阳江之时，耳边不禁响起了白居易身临此地遇到"憔悴的长安倡女"之时所吟唱的"同是天涯沦落人，相逢何必曾相识"。

"送客时，秋江冷"一句描写了作者送别友人之时的场景，其中的"冷"字，既指天气，又指作者的心态。而其中的"秋"字，指的也不仅仅是天气，还有作者的愁绪。这两个字是最易惹人愁绪的形象表现，也是最易烘托出作者此时此刻心绪的最佳衬景。

"商女琵琶断肠声"一句，与"可知道司马和愁听"相连，借用的是江州司马白居易的典故，描绘的是作者与江州司马一般无二的心理感受和心理状态。二者心绪相同，都是满怀的忧愁与烦忧。

"月又明，酒又醒，客乍醒"，作者先写朦胧美好的月光，又写浓度正佳的美酒。本应是明月美酒相伴，醉倒江边，结果作者用"客乍醒"三个字，打破了这种氛围。让客人惊醒的可能是江风的冷寒，以此呼应开头；可能是现实生活中的无奈，呼应曲意中的忧愁；也可能是一种觉悟，提升曲意的深度和广度。此句是这首散曲的结尾，也是这首散曲的主旨之所在，它包含着作者"恬退"的归乡意味。

同样的瑟瑟秋江、皎洁明月、江边送客、倡女琵琶声，不同的是二人的境遇与心态，所以一人沉醉其中，任由"江州司马青衫湿"；一人猛然乍醒，即使"月又明，酒又醒。"

"送客时，秋江冷"可对"江"字令。

"月又明，酒又醒"可对"月"字令。

村酒槽头榨

"村酒槽头榨"出自《双调·沉醉东风·闲居》。此句描写了元代村民酿酒的场景，而此首曲子描写了饮酒的意趣，这乃是隐居之乐其中的一种。该首曲子与唐人杜牧《九日齐山登高》"尘世难逢开口笑，菊花须插满头归。但将酩酊酬佳节，不用登临恨落晖"中的潇洒意境相似。

双调·沉醉东风·闲居

卢　挚

恰离了绿水青山那答①，早来②到竹篱茅舍人家。

野花路畔开，村酒槽头榨③，直吃的欠欠答答④。

醉了山童不劝咱，白发上黄花乱插。

【注释】

①那答：那块，那边。

②早来：已经。

③村酒槽头榨：乡村里的酿酒方法，粮食发酵之后，放在槽头上压榨出酒液。

④欠欠答答：疯疯癫癫，痴痴呆呆，迷迷糊糊，形容喝醉酒的样子。

【译文】

恰巧刚刚离开了绿水青山之畔，来到了竹篱茅屋的乡村农家。野花在乡村两旁的道路上盛开着，村民正在槽头上压榨酒液，新酿的村酒香气浓烈，直叫我喝得酩酊大醉，迷迷糊糊。小仆童也不劝阻我，任由我把那菊花往满头的白发上插。

【赏析】

《双调·沉醉东风·闲居》这个题目的曲子共三首，写的都是隐居的乐趣。这首曲子是其中的第二首，描绘了一幅理想的归隐的图。文人大多向往自然美景和身心上的无拘无束，何况元朝时官场黑暗、官途险恶，所以久居官场的卢挚产生了渴望自由和归隐的心态。

这首曲子写的是饮酒，为读者具体展现了浊酒生活的意趣。全篇曲子的语言皆是口语，没有生僻的字眼，也没有直接抒发情怀的感叹之语，有的只是形象生动的俗语和俚语。

作者在表现"闲居"时，先从闲居所见的村野美景开始写，从信步闲游处动笔，首句"恰离了绿水青山那答，早来到竹篱茅舍人家。野花路畔开，村酒槽头榨"，将田园图景写得明明白白。其中"绿水青山""竹篱茅舍"更是将赏心悦目的田园风光形象生动地表现了出来。"野花路畔开，村酒槽头榨"两句，则将田园之中的情趣清晰明确地表达了出来。画面清晰，色彩绚丽，生机盎然之景，让人不禁向往。

"直吃的欠欠答答"一语，道出了作者将一切置之脑后，沉迷其中的醉态与狂态。元朝时，酿酒风气浓重，酒多而价廉，饮酒成为广大民众喜爱的消遣娱乐方式。文人多为好酒之人，借酒抒意更是常态。此篇曲子中，作者熏熏然醉倒，酒兴大发，学东晋名人将菊花往头上插。其实这在古代来说本是一件雅事，奈何作者头发花白，胡乱插花，难免会引人发笑。苏东坡曾言："人老簪花不自羞，花应羞上老人头。"

一句"白发上黄花乱插"，将作者狂放不羁的性格特点刻画得入木三分。满纸的野趣童心，一派的潇洒自在。

此首曲子运用了"那答""早来到""欠欠答答"等通俗的口语，将山村闲居的景物与人物栩栩如生地刻画了出来，"欠欠答答""黄花乱插"等语言穷形尽相，令人忍俊不禁。曲子通过人物的一系列动作，把"闲居"之乐描画得情致鲜明。此曲颇具元曲之本色，语言顺情遂性，笔法灵活跳脱，韵律自然妥帖，乃为佳作。

【飞花解语】

"恰离了绿水青山那答"可对"水"字令、"山"字令。

"早来到竹篱茅舍人家"可对"人"字令。

"野花路畔开"可对"花"字令。

"醉了山童不劝咱"可对"山"字令。

"白发上黄花乱插"可对"花"字令。

翠帘沽酒家

　　"翠帘沽酒家"一句出自张可久的《越调·凭阑人·湖上》。这首散曲描绘了一幅赏心悦目的湖岸风景画。而这句话描绘的是湖岸边的酒家，其中"翠帘"二字为这个小小的酒家增添了一抹色彩和生气。

越调·凭阑人·湖上
张可久

远水晴天明落霞。古岸渔村横钓槎①。
翠帘沽酒家。画桥吹柳花。

【注释】

　　①钓槎：钓舟，渔舟。

【译文】

　　远远望去水天一线，满天都是明丽的晚霞。古老的湖岸边坐落着一个小渔村，一只渔舟停在湖边。酒家翠绿色的酒帘随风飘荡着。精致如画的小桥旁，飞舞着被风吹起的如花般的柳絮。

【赏析】

　　这篇散曲描绘了一幅赏心悦目的天然的湖岸风景图，此曲用二十四个字，涉及远水、晴天、落霞、渔村、钓槎、翠帘、酒家、画桥、柳花十种江边的景物，勾画出了优美且独具特色的湖边美景。作者将十种景物分为四组，每组所呈现的都是这幅优美风景图的一部分，四组景物既可独立，又可组合，可谓独具匠心。

　　"远水晴天明落霞"描绘的是水天一线的辽远之景，这种景象朦胧，但却独具意境，让人不禁心胸开阔。天空与湖水所组成的画面，必定是一望无际的，上方是碧青广阔的天空，点点落霞点缀其中，广阔而不失精细；下方是倒映这一切的澄静湖水。二者相互映照，"明"在景中，让天空和湖泊多了一层绚丽明亮的色彩。

　　从"古岸渔村横钓槎"一句开始，作者缩小了视角的宽度和广度，凝聚了视线焦点，开始描绘湖岸旁的渔村和渔船。读完此句，读者眼前可以出现停泊在辽阔湖景之中的一艘看似普通，实则充满了乡土艺术气息的小船，以及不远处的村庄。

从上文中的"落霞"再到这一句中的"渔舟",读者可以看出,此时已经日暮西山,渔民已经归家。"翠帘沽酒家"承接上文,作者继续拉近视角,便寻到了人的踪迹。此时此刻,人群最密集的地方,莫过于高悬着翠色酒帘的酒家。一天的繁忙过后,渔民开始沽酒归家,人来人往的酒店,充斥着乡土气息。从天广湖阔的了无人烟之景,到满是烟火气息的人间之景,跨度之广,衔接之顺,令人惊叹不已。

末句"画桥吹柳花"描绘了一幅暮春的景象图。这句的空间距离与上一句并不远,但营造了两种氛围,这两种氛围相融合,成了这座独立于天地之间的湖岸小村中特有、宁静而悠长、温馨而恬淡的生活氛围。

就内容而言,这首小令是一幅纯粹的写景之作,所描绘的是湖岸风光,所采用的是密集景物排列的手法。作者在曲中写了多种景物,但却不失细致地为每种景物都刻画上了独特的色彩与氛围,可见其写作功力。

作者的视角从远方到近处,从湖边到渔村,从大景到小景,从辽远的天空湖面,到村中的一座小桥,层层递进,错落有致,让这幅作者在"湖上"所览之图,色彩鲜活、栩栩如生。

【飞花解语】

"远水晴天明落霞"可对"水"字令、"天"字令。

"画桥吹柳花"可对"花"字令。

时时酒圣

"时时酒圣,处处诗禅"描绘了作者以诗酒自娱的生活,表达了作者放荡不羁,畅然开阔的情怀与胸襟。这句出自乔吉的《正宫·绿幺遍·自述》,这首曲子表达了作者寄情于山水之间的心境。

正宫·绿幺遍·自述

乔 吉

不占龙头选①,不入名贤传②。

时时酒圣③,处处诗禅④。

烟霞状元⑤，江湖醉仙⑥。

笑谈便是编修院⑦。

留连⑧，批风抹月⑨四十年。

【注释】

①龙头选：科举及第的头名状元，俗称"龙头"。宋人柳永《鹤冲天》："黄金榜上，偶失龙头望。"

②名贤传：为贤德人士专门作的传记。

③酒圣：以酒为圣贤。汉末曹操施行禁酒令，当事人讳言酒，把清酒称为"圣人"，浊酒称为"贤人"。

④诗禅：赋诗参禅。宋代起，经常将诗与禅并论，认为诗法与禅法想通。宋人苏轼曾有"暂借好诗消永夜，每逢佳处辄参禅。"

⑤烟霞状元：吟赏烟霞的状元，形容吟风弄月、潇洒倜傥。唐人刘长卿《偶然作》："书剑身同废，烟霞吏共闲。"宋人柳永《望海潮》："乘醉听箫鼓，吟赏烟霞。"

⑥江湖醉仙：江湖上陶醉于酒的仙人，形容借酒忘情，逍遥自在。

⑦编修院：史馆。宋代起，设置编修官，负责修国史、实录等，编修官皆博学多才。

⑧留连：留恋不舍，拖延。

⑨批风抹月：欣赏、吟咏、评价风月好景。

【译文】

不稀罕登上状元榜，也不愿将名字写入名贤传记。酒中的圣贤时时陪伴我，处处与人谈论诗中的禅理。做一个吟赏烟霞的状元，当一个身在江湖之中的醉酒神仙。笑谈古今也算是进入了编写国史的编修院。我对此生活流连忘返，吟风弄月已有四十年之久。

【赏析】

这是一篇叙说志向之作，描写了作者独特的生活道路和思想情趣。乔吉生于北国，客居于江南，流落江湖四十余年，漂泊不定的生活让他学会了将情感寄托于山水、风月和诗酒之中。这样的文人在谈笑之时颇为放浪豁达，乔吉和元代初期的马致远都属于此类文人。但不同的是，马致远在抒情之时豪放，乔吉则较为隐秘与收敛。

"不占龙头选，不入名贤传"两句，直接否定了文人青云直上的道路，展现了自己超脱物外的态度。无论是科举，还是名人先贤，都不是他想要走的路。他要的生活是"时时酒圣，处处诗禅。烟霞状元，江湖醉仙，笑谈便是编修院"。

这五句是作者的生活方式，如此的洒脱潇然，令人不禁神往。以酒中的圣贤相陪，以禅意论诗作曲；吟诵山野之间的烟霞，做人世间的醉酒诗仙；笑谈人间的各种史实与世事。作者觉得此种生活远胜于在官场上与他人争逐蝇头小利，这种将自己放在正统学子对立面的行为，将作者狂放自傲的态度表现得淋漓尽致。

"留连，批风抹月四十年"一句中，作者使用了反话正说的手法。看似所写的是作者对这种生活有一种流连忘返的态度，实则"四十年"一词良好地体现了作者内心的心痛与酸楚。作者用狂傲的态度说自己流连于这种怡然自乐的生活，终老不悔，实则表达了作者的愤世嫉俗之情。

【飞花解语】

"批风抹月四十年"可对"风"字令、"月"字令。

饮一杯金谷酒

"饮一杯金谷酒"源于元曲《越调·寨儿令·次韵》。这首元曲有一个十分鲜明的特点，那便是句句不离典。无论是嘲讽自己壮志难酬，感叹世事无常，还是倾诉对隐居生活的向往，作者都运用了典故。

越调·寨儿令·次韵
张可久

你见么？我愁他，青门几年不种瓜①。
世味嚼蜡，尘事抟沙②，聚散树头鸦。
自休官清煞陶家，为调羹俗了梅花③。
饮一杯金谷酒④，分七碗玉川茶⑤。
嗏⑥！不强如坐三日县官衙。

【注释】

①青门几年不种瓜：此句中用西汉邵平在长安城东门种瓜的典故，即说自己热衷仕途，却郁郁不得志。

②抟沙：捏沙成团。

③为调羹俗了梅花：梅子味酸，古人常用作调味品。《尚书·说命》："若作和羹，尔惟盐梅。"后常用"盐梅"比喻宰相或职权相当于宰相之人。这里是说梅花本是清雅之物，如果作调羹之用，就显得俗了。此句是说作者要保持隐士的清高品格，不愿做官。

④金谷酒：晋人石崇在洛阳附近造金谷园别墅，常在园中饮宴，即席赋诗，赋诗不成者，罚酒三杯。

⑤七碗玉川茶：唐人卢仝，号玉川子，喜饮茶。其《走笔谢孟谏议寄新茶》诗有："一碗喉吻润。二碗破孤闷。三碗搜枯肠，唯有文字五千卷。四碗发轻汗，平生不平事，尽向毛孔散。五碗肌骨轻。六碗通仙灵。七碗吃不得也，唯觉两腋习习清风生。蓬莱山，在何处？玉川子乘此清风欲归去。"

⑥嗏：语气词。

【译文】

你看，我替他发愁啊，曾经在青门种瓜的邵平已经多年不种瓜了。人世间世情毫无味道，俗事如同沙子一样不可捉摸，聚散无常。自从辞官之后，如陶渊明般的生活清闲极了；梅花这样清雅的物品，如果用作调味，便成了俗物。饮一杯金谷园中的酒，煎七碗玉川子的好茶。嗏！岂不强过做三天的县令。

【赏析】

张可久常常有怀才不遇的哀伤和愤懑之情，经常感叹世事无常，表达出归隐山林的志向。这首曲子写的便是他对官场生活的厌弃和对田园生活的向往。

散曲一向喜欢用典，但是像此首散曲这样全篇运用典故，还是比较稀少的。开篇首句便使用了邵平种瓜的典故，直抒胸臆。"你见么？我愁他，青门几年不种瓜"一句中，作者看似在替别人发愁，但实际上这个"他"有两层意思，一是暗指作者自己；二是明指那些追求功名利禄，终日辛苦奔波却毫无所获的人们。此句的意思十分直率，但其中的情意却深沉而曲折。他在嘲讽自己热衷仕途，却郁郁不得志。

邵平的身世贵极而贱，他是秦朝的东陵侯，汉代时拒做汉官，在青门种瓜。如此坎坷波折的经历，让作者得出了"世味嚼蜡，尘事抟沙"的结论，并发出了"聚散树头鸦"的感叹。其中"世味嚼蜡"一句化用了王安石《示董伯懿》中的诗句"嚼蜡已能忘世味，画脂那更惜时名。"元人常用"嚼蜡抟沙"来比喻世态炎凉和人情冷暖。"聚散树头鸦"一句，运用的则是西汉翟公的典故。西汉翟公出任廷尉时，宾客盈门而至，辞官之后，宾客犹如鸦般散得一干二净。

"自休官清然陶家，为调羹俗了梅花"两句，写出了作者对官场的厌倦之意和归隐之愿。"自休官清然陶家"一句，运用了陶渊明归隐山林的典故，"清然"二字，写出了作者对隐居生活的美慕与向往之情。"为调羹俗了梅花"一句,写得极为巧妙,作者以"梅"比高雅之士,以"盐梅"比作俗世之人,以"调羹"比作仕途,暗喻高雅之士不应入朝堂。

"饮一杯金谷酒,分七碗玉川茶"两句,连续运用了两个典故,写出了忘却名利,隐居山林之后的自由与潇洒。作者将"金谷酒""七碗茶"与"县官衔"相对比,认为前者比后者要更重要。作者意在告诉世人,世事无常,比起虚幻的繁华名利,潇洒自在方才是人生的归宿。

这篇散曲中典故连篇,不断不绝,却毫无生涩离题之感,可见作者文学水平之高。以古人之事,说自己之志,是这篇散曲最大的特点。

【飞花解语】

"为调羹俗了梅花"可对"花"字令。

旧酒投,新醅泼

关汉卿的这首曲子,所描绘的不过是与山僧野叟饮酒作赋的画面,但却从第一句开始,便透露出一种悠闲自在,豁达爽朗的情绪。字里行间充斥着对山村隐居生活的赞美和称颂。生动形象的内容,引人注目。

南吕·四块玉·闲适

关汉卿

旧酒投①,新醅②泼,老瓦盆③边笑呵呵。

共山僧野叟闲吟和④。

他出一对鸡,我出一个鹅,闲快活。

【注释】

①投:通"酘",此处指重新酿的酒。

②新醅:新酿成的酒。

③老瓦盆:粗陋的盛酒器。杜甫《少年行》:"莫笑田家老瓦盆,自从盛酒长儿孙。"

④和：吟诗唱和。

【译文】

旧酒重新酿过，新酒又刚刚蒸熟，一群人围在粗陋的盛酒器前，笑呵呵地等着饮酒作乐。同山中的和尚、田间的田叟一起饮酒作赋，吟诗唱和，今天他拿来两只鸡，明日我拿来一只鹅，如此休闲之日当真的快活至极。

【赏析】

此曲乃是关汉卿组曲《南吕·四块玉·闲适》中的第二首，描绘了作者和好友把酒言欢、吟诗作赋的悠闲生活场面，表达了作者对自由隐居生活的赞美之情。

酒是自酿的，盛酒的器皿是粗陋的，菜是自给的，人是悠闲自在的，还有不被俗事牵绊的田叟与山僧。这是一次充满着诗情画意，富含着浓厚生活气息的酒会。酒会上没有需要奉承的达官显贵，也没有妙舞笙歌的奢华场面，更没有文人雅士的繁文缛节；有的只是轻松悠闲的快乐氛围，亲朋好友之间豁达融洽的氛围，以及山野之间质朴悠然的风味。

"旧酒投，新醅泼"两句显示，宴会上的酒乃是农家自酿的；"老瓦盆边笑呵呵"一句，显示作者和好友不嫌酒具粗鄙，反而自然欢乐的洒脱情怀。"共山僧野叟闲吟和"道出与作者共饮之人乃是山僧和田间老叟，他们聚在一起不谈大事，只为了悠闲地吟诗唱和。真诚欢聚、无拘无束、和睦友好的氛围让这场农家宴会充满了田园生活的乐趣和山野隐逸的高洁。

"他出一对鸡，我出一个鹅"一句贴切自然，看似毫不经意，却朴实地展示了山林隐士自食其力的生活，又将他们与友人之间亲密无间的感情表达得淋漓尽致。这句话有两个意思，一是指具体的菜肴，承接上文未完的酒宴布置；二是与"闲吟和"相辅相成，蕴含无限的惬意。

"闲快活"三字将作者此刻逍遥自在的内心宣泄了出来，这三个字是黑暗的官场中人绝不可能拥有的东西。说明作者不慕名利，不美官场，只爱乡间闲适自然的美好生活。小调语言鲜明形象，情绪真实悠闲，手法平铺直叙。朴实自然、毫无雕琢的民间口语，让曲子仿若信手拈来。

从艺术手法上看，白描的手法让曲子变得朴实自然；民间口语的应用，让曲子极富生活的乐趣；整首曲子充斥着悠闲自在的氛围与情绪。

【飞花解语】

"共山僧野叟闲吟和"可对"山"字令。

一葫芦酒压花梢重

　　"一葫芦酒压花梢重"出自卢挚的《双调·殿前欢》，此句乃是整首曲子中唯一的写景句。这首曲子语言清丽而纯净，如同卢挚本人；境界悠远而超然，不输古人先贤所著的饮酒之作。此曲带着强烈的卢挚的曲风，读后令人沉醉于纯粹的酒意之中。

双调·殿前欢

卢　挚

酒杯浓，一葫芦①春色醉山翁，一葫芦酒压花梢重。

随我奚童②，葫芦干、兴不穷。

谁人共？一带青山相送。乘风列子，列子③乘风。

【注释】

　　①葫芦：形似葫芦的酒器。

　　②奚童：小仆人。"奚"为古代奴隶的一种称呼。

　　③列子：名御寇，战国时人，好道术，据说能乘风而行。《庄子·逍遥游》：夫列子御风而行，泠然善也。此处用列子乘风的典故说明自己怡然自得，飘然若仙。

【译文】

　　酒意渐浓，一葫芦如同洞庭春色的酒将我醉倒，葫芦酒挂在树枝上，压弯了花枝。随着我来的小童仆，喝干了葫芦酒，兴致却仍无穷无尽。还有谁可以与我一起共饮？连绵的青山将我迎送。古有乘风而行的列子，今日我便要学他乘风而行。

【赏析】

　　这首春日郊游饮酒的散曲，写出了一个独具特色的"醉翁"的酒兴。该曲豪放不羁，写得酣畅淋漓。作者从酒兴正浓写起，略去喝酒之前的时光，直入高潮。

　　饮酒是古人作品中的常用主题，每位醉翁都有着自己的风采。陶渊明《连雨独酌》之中写道"是酌有情远，重酌忽望天。天岂去此哉，任真无所先。"李太白也曾写下"对酒不觉暝，落花盈我衣。醉起步溪月，鸟还人亦稀。"苏东坡在《水调歌头》中写下"起舞弄清影，何似在人间。"这些诗句与卢挚笔下的"酒杯浓，一葫芦春色醉山翁，一葫芦酒压花梢重"之中的意境何其相似。

作者在曲子的首句便写下了"酒杯浓"，为曲子带来浓浓的醉意，为曲中的"醉翁"展现了一个新奇的形象。其中的"一葫芦春色"有双重的含义，一是酒名为洞庭春色；二是指明季节，是说春天的景色。在短短的八个字中，作者既使用了山翁的典故，又道出了酒兴不在酒中，反在春色中的超脱。

"一葫芦酒压花梢重"，作者将一幅酒葫芦压弯繁花枝的景象展现在众人的眼前。既为前一句"春色醉山翁"做点染，渲染气氛，增添酒意；又为"醉翁"塑造了一个率直而又真性情的形象。之后的一句"葫芦干，兴不穷"再次为酒意增添了意境，没有了酒，他依然兴致不减，可见让作者陶醉的绝不只有酒。

"谁人共，一带青山相送"一句尤为精妙，作者融入了自然之中，这种融合让作者产生了乘风而去的冲动。怡然自得的作者只想变成列子，乘风而去。这是酒意最浓之时所达到的境界。

作者以恬然飘逸的笔法，塑造了一个洒脱自在、无拘无束的"醉翁"，没有"为赋新词强说愁"的无病呻吟，有的只是超然世外，心无杂念的纯净。曲中的"醉翁"没有陶渊明追求世外桃源的理想，也不似欧阳修失意中带着一抹超脱。卢挚与此二人不同，卢挚一生高官厚禄，所以他缺少深沉的忧，也缺少满腔不平的感慨，他有着纯粹与超然。

【飞花解语】

"一葫芦酒压花梢重"可对"花"字令。

"谁人共，一带青山相送"可对"人"字令、"山"字令。

"乘风列子，列子乘风"可对"风"字令。

香

香气本是看不见摸不着的，但是却成为人们难以忘怀的记忆。比如，在徐再思的《双调·折桂令》中，香气代表的是女子的心上人——"空一缕馀香在此，盼千金游子何之。"那么，在行"香"字令时，你心中是否也有思念之人呢？

蒌蒿香脆芦芽嫩

"蒌蒿香脆芦芽嫩"写出了食材之佳、生活之美。此句出自《中吕·满庭芳·渔父词》，是乔吉所写众多《渔父词》之中的一曲，描写了渔夫的饮食之美和垂钓之乐，展现了渔夫犹如桃源人般悠闲自在的生活。

中吕·满庭芳·渔父词

乔 吉

湖平棹①稳，桃花泛暖，柳絮吹春。
蒌蒿②香脆芦芽嫩，烂煮河豚。
闲日月熬了些酒樽，恶风波飞不上丝纶。
芳村近，田原隐隐，疑是避秦人③。

①棹：摇船的用具。这里指船。

②蒌蒿：草名，即白蒿。

③避秦人：指躲避乱世的人。此语出自陶渊明《桃花源记》。

【译文】

　　水面平静，小船安稳；桃花绽放，焕发着暖意；柳絮飘飞，春天来了。白蒿又香又脆，竹笋又鲜又嫩；河豚被煮得软烂如泥。我在酒樽的陪伴下度过了悠闲的岁月，钓丝上没有险恶的风云。芳草鲜美、落英缤纷的山村就在附近，在隐隐约约的田园中，似乎住着为躲避秦朝乱世而隐居的百姓。

【赏析】

　　这首散曲选自《乐府群玉》，是乔吉二十多首《渔父词》中的一首。乔吉的《渔父词》，从潇湘写到海边，从暖春写到寒秋……作者从不同的角度出发，写渔夫生活的各个方面。令人吃惊的是，数量如此庞大的《渔父词》，各有特色的同时，又寄托了同样的感情，即作者对山水生活的向往之情，可见作者文学水平之高。

　　"湖平棹稳，桃花泛暖，柳絮吹春"三句，写湖上美景。一幅平湖轻棹图，缓缓地在读者的眼前展开：暮春三月，清风拂面，柳绿花红，纯白如雪的柳絮徜徉在风中，好似在与清风嬉戏。幽然绽放的桃花，散发着清香。轻柔的风儿荡不起水波，使湖面如镜，小船徜徉其上，平稳自在……

　　明明是春日的温暖，催开了桃花；调皮的春风，吹散了柳絮，作者却用以宾为主的手法，说是桃花暖了春日，柳絮逗弄春风。这看似不合常理，却写活了春日的景色，让柳絮和桃花更为生机勃勃。

　　"蒌蒿香脆芦芽嫩，烂煮河豚"一句，看似在写味美之物，实则是在写渔夫的日常生活之美。该句中的三种食物，皆是随地取材，虽不比达官显贵所用食材珍贵，但富含着一种山野之趣。此句化用了苏轼《惠崇春江晚景》的"蒌蒿遍地芦芽短，正是河豚欲上时。"

　　"闲日月熬了些酒樽，恶风波飞不上丝纶"两句，乃是全篇散曲的题旨所在。其中最为关键的字眼便是"闲"字。渔夫为何如此悠闲自在？原因自是他毫无心机，并远离红尘喧嚣。

　　"芳村近，田原隐隐，疑是避秦人"一句运用了《桃花源记》的典故，暗喻渔夫的生活如同身在桃源之中躲避秦朝灾难的桃源中人，远离尘嚣俗世，生活在山野仙境中。由此可见，作者对渔夫生活向往。

【飞花解语】

"桃花泛暖"可对"花"字令。

"柳絮吹春"可对"春"字令。

"闲日月熬了些酒樽"可对"月"字令、"酒"字令。

"恶风波飞不上丝纶"可对"风"字令。

冷无香柳絮扑将来

"冷无香柳絮扑将来"描绘了大雪纷飞的景象，"冷""无香""柳絮"都是对雪的形容。"冷"一字是从人的感觉上入手，"无香"二字是从人的嗅觉上入手，"柳絮"二字则是从视觉上入手。

双调·水仙子·咏雪

乔 吉

冷无香①柳絮扑将来，冻成片梨花②拂不开。

大灰泥漫了三千界③，银棱了东大海④。

探梅的心嗦⑤难捱，面瓮儿里袁安舍⑥，

盐堆儿里党尉⑦宅，粉缸儿⑧里舞榭歌台。

【注释】

①冷无香：指雪花寒冷而无香气。

②梨花：以梨花喻雪。

③三千界：佛家语，即小千世界、中千世界、大千世界的合称。这里泛指整个宇宙。

④东大海：东洋大海，泛称大洋、大海。

⑤嗦：牙齿打战。

⑥袁安舍：用"袁安卧雪"的典故。袁安：东汉人，家贫身微，寄居洛阳，冬日大雪，别人外出讨饭，他仍旧躲在屋里僵卧。别人问他为什么不出门乞讨，他回

答说："大雪人皆饿，不宜干人。"后被举荐为孝贤。

⑦党尉：党进，北宋时人，官居太尉，他一到下雪，就在家里饮酒作乐。

⑧粉缸儿：形容雪下得很大，将舞榭歌台变成了粉缸。与前文"面翁儿""盐堆儿"用法相同。

【译文】

纷飞的雪花带着冷气，却不带香味，如同柳絮一般向大地扑来。雪花冻结成片，如拂不开的梨花瓣。纷纷扬扬的大雪像白灰般洒遍了整个世界，雪花为大海镀上了白银。在雪中寻找梅花的人被冻得心颤，袁安的住处都被雪花掩埋成了一个面粉缸。党尉的深宅里积雪成堆，如同盐堆般，举办歌舞的亭台楼榭也被大雪变成了粉缸。

【赏析】

"冷无香柳絮扑将来"一句，是写这首气势磅礴的散曲的首句。在这句中，作者不仅运用了比喻的手法，还化用了一个典故。《世说新语·言语》中记载，晋代谢安居家时，一日天降大雪，于是问："白雪纷纷何所似？"谢安的侄子说："撒盐空中差可拟。"侄女却说："未若柳絮因风起。"此句在借用典故的同时，也不忘修饰，从人的五感入手，丰富大雪的形象，让人耳目一新。其中的"扑将来"更是写出了大雪磅礴而下的汹汹气势，为雪增添了一股独特的神韵。

"冻成片梨花拂不开"一句，以梨花喻雪，同样有前例可循。如唐代岑参的"忽如一夜春风来，千树万树梨花开"；苏东坡的"惆怅东栏一支雪，人生看得几清明"；等等。不同的是作者用"冻成片"和"拂不开"六个字修饰，形容大雪冻煞人又不肯停歇。

"大灰泥漫了三千界，银棱了东大海"，这两句描绘的都是大雪覆盖之下的世界，第一句写陆地，第二句写江河湖海。"三千界"和"东大海"的广阔，侧面反映了大雪的磅礴霸气，为雪势增添了一份雄奇之感。

"探梅的心嗫难捱，面瓮儿里袁安舍，盐堆儿里党尉宅，粉缸儿里舞榭歌台"四句，描写了大雪纷飞中的建筑和人的活动情态。第一句写人不胜大雪之寒冷；第二句写大雪之宏大；第三、四句写雪天中人物的情态。作者用党尉这位喜爱在雪中饮酒、品美尝鲜的武官来举例，目的就是为了反衬出雪势之大。

【飞花解语】

"冻成片梨花拂不开"可对"花"字令。

卷香风十里珠帘

"卷香风十里珠帘"一句，化用了杜牧《赠别》中的诗句："香风十里扬州路，卷上珠帘总不如。"此句源自张养浩所写的《双调·水仙子·咏江南》，描绘了富丽的城市风光，与柳永的诗句"三秋桂子，十里荷花"中的意境颇为相似。

双调·水仙子·咏江南
张养浩

一江烟水照晴岚①，两岸人家接画檐②。

芰荷③丛一段秋光淡，看沙鸥舞再三，卷香风十里珠帘④。

画船儿天边至，酒旗儿风外飐⑤，爱杀⑥江南。

【注释】

①晴岚：岚是山中的雾气，晴天时天空中仿佛有雾气笼罩，故称晴岚。

②画檐：绘有花纹、图案的屋檐。

③芰荷：指菱角与荷花。

④卷香风十里珠帘：即"十里香见卷珠帘"。

⑤飐：因风而颤动、飘扬。

⑥杀：用在动词后表示程度深重，也写作"煞"。

【译文】

江中的烟波与岸边山中的水雾相映成趣，两岸的人家如同彩绘画中般屋檐紧密相连。江面上菱角与荷花丛生，秋日的光影略淡。沙鸥在江上飞舞盘旋，家家都卷起珠帘，帘内飘出阵阵香气。精致美丽的船仿佛从天边驶来，酒家的酒旗随着风向外飘扬招展，我真是爱极了这美丽的江南。

【赏析】

"一江烟水照晴岚，两岸人家接画檐"两句，正切"江南"之题，这种开头便写江南的特殊风貌的作曲手法，契合"水仙子"这个词牌名。首句所描画的是晴光妩媚，江面波光荡漾，烟水迷茫朦胧之景。次句刻画的是江岸两旁的人家。房舍如此精致，可见两岸旁的房屋并不是普通的房舍，而是人气鼎盛的酒家。

"芰荷丛一段秋光淡，看沙鸥舞再三，卷香风十里珠帘"，此三句进一步描绘了所见之景。"芰荷丛一段秋光淡"写的是自然风光，其中的"淡"字，意为江风将浓郁的春光吹淡了，有一种抹去两岸旁酒家喧嚣的意味。"看沙鸥舞再三"描写的是江上的沙鸥，表达了作者恬然舒适的闲适意味。"卷香风十里珠帘"描绘了温柔乡中的香艳与富丽，与第二句中的"画檐"相互呼应。自古江南出美女，香风自然阵阵飘。

"画船儿天边至，酒旗儿风外飐"两句，写的是江上的风光，前一句所写的是美女所乘坐的"画船"；后一句所写的是酒家迎风飘展的酒旗；一方频频引诱召唤，一方倦旅夜投，恰成对应。

"爱杀江南"此句写的是作者的心理感受。对于这样风光绮丽、美丽缠绵的温柔之乡，作者发自内心的喜爱，并发出"爱杀江南"的感叹。

散曲句句写景，但却生动活泼，主要的秘诀就在于表现手法上。这首小令不局限于一处，空间广阔，所选取的景物有巨有细，有远有近；作者在转换视角与景物时流转自然，卷舒自如。在遣词上，作者妙用了数量词，无论是"一""两"还是"再三""十里"这些较为微小的数量词汇，都与江南娇媚小巧的风物相辅相成。

【飞花解语】

"一江烟水照晴岚"可对"江"字令、"水"字令。

"两岸人家接画檐"可对"人"字令。

"画船儿天边至"可对"天"字令。

"酒旗儿风外飐"可对"酒"字令、"风"字令。

"爱杀江南"可对"江"字令。

锦云香，采莲人语荷花荡

"锦云香，采莲人语荷花荡"所描绘的是夏日中采莲女欢歌采莲的美丽景象，目的是为了反衬出下文中秋日风光的萧瑟与凄凉。此句出自《越调·小桃红·寄鉴湖诸友》，是作者张可久在浪迹扬州时所作的思念友人的曲子。

越调·小桃红·寄鉴湖①诸友

张可久

一城秋雨豆花②凉，闲倚平山③望。

不似年时④鉴湖上，锦云⑤香，采莲人语荷花荡。

西风雁行，清溪渔唱，吹恨入沧浪⑥。

【注释】

①鉴湖：又称镜湖，位于浙江绍兴市西南，故又作绍兴别称。

②秋雨豆花：民俗将农历八月秋雨称为豆花雨。

③平山：指江苏省扬州市北蜀岗的平山堂，为宋代欧阳修所建。

④年时：从前。

⑤锦云：如锦的彩云，比喻盛开的缤纷荷花。

⑥沧浪：本指水清色，此处暗用《楚辞·渔父》中的"沧浪之水清兮，可以濯我缨，沧浪之水浊兮，可以濯我足。"

【译文】

满城萧瑟的秋雨如同一朵朵豆花般瑟瑟清凉，闲来倚在平山堂上向远处眺望。眼前的景象已经与当年鉴湖的风光不再相似，那时荷花艳丽地如同锦绣的云朵，风中飘荡着莲花的香气，采莲女的欢声笑语荡漾在荷塘之中。看眼前，阵阵西风中只有南飞的大雁，清澈的溪水上只有渔民的歌声，冷冽的寒风将心中悲恨之情吹到了沧浪之中。

【赏析】

"一城秋雨豆花凉"一句，所描绘的是秋雨潇潇洒洒散落在城池之中的景象，其中"豆花"是秋日郊野特有的景物。句尾的"凉"既指雨水带来的寒凉之感，又指作者在看到此情此景后心中所产生的主观感受。此句乃是烘托气氛，奠定情感基调的一句。

"闲倚平山望"所写的是作者的姿态，与上一句相连后，两句为倒装句。上一句所写应是这一句中作者倚在平山堂上后，所看见的景色。其中的"闲"字乃是一处伏笔，让人不禁疑问，作者平时在"忙"什么。

尽管带着"闲适"的态度来看这平日喜爱的景物，但景物的变迁难免会让作者想到如今的自己。想到昔日与友人同游的景象，作者不禁想起鉴湖往日热闹纷繁的景象。"不似年时鉴湖上"一句，道出了作者的这一心理路程，也为接下来"锦云香，采莲人语荷花荡"对鉴湖往日风光的描写做了一个铺垫。

比起曾经美丽喧闹的景象，现今的景象就未免荒凉惹人愁了。此句的曲意与上文中的"一城秋雨豆花凉"一句相对，一冷清孤寂，一热闹欢乐；一萧瑟惘然，一生机勃勃。这种明显的对比，更显两种景物的特色，也更显作者在两种景物之中心态的差异，这种差异让作者变得更加凄悲了。

"西风雁行，清溪渔唱，吹恨入沧浪"最后这一句说出了作者对于现今生活的厌倦，和想要归家归隐的情怀。文中的"雁行"，可以译为作者想要如燕子般归去；"渔唱"则可以理解为想要同古人先贤般归隐山林，做个"渔父"般潇洒悠然的人。"恨"字所代表的是作者在历经人生艰辛之后凝结在心中的对于世俗的愤恨之情。

【飞花解语】

"一城秋雨豆花凉"一句可对"雨"字令、"花"字令。

"闲倚平山望"一句可对"山"字令。

"采莲人语荷花荡"一句可对"人"字令和"花"字令。

"西风雁行"一句可对"风"字令。

空一缕余香在此

"空一缕余香在此"所描绘的是女子独守定情信物，空寂悲绝的情景。如此令人心碎的情景源于徐再思的《双调·蟾宫曲·春情》。曲中写的是男女的爱慕之情，描绘的是女子的相思之情。

双调·蟾宫曲·春情

徐再思

平生不会相思，才会相思，便害相思。

身似浮云，心如飞絮，气若游丝。

空一缕余香在此[①]，盼千金游子何之[②]。

症候[③]来时，正是何时？

灯半昏时，月半明时。

【注释】

①余香：指情人留下的定情之物。

②何之：到哪里去了。

③症候：疾病。此处用来指相思之苦。

【译文】

　　生下来还不会相思，才会了相思之情，便患上了相思。身体像飘浮在天上的云朵，心像纷飞在空中的柳絮，气息微弱得如同一缕缕游丝。空留下一件带有情人香味的定情物，想知道心上人去哪里了。相思之病最为猛烈的时候是何时？是灯光半昏半暗之时，是月亮半明半暗之时。

【赏析】

　　"平生不会相思，才会相思，便害相思"此句，表明了女子此时的状况，"平生不会相思，才会相思，便害相思"三句，说明女子这是第一次与人相恋，结果恋人远去了，她体会到了相思之情。每个人在初次恋爱时，都会欲罢不能，而在这种情况下与情人分别，情感自然更加的浓郁，相思之病也更为严重。三句话所表达的含义鲜明，其中的情感更是清晰可见。

　　接下来，作者用了五句话来描写相思之中的女子的状态。"身似浮云，心如飞絮，气若游丝"三句，作者运用了三个意象来比喻女子的状态。无论是漂浮的云、纷飞的柳絮，还是游丝般的气息，都是漂浮不定，没有归处的。通过这三组比喻，我们可以看到一位身形消瘦、神志恍惚、气微力弱的柔弱女子的形象。

　　那么这位女子正在做什么呢？下句"空一缕余香在此，盼千金游子何之"说出了女子正在做的事情。她拿着一个定情信物痴痴地看，想知道郎君的归期，期望可以与郎君早日相见。"一缕余香"四个字，呼应上三句中女子相思成疾的心态。

　　"症候来时，正是何时？灯半昏时，月半明时"四句，自问自答，是全篇小令的补笔。"症候"是医学用语，所言的是病人的病状，对应的是上文中女子所患的相思病。"正"之一字，字面上的意思是正式到来，结合上下文可以理解为时间。后一句"灯半昏时，月半明时"，这应是情侣相会的时刻，然而对犯了相思病的少女来说，此刻早已变成了最痛彻心扉的时刻。

　　这首曲子在描摹男女之间的相思之情时，不仅生动形象，还极富特色，曾被人称赞"得相思三昧"。曲子的前三句，用了一个"思"字做韵尾；曲子的后四句，用了一个"时"做韵尾。这种不忌重复的写法，为文章增添了一种出自天然的真实味道。

"身似浮云"可对"云"字令。

"灯半昏时，月半明时"可对"月"字令。

秋香院落砧杵鸣

"秋香院落砧杵鸣"描绘了是秋雨过后，思妇为远方的丈夫准备冬衣的情景。其中的"砧杵鸣"饱含着乡土气息，可见曲中的思妇并不是一位深闺中的贵妇，而是一名普通农妇。

中吕·迎仙客·秋夜

张可久

雨乍晴①，月笼明②。

秋香院落砧杵鸣③。

二三更，千万声，捣碎离情。

不管愁人听。

【注释】

①乍：忽然。

②月笼明：月光笼罩着大地，一片澄明。

③砧杵鸣：砧杵敲击作响。砧杵：捣衣石和捣衣棒。砧：锤或砸东西时垫在底下的器具。杵：一头粗一头细的圆木棒，用来在臼里捣碎粮食或洗衣服时锤衣服。这里写砧杵作响，应是闺中思妇为远征的丈夫准备冬衣，暗含相思离别之意。李白《子夜吴歌》："长安一片月，万户捣衣声。"

【译文】

秋雨停歇，月光笼罩着大地，一片澄明。秋天特有的香气飘散在院落中，声声砧杵的敲击声从院落中传出。深夜二三更，声响仍未停，捣衣的声音引起了思妇的离愁别绪。思妇不管愁事满腹的人愿不愿意听这砧杵声，只专心致志地为远方的丈夫准备寒衣。

【赏析】

离情是元曲中最常见的题材，这首散曲中的思妇没有花容月貌，作者刻画的情景也并非缠绵悱恻，但其中的情感深重沉厚，意境深远悠长。

"雨乍晴，月笼明"两句，描写了秋日雨过天晴的景象。在勾勒这幅景象时，作者只是淡淡地写出了雨后初晴，月光隐约迷蒙的恬淡之景，为曲子营造了一个清淡的意境。

从第三句开始，作者句句不离"砧杵鸣"，声声不提思妇人，却道出了思妇思念丈夫的心境。作者没有直接写思妇或憔悴或忧伤的身影，反而用"砧杵鸣"道出了思妇在满是秋花香中的院落里，怀着对丈夫的思念之情捣衣。此句的意境与李白在《子夜吴歌·秋歌》中的诗句"长安一片月，万户捣衣声，秋风吹不尽，总是玉关情"里的意境相同，写的都是思妇对边关丈夫的思念之情。

"二三更，千万声"承接上一句，描写了女子离情的深重。捣衣的砧杵声响到了深夜二三更却还未停，而这千千万万的捣衣声，不正是女子因思念远方丈夫而发出的哭诉吗？后一句"捣碎离情"正说明了这一点。

"不管愁人听"此句蕴含着两层意思，一为像作者这样的旁听之人；二为本就烦闷不堪的捣衣妇人。砧杵声愁闷不堪，声声惹人厌烦，尽管如此，妇人却还是没有停下捣衣，一是因为丈夫需要这件冬衣过寒，二是除了捣衣之外，妇人不知该如何抒发自己对丈夫的思念之情。这种侧面描写，将妇人的离情刻画得淋漓尽致。

【飞花解语】

"雨乍晴，月笼明"可对"雨"字令、"月"字令。

"捣碎离情，不管愁人听"可对"情"字令、"人"字令。

剑

有人说，喜欢行"剑"字令的人，大概都曾经历过豪情万丈的岁月。因为在吟诵有关"剑"字的诗句，如张可久的"诗情放，剑气豪，英雄不把穷通较"时，他们也想起那个"仗剑天涯"的自己。

绝顶峰攒雪剑

"绝顶峰攒雪剑"一句，描绘的是山峰的陡峭与锋利。作者将山峰的神韵与"奇险"的特点刻画得鲜明独特，令人过目不忘。这座山峰立于天台山之上，方广寺之旁，曾被宋代的米芾题为"第一奇观"。

中吕·红绣鞋·天台瀑布寺①
张可久

绝顶峰攒雪剑②，悬崖水挂冰帘③，倚树哀猿弄云尖④。
血华啼杜宇⑤，阴洞吼飞廉⑥。比人心山未险。

【注释】

①天台：山名，在浙江省天台县北。瀑布寺：未详，内容与诗庙无涉，"寺"字疑为衍文。

②雪剑：宝剑，喻群峰。

③冰帘：指瀑布。

④弄云尖：在白云缭绕的山巅啼叫、嬉戏。

⑤血华啼杜宇：即"杜宇啼血华"，谓杜鹃啼血，鲜血变成了鲜红的杜鹃花。华，同"花"。

⑥飞廉：风伯，传说中的风神，此指风。

【译文】

　　山峰像被削过一样，如同聚集在一起的刀剑；悬崖上挂着一张张冰帘。倚着大树的猿猴在嬉耍、飞跃、哀鸣。杜鹃鸟凄厉地鸣叫，吐着身体之中的血液精华，阴洞中狂风在怒吼，宣泄着自己的不满。但比起人心的险恶，这山峰算不上艰险。

【赏析】

　　"绝顶峰攒雪剑，悬崖水挂冰帘"，作者从景观的奇与险上入手落笔。前一句道山峰的形状，写山峰的险峻。这座山的山势巍峨峻峭，冬日积雪后，远远望去便如一把把耸立于天地的无双宝剑，寒光阵阵好像要刺破苍天。次句道飞瀑的奇特，写山中飞瀑的寒冷情状。作者用"雪"和"冰"字，为这座奇观打造了一个寒光四射，冷气迫人的形象。

　　"倚树哀猿弄云尖"一句，写的是山中嬉戏玩耍的猿猴，作者通过这些山间的野物来进一步描写山峰的险峻。作者说在山顶嬉耍的猿猴好像在玩耍天上的白云，侧面说明山势之高。

　　"血华啼杜宇，阴洞吼飞廉"两句，作者使用了两个典故。第一句使用了"杜鹃啼血"的典故。古时蜀国国君望帝屈死后化为杜鹃鸟，其啼叫的声音十分悲切，连鲜血都泣了出来。后一句中的"飞廉"则是传说中的风神。这两个典故刻画的是一幅杜鹃凄厉的啼鸣并游荡在山水间，惨淡的阴风从阴森的山洞中咆哮而出的情景，营造了恐怖的气氛。

　　上面五句，描绘的都是天台的险峻，无论是剑锋、冰瀑、哀猿、啼鹃还是阴风，这些形象都给人以惊悚之感，营造了一股阴森危险的氛围。

　　"比人心山未险"，这是该曲的最后一句，也是这首曲子的点睛之笔。作者在前五句中用尽全力描画山峰的险峻，目的就是逼出结尾这一句。作者陡转的笔锋让读者一愣，随之而来的便是恍然大悟般的惊异与赞叹。读者惊作者笔法之巧妙，赞作者构思之巧妙，叹人心之险恶。

　　散曲到此为止，但却给读者留下了无尽的想象空间，回味无穷。

【飞花解语】

　　"悬崖水挂冰帘"可对"水"字令。

"倚树哀猿弄云尖"可对"云"字令。

"比人心山未险"可对"人"字令。

诗情放，剑气豪

"诗情放，剑气豪"一句出自张可久的《双调·庆东原·次马致远先辈韵》。张可久为表达对马致远的敬仰之情，曾做此和曲共九首，这是其中的第五首。

双调·庆东原·次马致远先辈韵

张可久

诗情放，剑气豪。英雄不把穷通[①]较。

江中斩蛟[②]，云间射雕[③]，席上挥毫[④]。

他得志笑闲人，他失脚[⑤]闲人笑。

【注释】

①穷通：困厄与发达。出自《庄子·让王》："古之得道者，穷亦乐，通亦乐，所乐非穷通也。"

②江中斩蛟：在江水中斩杀蛟龙。据《晋书·周处传》记载，周处在水中与蛟龙搏斗，整整三日三夜，终于杀死蛟龙。

③云间射雕：射中云间飞行的大雕。据《北齐书·斛律光传》记载，北齐名将斛律光擅长骑射，曾经一箭射下空中飞行的大鸟，大鸟如车轮般旋转着坠下，原来是一只大雕。当时人称赞斛律光为"射雕手"。

④席上挥毫：指酒席上即兴赋诗。

⑤失脚：走路时不慎跌倒，比喻受到挫折。

【译文】

诗情激越奔放，剑气豪迈，直冲云霄。英雄从来不去计较一时的穷困或显达。像勇猛威武的周处那样在江水中斩杀蛟龙，像本领高强的斛律光那样在行猎途中一箭射落云间的大雕,同时文采焕发可在酒席上挥墨赋诗。那些小人，得志时嘲笑他人，失志时则被世俗闲人嘲笑讽刺。

【赏析】

"诗情放，剑气豪。英雄不把穷通较"一句，气势宏大，作者先写英雄人物的胸怀气魄，说这位英雄文武双全，不计较一时的得失，说他思想境界高达豁远，令人敬佩。

"江中斩蛟，云间射雕"两句暗含着两个典故，都是关于英雄人物的典故。再加上"席上挥毫"一句，读者可以理解为：这位英雄人物十分勇武，可以像周处一样在江中斩杀蛟龙；他箭法高超，可以射杀飞翔在云中的大雕；他文采斐然，能够在酒席间挥洒笔墨，写诗论文。通过以上五句话，这位英雄人物的形象便被完美地塑造了起来。

"他得志笑闲人，他失脚闲人笑"，这两句是世人对世俗人物的嘲讽与不屑。作者在上文中设立英雄的形象，目的就是为了与这里的小人做对比。作者以虚幻的人物对比现实中的小人，其意味深重悠长，令人难忘。

世俗小人在志得意满之际嘲笑别人的落魄与困窘，殊不知等到其失败后，世俗间的小人也会嘲笑侮辱他。这种小人在现实社会中很常见，即世俗之中势利眼的庸人。

相比张可久在其他散曲中对隐士仙人的描写，这篇散文中的英雄很特别。隐士多因勘破世俗、隐匿山林而避世；这位英雄人物同样勘破世俗，但不会去计较一时的得失和困窘，大有用自己的才华为自己重新铺就光明大道的意味。除了纵情于诗酒之间，放浪于山水之间外，张可久其实也期望自己可以同这位英雄人物一样，用自己的才华为自己打造一条康庄大道。

【飞花解语】

"诗情放，剑气豪"可对"情"字令。

"江中斩蛟，云间射雕"可对"云"字令、"江"字令。

"他得志笑闲人，他失脚闲人笑"可对"人"字令。

挂剑长林

"挂剑长林"一句暗含着这样一个典故：《史记·吴太伯世家》中记载"季札之初使，北过徐君。徐君好季札剑，口弗敢言。季札心知之，为使上国未献。

还至徐，徐君已死，于是乃解其宝剑，系之徐君冢树而去。"

双调·折桂令·毗陵^①晚眺

乔 吉

江南倦客^②登临。多少豪雄，几许消沉^③。

今日何堪，买田阳羡^④，挂剑长林^⑤。

霞缕烂谁家昼锦^⑥，月钩横故国丹心^⑦。

窗影灯深，燐火^⑧青青，山鬼喑喑^⑨。

【注释】

①毗陵：古县名，春秋时吴季札的封地，在今江苏省常州市武进区。

②倦客：倦于游宦的人。

③几许消沉：多少人消沉下去了。几许，多少。

④买田阳羡：苏轼晚年想定居于阳羡，有买田于此的意思。阳羡，古县名。在今江苏省宜兴市南。

⑤长林：茂林。

⑥昼锦：原为衣锦荣归之意。《史记·项羽本纪》："富贵不归故乡，如衣锦夜行。"宋韩琦在故乡筑了别墅，因名为"昼锦堂"。

⑦月钩横故国丹心：这句是化用周密《一萼红》"故国山川，故园心眼，还似王粲登楼"的句意。

⑧燐火：由骨殖分解出来的磷化氢，在空气中会自动燃烧，在墓地中多见。

⑨喑喑：泣不成声的样子。《方言》：啼极无声，齐、宋之间谓之喑。

【译文】

江南的倦客登临高处。想一想古往今来多少英雄豪杰，皆逃不过消沉的命运。人生如梦，世事虚幻不可信，学苏东坡买田阳羡归隐，像许逊修道升仙，独留长剑。在朝霞绚烂时还在享受人生，在月光成钩的夜晚国家便改朝换代了，人也成了故国之鬼。窗影幽暗，灯光昏黄，坟茔间的磷火闪烁着青色的光亮，山鬼也泣不成声。

【赏析】

这篇散曲描写了乔吉内心深处的苦与痛。在"江南倦客登临"一句中，作者以"倦"之一字，为曲子奠定了悲凉沉重的情感基调。"倦客"本就是因为仕途不顺而厌倦官场，意图归隐之人的自称，而乔吉以此自称，说明他已经厌倦了官场。

"多少豪雄，几许消沉"说的是作者对英雄豪杰的感叹，道的是作者此时此刻的心态。随后，作者连举两例古人归隐的故事来证明自己的观点。"买田阳羡"一句指的是失意文人苏东坡归隐田园的典故；"挂剑长林"指的是晋代许逊勘破世事后投身道门，最后得道成仙的典故。

"霞绡烂谁家昼锦，月钩横故国丹心"两句说的是飞逝的时光与无常的世事，其中"霞绡"指朝霞灿烂的早晨；"月钩"指月光不明的夜晚；"昼锦"指的是富丽堂皇的衣服，意为享受人间富贵；"丹心"指的是对国家的一片忠心，此处的含义是化为虚无；每组词汇都相互对应，两组词汇所在的句子也相互对应，对仗成文。

"窗影灯深，燐火青青，山鬼喑喑"，再伟大的英雄，逃不过化作坟茔间的青色磷火的结局，所有的壮志豪情都逃不过成为山鬼口中的低泣，这是英雄的归宿，也是史诗人物的真实结局。

【飞花解语】

"江南倦客登临"可对"江"字令。

"挂剑长林"可对"林"字令。

"月钩横故国丹心"可对"月"字令。

青泥小·剑关

"青泥小剑关"是一个并列句，写的是"青泥岭"与"小剑关"两处道路崎岖难行的自然天险。作者点出这两处地点，是为了突出行路的艰难与坎坷，并侧面烘托出求取功名的艰辛。

双调·殿前欢·客中

张可久

望长安，前程渺渺鬓斑斑。

南来北往随征雁，行路艰难。

青泥小剑关①，红叶溢江②岸，白草连云栈③。

功名半纸，风雪千山。

【注释】

　　①小剑关：即剑阁，在今四川剑阁县北，大小剑山之间，有栈道叫剑阁，亦称剑门关，地势险要。

　　②溢江：河名，长江的支流，在今江西西北部。

　　③连云栈：栈道名，在陕西汉中地区，全长470里，为古代川陕地区栈道。

【译文】

　　从远处向长安眺望，前程一片渺茫，双鬓的发丝已经染上了点点的斑白之色。我长年累月在外奔波，追随着南来北往的大雁，历经了多少艰难险阻。青泥岭的道路曲折、泥泞不堪，蜀中的天险小剑关更是崎岖难行，溢江两岸红叶飘零，连云栈道旁枯草成片。我为了那半张纸上的微点功名，历经了风雪，穿越了千山万水。

【赏析】

　　"望长安，前程渺渺鬓斑斑"，作者借用了李白的名句"长安不见使人愁"一句的诗意。李白以长安比唐朝，张可久则以长安比元朝，两人表达的皆是自己对前程渺茫的愁苦与惘然之情。句中的"望"字，表现出作者对功名的态度，即他渴望被朝廷重用，又知距离之遥远，路途之艰辛。

　　"南来北往随征雁，行路艰难"，写的是作者为了功名所做出的努力。其中的"南来北往"描绘的是作者的活动空间之广大，"随征雁"三个字说的是作者的身不由己。其中"征雁"可以理解为朝廷的任命书，"随"字则表明作者的前路都是被规定好的。"行路艰难"四个字，既是作者对上文中的任命之途的总结概括，又是下文中作者具体描绘行路之艰难的总领句。

　　在"青泥小剑关，红叶溢江岸，白草连云栈"三句中，作者描绘了四个地点与四个季节。其中的青泥岭上的泥泞，暗指春夏的雨季；"溢江岸"的红叶，暗指秋季的枫叶；"连云栈"道旁的枯草，暗指冬季荒芜枯萎的路旁花草。

　　三句中"青泥小剑关"一句，化用了李白《蜀道难》中的"青泥何盘盘，百步九折萦岩峦"和张载《剑阁铭》中的"一夫荷戟，万夫趑趄"，并取其道路艰难之意。"红叶溢江岸"一句借用了白居易《琵琶行》中的"浔阳江头夜送客，枫叶荻花秋瑟瑟"的描写，并取其漂泊于天涯之间的悲苦之意；"白草连云栈"一句借用了岑参的名句"北风卷地白草折，胡天八月即飞雪"的描写，并取其苦寒之意。

　　"功名半纸，风雪千山"这一句是对全文的总结和概括，也是作者对自己这一生的评价。作者做了一个明显的对比，用这种对比来突出其中的不公，道出自己心中的不平。

【飞花解语】

"红叶溢江岸"可对"江"字令。

"白草连云栈"可对"云"字令。

一剑能成万户侯

"一剑能成万户侯"之句出自张可久的《南吕·金字经·感兴》，作者所用的手法为夸张，写的是古代从军之士最大的愿望——被封侯。这首散曲描写历史上建功立业、进退有度的英雄事迹，表达了作者希望同古人一样功成身退的愿望。

南吕·金字经·感兴

张可久

野唱敲牛角^①，大功悬虎头^②。

一剑能成万户侯^③，愁，黄沙白髑髅。

成名后，五湖寻钓舟。

【注释】

①敲牛角：出自典故宁戚饭牛市。一次，齐桓公夜出迎客，宁戚正在喂牛，他敲牛角而唱悲歌，引起了齐桓公的注意，齐桓公重用了宁戚。

②虎头：指虎头金牌，皇帝授予大臣的令牌。这里暗指汉朝名将班超。

③万户侯：古代的官职，泛指高爵显位。

【译文】

敲打牛角唱着悲伤的歌曲，身上悬挂着圣上授予功臣的虎头令牌。多少人希望一剑横行天下，被封为万户侯，到头来愁缠满身，千古英雄也成了埋在黄沙之中的白色骷髅。即使成名，也该向在五湖小舟上垂钓的范蠡学习。

在"野唱敲牛角，大功悬虎头"两句中，作者运用了史上有名的两个典故，表现了作者渴望建功立业的心愿。"野唱敲牛角"一句的典故出自《史记·邹阳列传》，写的是春秋时期的宁戚喂牛唱歌，被齐桓公发现并拜其为贤人的事迹，这一事迹可算是贱民飞黄腾达的典型；"大功悬虎头"一句的典故出自《后汉书·班超传》，说的是班超看相，看相之人说班超"生燕颔虎颈，飞而食肉，此万户侯相也"，后来班超投笔从戎，出使西域，屡建奇功，终被封为万户侯。此事乃是书生弃笔从戎，功成名就的典型。

通过这两个典型的案例，读者可以看出作者亦有宁戚、班超二人之志，渴望拥有与二人相同的机遇，希望最后能够在仕途上大展宏图，功成名就。

"一剑能成万户侯，愁，黄沙白髑髅"此两句描绘的是此道的艰难，作者说世间英雄谁不渴望同班超一样仗剑封侯，然而想要效仿先贤哪有那么容易，最终战死沙场、以黄沙埋骨的英豪数不胜数，所以对仕途一道，作者心中的忧愁甚深。这一句中的矛盾与反差，如同作者心头的矛盾，他既想要功成名就，又想要归隐山林。

"成名后，五湖寻钓舟"借用了范蠡功成名就后归乡隐居的典故。作者想要表达的是皇帝对有功之臣的忌惮。作者同范蠡一样，明白君王可共患难，不可共富贵的心理，所以即使自己功成名就，也逃脱不了和范蠡一样归隐的结局。

在这首散曲开头，作者便以典抒发自己的志向与渴望，中间否定了这种投机取巧的渴望，并点明现实的残酷，说出自己归隐山林的愿望，最后以范蠡之事说明君王的心态与行事，道明隐居才是上上选。作者从正反两方面评判议论自己的观点，层次鲜明有序，事例真实可考，很有说服力。

【飞花解语】

除了"一剑能成万户侯"可对"剑"字令外，其他皆无可用于飞花令的句子。

宝剑休看

"宝剑休看"一句，不看的不是宝剑，而是不再使用宝剑的作者。这句话运用了《吴越春秋·阖闾内传》之中的吴王阖闾藏有干将、莫邪、湛卢等宝剑的典故，其中的宝剑所指的是历史上带有英雄色彩的传奇人物。

黄钟·人月圆·雪中游虎丘①

张可久

梅花浑似真真②面，留我倚阑干。

雪晴天气，松腰玉瘦，泉眼冰寒。

兴亡遗恨，一丘黄土，千古青山。

老僧同醉，残碑③休打，宝剑④休看。

【注释】

①虎丘：山名，在江苏省苏州市西北。据《史记》记载，吴王阖闾葬于此，传说葬后三日有"白虎蹲其上"，故此得名。

②真真：典故中美女的名字。

③拓碑：将石碑上的文字用墨拓印下来，以便阅读。

④宝剑：《吴越春秋·阖闾内传》上记载，吴王阖闾有干将、莫邪、湛卢等宝剑。

【译文】

梅花的美丽如同美女真真的面容，挽留倚靠在栏杆之上的我，希望我观赏。雪后初晴的天气，松树宛如婀娜娉婷的细腰美人，玉洁清瘦，泉眼上镀着一层寒冷的冰霜，晶莹冷冽。朝代的兴亡更替遗留了多少的愁与恨，最后却只空余这一座黄丘，千百年来，只有这青山健在，不腐不朽。老和尚同我一同饮酒醉倒，莫要去拓印残存的石碑，观看吴王墓中的宝剑。

【赏析】

"梅花浑似真真面，留我倚阑干"一句，描绘的是虎丘山上的动人景色之一——梅花。这里说梅花好似真真欲语还羞的面容，挽留作者观赏她，不要离开。这两句以梅花拟人，不说作者留恋于如真真一般貌美迷人的梅花，反而说梅花以美留人，望人观赏，作者将无情之物活化为有情之人。这种手法将梅花的神韵刻画得更清雅迷人、婉约动人。

"雪晴天气，松腰玉瘦，泉眼冰寒"三句承接上文中的虎丘山之景，继续描绘冬日山中的美景。作者选用了"雪""松"和"泉"三种带有季节变化的景物，先写天气，刚刚下过一场大雪，天气放晴。在这种天气下，覆盖着雪花的松树如婀娜的美人，挺着细嫩的腰肢立在天地间，看上去玉洁冰清。与雪花相融的泉水，已经凝结成了薄薄的寒冰，如同冷傲美人的双眸，晶莹冷冽。

"兴亡遗恨，一丘黄土，千古青山"是作者由虎丘山此地所引发的世事沧桑、兴亡无常的感慨。吴王阖闾曾显赫一时，最后葬于此地；秦王嬴政曾到达此地，寻找同阖闾一起葬于此地的宝剑，并用剑劈成了剑泉；南朝高僧曾坐在千人石上聚众说法；来此吟唱诗词佳句的才子佳人更是数不胜数。然而千古的风云人物都变成了世间的一抔黄土，唯有见证过这些的虎丘山依然存在，千古不朽。

　　"老僧同醉，残碑休打，宝剑休看"是倒装句，说的是作者仕途失意、壮志难酬后的心理感受。既然这所有的功名利禄都将化为世间的一抔黄土，那么人们还需要去争什么？既然这朝代自有兴亡之时，那么又何必去追寻古人的踪迹，并自作多情地抒发感慨？倒不如同这山间忘忧的老僧一般大醉一场，忘却这世间的烦恼与忧愁。

【飞花解语】

　　"梅花浑似真真面"可对"花"字令。

　　"雪晴天气"可对"雪"字令、"天"字令。

　　"千古青山"可对"山"字令。

影

与好友对酌，好友突然提出行飞花令。以哪一个字为令呢？"月"字似乎太过常见，"酒"字使用的频率过高。好友看着墙上摇曳的树影，突发奇想："不如以'影'字为令？"或许，最初的"影"字令就由此而来。"影"字令十分应情应景，试想一下，在明月之下，吟诵一句"夜静云帆月影低，载我在潇湘画里"，是不是会有一种酒不醉人人自醉之感？

背影昏鸦

"背影昏鸦"一句，描绘了被染上夕阳余晖的乌鸦展着金黄色的双翅，向远方飞去的身影，乌鸦的身影与即将落下的夕阳相叠，好似背负着夕阳而飞翔。此句源自徐再思的《中吕·普天乐·西山夕照》，此曲描绘了暮色夕阳之景。

中吕·普天乐·西山夕照
徐再思

晚云收，夕阳挂，一川枫叶，两岸芦花。

鸥鹭栖，牛羊下。

万顷波光天图画①，水晶宫②冷浸红霞。

凝烟暮景，转晖老树，背影昏鸦③。

【注释】

①天图画：天然的图画。

②水晶宫：在此比喻江水清澈。

③背影昏鸦：其意是说乌鸦背上带着太阳的余晖。

【译文】

晚云渐渐收拢，夕阳斜挂在天边，秋霜染红了漫天的枫叶，两岸尽是雪白如霜的芦花。沙鸥与白鹭栖息在芦花中，黄牛与山羊在枫叶林中走来走去。万顷水面的波光荡漾如同一幅美妙无比的天然图画，红霞映入水中为水晶宫增添了一抹绚丽的色彩。淡淡的烟幕笼罩着暮色之下的景物，转眼间夕阳的余晖移动到了老树的身后，被染上金色的乌鸦驮着夕阳向远方飞去。

【赏析】

此首散曲描绘了一幅恬淡天然的风俗画，乃是《吴江八景》之中的最后一景。

"晚云收，夕阳挂，一川枫叶，两岸芦花"描绘了从天上到地上的景色。作者的视角由上至下，分别描写了"云""阳""叶""芦"四种景物。暮色将至，晚云疲惫地蜷起了身形，橙色的夕阳斜挂在天边，映照着火红如血的枫叶，洁白的芦花与枫叶形成了鲜明的对比，飘飘洒洒地飞扬在江河两岸。在这四句中，红白对比有两处，一是白云与夕阳，二是枫叶与芦花，构思巧妙，结构清晰，色彩热烈鲜明，让人眼前一亮。

"鸥鹭栖，牛羊下"两句承接上文，作者描绘了芦花丛与枫叶林之中活动的鸥鹭与牛羊。这种动静结合的形态，为整幅画面增添了一抹生气与鲜活。夕阳西下，沙鸥与白鹭不再翱翔天际，而是栖息在了芦花丛中，两两依偎；牛羊也不再贪恋山林之外的青草与清水，返身向枫树林中走去。

"万顷波光天图画，水晶宫冷浸红霞"描绘了夕阳映照之下波光粼粼的湖面。"万顷"是一个夸张的词汇，主要用来说明水面的广阔；"波光"二字是作者对湖面的细节描绘，在这里代指波光粼粼的湖面；"水晶宫"三个字是作者对晚霞倒映水中的想象性比喻，主要是为了形容湖中的彩霞五光十色；"冷"字是作者对水晶宫的感觉描述；"浸"指的是晚霞倒映在水中的景象；"霞"字特指夕阳之下的霞光。

"凝烟暮景，转晖老树，背影昏鸦"三句描绘的是画中的细节部分。"凝烟暮景"描绘的是晚间山水之中的暮霭，主要是为了烘托此画之中的氛围。"转晖老树"一方面点明时间的流逝，一方面转变视线的焦点，为刻画出画中最后的主体景物做过渡。"背影昏鸦"一句描绘的是画中最为出彩的地方，即乌鸦驮着夕阳向远方飞去的景色。

【飞花解语】

"晚云收，夕阳挂"可对"云"字令。

"一川枫叶，两岸芦花"可对"花"字令。

"万顷波光天图画"可对"天"字令。

"水晶宫冷浸红霞"可对"水"字令。

青松影里，红藕香中

"青松影里，红藕香中"出自张可久的《中吕·普天乐·西湖即事》，描绘了"九里云松"和"曲院风荷"两处的风光。"青松影里"写的是唐代刺史袁仁敬在杭州种下的九里松林，"红藕香中"写的是行春桥南段的湖面。

中吕·普天乐·西湖即事

张可久

蕊珠宫①，蓬莱洞②。

青松影里，红藕香中③。

千机云锦重④，一片银河冻。

缥缈⑤佳人双飞凤，紫箫⑥寒月满长空。

阑干晚风，菱歌⑦上下，渔火⑧西东。

【注释】

①蕊珠宫：道教教义中的天官。亦称"蕊官"。

②蓬莱洞：传说中的海上仙山。

③青松影里，红藕香中：此句描写的是"钱塘十景"之中的二景，即"九里云松"和"曲院风荷"。

④千机云锦重：形容晚霞就如千百张机织出来的云锦一样。

⑤缥缈：隐隐约约的样子。

⑥紫箫：古人多截紫竹制箫笛，故称紫萧。

⑦菱歌：采菱人所唱之歌。

⑧渔火：渔船上的灯火。

【译文】

西湖如同天上的蕊珠宫，又像海上的蓬莱仙山。我行走在松林的影子里、荷花的清香之中。犹如云锦般的晚霞散开后，天空露出了如同银河般清冷的光辉。我隐约间看见萧史、弄玉两人骑着凤凰、吹着紫箫，向长空之上的寒月飞去。轻柔的晚风抚慰着栏杆，到处都可以听见采菱人唱歌的声音，四面所环绕的都是带着灯火的渔船。

【赏析】

这首散曲的开头两句将西湖比作如梦如幻的仙境，作者没有铺垫与渲染，却由此为西湖增添了玄奇的色彩，为整篇散曲奠定了写作基调。"蕊珠宫，蓬莱洞"皆为仙人的居所，其景色自然美不胜收。

"青松影里，红藕香中"一句，作者缓缓地为读者展开了一幅美丽的画卷：青翠挺拔的松林屹立在道路的两旁，为行人布下阴凉；摇曳生姿的荷花盛开在湖水中，为行人展现美丽的同时给行人提供清香的空气。

作者仰头望去，发现"千机云锦重，一片银河冻"。天边的云霞好似织女使用千百张织机所织出来的云锦，美丽动人。晚霞散去，星月将银色的光辉洒落在天地间，令人着迷。此处不仅仅有空间上的转换，还有时间上从日到夜的变化，为下文铺垫了时间与地点。

"缥缈佳人双飞凤，紫箫寒月满长空"说的是夜空中的景象，这是作者美丽的遐想。其中的佳人所指的是《列仙传》之中的萧史与弄玉。据说萧史善于吹箫，箫声可令孔雀白鹤起舞飞翔。秦穆公听闻后，将喜爱吹箫的女儿弄玉嫁于他。成婚后，萧史每日教弄玉吹箫作凤鸣，后来凤凰听声而至，落在二人的屋檐之上。秦穆公得知此事后，为萧史夫妇建造凤凰台，供他们居住。数年后，二人乘凤而去。

"阑干晚风，菱歌上下，渔火西东"，随着晚风的吹拂、声音的传递、光亮的转换，作者的视角又转回到了地上。夜晚的西湖，轻柔的晚风荡漾其间，欢畅自如的采菱歌声回荡其上，星星点点的万家渔火点缀其中，美不胜收。

【飞花解语】

"红藕香中"可对"香"字令。

"千机云锦重"可对"云"字令。

"缥缈佳人双飞凤"可对"人"字令。

"紫箫寒月满长空"可对"月"字令。

"阑干晚风"可对"风"字令。

夜静云帆月影低

"夜静云帆月影低"出自卢挚的《双调·沉醉东风·秋景》，写的是作者在潇湘江上所见之景，此句是作者写潇湘夜景两句之中的一句。小曲虽短，却蕴含着十足的"意"和"境"，令人读后陶然。

双调·沉醉东风·秋景
卢 挚

挂绝壁松枯倒倚[①]，落残霞孤鹜齐飞[②]。

四围不尽山，一望无穷水。

散西风满天秋意。

夜静云帆[③]月影低，载我在潇湘画里[④]。

【注释】

①挂绝壁松枝倒倚：此句化用了李白《蜀道难》中的"连峰去天不盈尺，枯松倒挂倚绝壁"一句。

②落残霞孤鹜齐飞：落霞。鹜：野鸭。此句化用王勃《滕王阁序》中的"落霞与孤鹜齐飞，秋水共长天一色。"

③云帆：一片白云似的船帆，这里指船。

④潇湘画里：宋代画家宋迪曾画过八幅潇湘山水图，世称《潇湘八景图》。历代题咏者不少。潇、湘，湖南境内的两大水名。湘水流至零陵县和潇水合流，世称潇湘。这里极言潇湘两岸的风景如画。

【译文】

弯曲的枯树倒挂在悬崖绝壁上，孤零零的野鸭在残留的晚霞下飞翔。四周是数不尽的青山，远远望去，秋水一望无际。萧瑟的西风将秋意散落到天地间。静谧的夜晚中，低低的月光照耀着高挂云帆的船儿，船儿载着我行进在湘江之上，我恍然置身于潇湘画中。

【赏析】

元成宗大德初年（1300），卢挚在湖南为官，在秋日游江时，他创作了这首曲子。这首曲子借秋景抒发秋思，与历来的咏秋之曲不同的是，这首曲子虽有萧瑟之意，但不含凄凉之情；虽有冷清之意，但不显颓废，自有一股开拓恬适之气。

曲子的前两句都化用了前人的作品。"挂绝壁松枯倒倚，落残霞孤鹜齐飞"中包含着绝壁、枯松、落霞、孤鹜等秋日的常见意象。同时，枯松倒挂绝壁间，孤鹜伴残霞横飞天地间，这两句构造了一个纵横交错的立体空间。作者将视角从纵向转为横向，这种层次的转换可谓绝妙。

作者开篇描写了悬崖上倒挂的枯松，既写出了枯松的奇姿，又写出了山势的险峻。作者化用并改造前人的诗句，为的就是在开篇便营造出不凡的气势。通过第二句的化用，作者将场景之辽阔明丽表现了出来。两句曲词一苍劲，一明丽，相辅相成，为读者展现了一幅鲜明壮观的画面。

接下来的两句，则用全景的手法将江景的辽阔表现了出来。意象上的扩大和补充，读者的视野和心境都因之变得开阔。作者放眼望去，大江四周是连绵不绝的山脉，以及一望无际的江水。从散点到全景，从局部到整体，作者有条不紊地描写，让富有立体感的画面凭空而来。

这两句实际上也为接下来的"秋意"做了铺垫。在萧萧秋风中，漫天的落霞掩映在江边，飞逝而去的流水将秋意带到读者的心头。一句"散西风满天秋意"道尽此时的意境。此句既是水到渠成之句，亦是画龙点睛之句。作者一步步地铺垫，从局部到整体，将层层递进的秋意融进诗歌之中。此句最为绝妙之处在于无形的有形化，秋风本无意，秋意本无形，作者却将秋风拟人，让其携带秋意，四处散播。

最后，作者不再熏染秋意，他将笔调一转，写起了秋意中的人。作者用一句"夜静云帆月影低"将视角转向江面之上的小船，并再次用"静"和"低"二字为图画渲染气氛。最后一句"载我在潇湘画里"，让人心动。作者跳出观察者的视角，将自己带入到了秋景中，写心之语倾泻而出，读者恍惚间与作者一同入了画，动了情。

【飞花解语】

"四围不尽山"可对"山"字令。

"一望无穷水"可对"水"字令。

"散西风满天秋意"可对"风"字令、"天"字令。

"夜静云帆月影低"还可对"云"字令、"月"字令。